KB119770

추억의 시간을 수리합니다 2

— 내일을 움직이는 톱니바퀴

다니 미즈에 지음 | 김해용 옮김

예담

일러두기

*본문 중 괄호 속 주석은 모두 옮긴이 주입니다.

· 차 례 ·

너를 위해 종은 울린다

1

벽에 나 있는 창 쪽의 쇼윈도 안에는 금속 간판이 있다. 노트 정도의 크기로, 프레임 스탠드에 세워져 길 가는 사람들이 그 반짝이는 표면을 잘 볼 수 있게끔 되어 있다. 하지만 그 간판을 보기 위해 걸음을 멈추는 사람은 거의 없을 것이다.

그럴 수밖에 없는 것이 낡은 서양식 건물 자체가 가게처럼 보이지 않는 데다가, 쇼윈도 역시 일반 주택의 창문 같아서 선뜻 들여다보기가 망설여진다. 설사 들여다본다 해도 복판에 덩그러니 놓여 있는 시계 딸린 조각상만 보게 되지 않을까. 한구석의 간판은 존재감이 거의 없다.

카나가 간판에 눈길을 준 것은 때마침 저녁 햇살을 반사하며 노란색으로 빛나고 있었기 때문이다.

뭔가 싶어서 다가가 보자 은색 문자가 적혀 있었다.

'추억의 시時 수리합니다'

대체 어떤 가게일까. 아니, 가게인지 아닌지도 미심쩍다. 이 근방은 상가라고 했으니 —그렇다고는 해도 셔터가 내려진 곳이 대부분이었지만— 여기도 가게일지 모른다고 생각했을 뿐이다.

설령 가게라 해도 추억을 수리한다니, 웃긴다. 지나가는 사람을 놀리려는 것일까.

어디에서 날아왔는지 벚꽃 잎이 쇼윈도에 찰싹 달라붙었다. 근처에 벚나무는 보이질 않는다. '쓰쿠모 신사 거리 상가'라고 쓰인 무지개색 아치를 지탱하는 기둥의 장식 조화인 벚꽃이 흔들리고 있을 뿐이다. 셔터가 내려진 가게들 사이에 조화만은 새것처럼 싱싱해서 그 또한 불안정한 엇박자를 내고 있다.

"바보 아냐."

카나는 갑자기 놀림감이 된 것 같아서 쇼윈도를 손등으로 때렸다.

"어이, 뭐하는 거야."

깜짝 놀라 돌아보자 사무에作務衣(목화나 아마포로 된 갈색 혹은 남색의 승려복)를 입은 젊은 남자가 이쪽을 노려보며 서 있었다. 고등학교를 갓 졸업한 카나와 또래로 보였지만 선뜻 친해지고 싶지 않은 타입이었다.

사무에와는 어울리지 않는 염색한 머리에 여러 개의 피어스. 몹시 너덜너덜한 차림이었는데, 온갖 잡동사니를 매단 은색 목걸이가 조금만 움직여도 소리를 낸다.

카나는 자신도 모르게 뒷걸음질하고 있었다.

"아, 아무 짓도 하지 않았는데요."

"유리창 깨지면 물어줄 거야?"

"그렇게 힘을 준 건 아니에요……."

이런 사람은 칼 같은 걸 가지고 다니는지도 모른다. 그런 생각이 들어 무서웠지만 그런 마음을 들키는 건 싫었다.

"유리창에 분풀이할 건 없잖아. 뭐가 마음에 들지 않는 건지는 모르겠지만 말이야."

"이상하잖아요. 추억을 수리한다는 게요."

그러자 그는 카나가 가엾다는 듯 갑자기 말투를 부드럽게 바꿨다.

"흐음, 소중히 간직하고 싶은 추억조차 없는 건가."

추억 같은 게 무슨 소용이에요, 작은 물거품처럼 그런 말이 떠올랐지만 떨쳐버리듯 카나는 고개를 저었다.

"가게에 볼일이 있는 거 아니었어?"

그냥 가려고 했지만 그가 불러 세우며 물었다.

"이 가게 분이세요?"

"아니."

아닌데 왜 저렇게 당당한 걸까.

"오늘은 정기 휴일이지만 급한 일이면 상담에 응해줄 거야."

추억을 수리하는 문제에 대해?

"그냥 지나가던 길이었을 뿐이에요. 용무는 없어요."

"그럼 왜 이 근방에서 어슬렁거리는 건데. 아까부터 몇 번이나 이 앞을 왔다 갔다 했잖아."

보고 있었구나 싶어서 남자에 대한 경계심이 증폭됐다.

"아, 아는 사람 집을 찾고 있었어요."

그러자, 카나가 들고 있던 메모지를 재빨리 낚아채더니 멋대로 펼쳐본다. 가르쳐달라고 부탁도 하지 않았는데. 친절을 가장하여 이상한 곳으로 끌고 가기라도 하면 어쩌나.

"뭐야, 이 주소는 헤어살롱 유이잖아. 저 건물이야."

카나의 걱정은 아랑곳하지 않고 그는 근처 건물을 가리켰다. 추억 가게로부터 길을 사이에 두고 비스듬히 맞은편에 있는 2층짜리 집이었다. 1층의 외벽은 빨간 벽돌 무늬로, 담쟁이덩굴이 무성하다. 자세히 보니 미용실임을 표시하는 빨간색과 파란색, 흰색의 삼색 기둥이 있다.

"영업은 안 해. 아마 지금은 외출 중이라 밤늦게까지 돌아오지 않을걸."

어떤 사람이 살고 있는지 다 파악하고 있는 건가. 동네 사람이기 때문인지, 아니면 뒷조사에 취미라도 있는 건지, 카나는 수상쩍었지만 남자는 전혀 의식하지 않고 있는 듯하다.

"시간을 보낼 만한 곳이라면 국도를 따라 10분 정도 걸어가면 나오는 라임이라는 카페가 있어. 거기에선 커피를 한 잔 시켜놓고 계속 죽치고 있어도 괜찮아. 상가 가게들은 거의 다 문을 닫아서 음식점 중에서 영업하는 곳은 우동 가게하고 가라오케 술집밖에 없거든."

숨 돌릴 틈도 없이 그렇게 말한 뒤, 그는 메모지를 카나에게 억지로 쥐어주듯 돌려주고 나서 바로 몸을 돌렸다.

의외로 친절한 사람이었던 걸까? 사무에에 갈색 머리를 한 남자는 이내 골목으로 들어가 보이지 않았다.

토노 타입tonneau type이라는 것인 모양이다. 원형도, 직사각형도 아닌 술통처럼 좌우가 불룩 튀어나온 이 손목시계 프레임의 곡선은 고전적이어서 기품이 있어 보였다. 아카리가 이런 용어를 알게 된 지는 얼마 되지 않았다. 시계방 주인인 이다 슈지와 사귀기 시작하고 나서 한 달 남짓. 그렇지 않았다면 평생 몰랐을 시계에 대한 지식을 약간은 갖게 되었다.

시계는 검은 가죽으로 된 상자 안에 담긴 채 시계방의 주거 공간에 있는 거실 테이블 위에서 둔탁한 은빛으로 빛나고 있었다. 상당한 골동품인지, 오래된 서양식 주택 안에 있어도 별다른 위화감 없이 잘 어울렸다.

"이거 슈 짱 거야?"

아카리가 묻자, 슈지는 커피 잔을 테이블에 내려놓으며 가죽 상자에 눈길을 주었다.

"아니. 손님 거. 금고에 넣어두었던 것을 방금 꺼내놓은 참이야."

아카리는 시계에 자칫 커피라도 묻으면 안 된다 싶었는지 컵을 자기 앞으로 끌어당겼다.

슈지는 시계사 즉, 시계를 만들거나 수리하는 장인이다. 할아버지의 가게였다는 이 서양식 주택에는 가게에도, 주거 공간에도 오래된 기계식 시계가 잔뜩 놓여 있다. 그 모든 시계들이 정확히 시간을 새기고 있다.

생물을 키우듯 매일 슈지가 태엽을 감아주거나 필요한 손질을 빠뜨리는 일 없이 꼼꼼하게 하고 있다는 걸 아카리는 잘 알고 있었다.

"이제부터 수리할 거야?"

"일단은 상태를 확인해볼 생각이야. 정기적으로 손질은 하고 있었지만 최종 점검을 해두고 싶어서."

점검 도중에 아카리가 찾아와서 테이블에 놓은 채 커피를 끓였을 것이다.

슈지가 끓여주는 커피는 맛있다. 이 서양식 주택의 낡긴 했지만 손질이 잘된 모습도, 그의 느긋한 말투나 웃음도 모두 아카리의 마음을 편하게 해준다. 사랑을 하면 고통스럽거나 힘든 일도 적지 않다는 걸 다른 사람 못지않게 알고 있었지만 그와 사귀기 시작하고부터는 신기하게 평온한 기분을 느끼게 됐다.

언제까지나 변함없이 이런 시간이 계속될 것 같다고 생각하기 때문일까. 이 서양식 주택에서 낡은 시계들이 시간을 계속 새겨가듯 말이다.

"흐음, 그나저나 제법 비싸 보이는 시계인데."

아카리는 시계의 가격에 대해서는 잘 모른다. 슈지에게는 전혀 들어보지 못한 브랜드의 시계가 많이 있었고, 가죽 상자에 들어 있는 이 시계도 롤렉스ROLEX나 오메가OMEAGA처럼 아카리가 잘 아는 브랜드의 것은 아닌 듯했다. 그래도 시계의 형태나 문자판의 디자인, 바늘 모양 등등이 구석구석 숨 막힐 듯 섬세해서 정성 들여 만든 물건임은 알 수 있었다.

"응. 비쌀 거야. 새것이라면 1천만 엔은 넘을걸?"

그는 아무렇지 않게 말했다. 아카리는 떨어뜨릴 뻔한 커피 잔을 서둘러 잔 받침에 내려놓았다.

1천만 엔? 되묻는 것도 쉽지 않을 정도인데 슈지는 아무렇지 않은 표정을 하고 있다. 그런 것을 덩그러니 테이블 위에 놓아도 괜찮은 걸까. 곱게 뚜껑을 덮어두어야 하지 않나. 그렇게 안절부절 못하는 심정이 되었지만 그는 개의치 않고 커피를 휘젓고 있었다.

아마도 그에게 손목시계는 몇 천 엔이든 몇 천만 엔이든 똑같은 물건일 것이다. 손목에 차고 일상적으로 사용하는 물건. 그래서 애정을 담아 다루지만 과한 보호는 하지 않는다.

"이렇게 비싼 시계도 수리해?"

"의뢰를 받으면 수리하지. 이 시계는 오랫동안 아무도 찾으러 오지 않아서 내가 가게를 다시 열 때까지 금고에 계속 넣어둔 채였어."

값비싼 시계라서 특별히 금고에 넣어둔 것일까. 그렇다 해도 수리를 맡겨놓고 찾으러 오지 않다니, 상당한 부자인가 보네. 아니, 그것보다.

"할아버님이 가게 하실 때 맡긴 거라고? 그 후로 아무도 찾으러 오지 않았어?"

슈지가 상가 주인들이 고령으로 인해 하나둘 점포 문을 닫고 있는 이 쓰쿠모 신사 거리 상가에서, 할아버지가 돌아가시는 바람에 폐점했던 이다 시계방 문을 다시 연 것은 5년쯤 전이다. 할아버지에게 물려받아 혼자 운영해왔지만 아무래도 손님들의 발길이 끊긴 상점가에서 시계를 팔아 가게를 유지하는 것은 곤란했던지 이제는 수리만을 전문으로 하고 있다. 잘은 알 수 없었지만 시계를 수리하는 기술만은 제법 유명한 것 같았다.

아무튼 슈지의 할아버지가 가게를 하던 시절에 맡겼다니 이제는 수리 차원의 이야기가 아니다.

"수취인에게 연락이 안 돼서 맡아두고 있는 시계가 이것만 있는 건 아니지만 이만큼 좋은 시계는 드물어. 그래서 할아버지도 유실물로 처리하지 않고 언젠가 누구든 찾으러 올 거라 생각하고 보관하신 거겠지."

"혹시 주인이 나타났어?"

그렇지 않다면 굳이 옛날 장부를 꺼내놓고 시계를 점검할 일은 없을 것이다.

"얼마 전에 전화가 왔어. 아마 시계 주인의 딸인 것 같은데 유산 분배 때 시계 수리 증서를 받았다나 봐."

그렇다면 지금까지 찾으러 오지 않았던 시계 주인은 죽었다는 뜻이다.

유산으로 증서를 받은 딸은 이다 시계방이 폐점 상태거나 시계가 이미 처분되었다면 어떻게 할 생각이었을까.

"그럼 드디어 찾으러 오는 거구나. 그 사람은 어떤 시계인지 알고 있을까?"

"모를걸?"

"남성용 손목시계잖아. 딸이 사용할 수 있으려나?"

"그러게 말이야. 사용하지 못한다면 슬플 것 같은데. 애써 최고 수준의 기술을 동원해 만들었는데 말이야. 이 복잡한 기계에 어느 만큼의 노력이 담겼을 것 같아?"

평소에는 부드러운 사람인데 시계에 대한 얘기만 나오면 힘이 들어간다. 슈지는, 시계는 시계의 주인과 함께 시간을 새겨가야 한다고 믿고 있다.

“복잡한…… 시계야?”

“응. 미니트 리피터minute repeater가 달린 시계거든.”

“미니트……?”

“알람처럼 소리로 시간을 알려주는 장치.”

알람이라면 싸구려 자명종 시계에도 달려 있는데 뭐가 복잡하다는 건지, 아카리는 고개를 갸웃거릴 수밖에 없었다.

“지금이 몇 시 몇 분인지 알고 싶을 때 조작하면 음색이 다른 종소리를 내서 그 횟수로 시간을 가르쳐주는 거야.”

“음, 3시 35분이면? 3시는 괘종시계처럼 세 번 울린다 쳐도, 분을 알려주려면 다시 서른다섯 번 울리는 거야?”

세는 게 힘들겠다고 아카리는 생각했다.

“그러면 15분용 소리가 두 번, 그리고 5분용 소리가 한 번 울려. 음색이 다른 소리와 횟수로 시간을 알 수 있지.”

헷갈릴 것 같다. 그런 성가신 기능이 필요하려나.

“시계를 보는 편이 빠르지 않나?”

“그렇긴 하지. 하지만 휴대용 시계가 처음 만들어진 시대엔 밤이 되면 완전 깜깜했어. 문자판 같은 건 보이지도 않을 만큼.”

100년, 아니면 200년 전의 일을 아카리는 상상해본다. 해가 저문 길을 비추는 것은 달빛뿐. 멀리 높은 탑 위에 있는 대형 시계에서 혹은 교회의 종루에서 종소리가 들려온다. 그것만이 옛날 사람들에게 시간을 알려주는 장치였다. 어둠속 어디에 있어도 밤이 깊어가는 것을, 아침이 가까워 오는 것을 알 수 있는 방법이었다.

부유한 사람들은 자신의 손에 쏙 들어오는 회중시계를 가질 수 있게 되었지만 밤의 어둠속에서는 여전히 종소리만이 시간이었다.

시계를 가진 사람들은 공공시설인 대형 시계처럼 시간을 가르쳐주는 종소리도 소유하려 했던 것일까. 밤의 어둠속에서도 몇 시 몇 분이라는 정확한 시간을 알기 위해.

작은 손목시계가 내는 종소리는 상상했던 것보다 훨씬 투명한 음색이었다. 금속이 내는 섬세한, 그래서 더욱 잘 들리는 부드러운 소리. 슈지가 시계를 조작하여 들려준 것은 밤의 어둠속에서, 먼 과거로부터 들려오는 듯한 왠지 그리운 음색이었다.

"와, 좋은 소리다. 큰 탑에서 내는 종소리의 원리를 이런 작은 손목시계에 적용시키다니, 옛날 사람들은 정말 대단한 생각을 했었네."

"응. 지금은 별로 소용없는 장치일지 모를 이 시계를 왜 사람들이 갖고 싶어 하는지 알 수 있을 것 같아."

슈지와 시계 이야기를 하고 있으면 이 작은 기계가 기적의 결정체 같은 생각이 든다. 오래 살며 온갖 것을 다 듣고 보아온 늙은 현자賢者의 것 같은 지혜가 담겨 있다. 지금은 쓸모없어 보이는 복잡한 장치이지만 결코 단순한 장식이 아니다. 어두운 밤에도 볼 수 있는 야생동물의 능력처럼 신비하다.

시계사는 그것을 수작업으로 만들어온 것이다. 기적이라 하지 않을 수가 없다.

"그러고 보니 아카리 짱, 이젠 좀 새 미용실에 적응했어?"

갑자기 그가 말했을 때, '이런 타이밍에 근황에 대한 이야기로 화제를 바꿔도 되나. 1천만 엔짜리 시계를 앞에 두고 말이야' 하고 생각했을 정도로 아카리는 그 시계의 매력에 흠뻑 빠져 있었다.

"좋은 가게야. 일하는 사람들 모두 성격도 밝고. 별로 큰 가게는 아니지만 사장님은 엄청 솜씨가 좋은 분이거든."

머릿속 생각을 떨쳐내며 대답했다.

"그렇구나. 다행이다."

이번 달부터 아카리는 옆 동네의 미용실에서 일하기 시작했다. 어쨌든 미용사 일을 그만두겠다고 생각하고 어린 시절 머문 적이 있는 헤어살롱 유이의 건물로 이사 온 것이지만 결국 자신에게는 달리 할 수 있는 일이 없을 것 같았다.

다시 한 번 미용사로 일해보자고 결심한 지금은 기술을 좀 더 익히며 돈을 번 후 언젠가 자신의 가게를 열고 싶다고 생각하게 됐다.

"다음에 그 가게에 가볼까 하는데. 지명도 할 수 있나?"

"할 수는 있지만."

다른 사람들 앞에서 그의 머리에 손을 댈 수 있을까 상상하니 왠지 가슴이 두근거렸다.

"할 수는 있지만, 안 돼?"

"오면 어떤 표정을 지어야 할까…… 싶어서."

"친구가 머리 자르러 온 적 없어?"

있긴 하지만 슈지는 '친구'가 아니다. 당황하는 아카리를 그는 이상하다는 표정으로 바라본다.

"그럼, 처음 보는 사람처럼 행동하면 어떨까? 아는 사람 소개로 왔다면서 널 지명하는 거지."

"더 긴장될 것 같아."

뭐가 재미있는지 슈지는 쿡쿡, 하고 웃었다.

"내가 깎아주는 것도 괜찮다면 언제든지 깎아줄게. 손님이 아니라 슈 짱은 나의…… 헤어살롱 유이의 특별한 단골이니까 언제든지 공짜로."

나의 특별한 사람이라고 말하는 건 창피해서 완곡한 표현을 쓰고 말았다.

헤어살롱 유이, 라는 이름을 가진 가게는 물론 문 닫은 지 오래되었지만, 시설이 남아 있고, 아카리는 미용사 자격도 도구도 가지고 있다. 그곳에서 자신의 손으로 처음 슈지의 머리를 잘랐다. 그럼으로써 서로의 마음을 확인했다. 아카리에게는 정말 특별한 일이었던 것이다.

"그런가. 특별하다니 좋은데."

아카리는 솔직히 말하지 못하는 자신을 한심하게 생각했지만 그래도 슈지는 이해해줄 거라고 믿었다.

눈이 마주치자 그는 천천히 눈을 깜박였다. 대화가 끊긴 시간이 길어지면 특별한 느낌이 찾아온다. 슈지가 미소를 짓자 아카리도 미소를 짓는다.

달콤한 공기가 흐른다. 그렇게 생각하고 있는데 이 분위기를 마구 뒤흔들듯 초인종 소리가 들렸다.

이다 시계방의 점포 입구 겸 현관 쪽에서 시끄러운 소리가 들려온다.

"어이, 슈, 있어? 문 좀 열어줘!"

이 목소리는 다이치다. 슈지는 못 말리겠다는 표정으로 일어섰다. 현관에서 문 열리는 소리가 들리는가 싶더니 거실로 뛰어든 다이치는 청소창문(일본에서는 실내의 쓰레기를 쓸어내기 위하여 바닥과 같은 높이로 작은 창문을 만드는데 이것을 '하키다시마도掃き出し窓'라고 한다. 여기에서는 편의상 '청소창문'으로 옮겼다)으로 곧장 가서 커튼을 빈틈없이 치고는 겨우 안심한 듯 심호흡을 했다.

"왜 그래, 다이치 군?"

비로소 그는 아카리가 있다는 사실을 깨닫고는 돌아보았다.

"뭐야, 아카리 씨도 있었네."

그렇게 말하면서도 안절부절 거실을 서성대다가 소파 한쪽 구석에 무릎을 부둥켜안은 채 웅크려 앉았다. 평소와 달리 심각한 표정이었다.

"미안하지만 나는 잠시 여기에 있을 거야. 혹시 방해가 된다면 두 사람이 2층으로 올라가줄래. 엿보지 않을 테니까. 지금은 그럴 여유가 없거든."

그 말을 듣자, 여유가 있었다면 충분히 엿보고도 남았을 것이라는 생각이 들어 아카리는 어이가 없었다. 굳이 다이치가 있는데 슈지와 둘만 있을 생각도 없었지만.

"장난치고 쫓기기라도 하는 거야?"

염색한 머리를 꼿꼿이 세우고, 볼트나 망가진 열쇠 같은 잡동사니를 매단 은색 목걸이를 목에 건 다이치는 언뜻 보면 개구쟁이 같은 모습이다. 못된 장난을 쳤다가 들킨 모양이라고 생각하는 게 제일 그럴 듯한 추리다.

"누가! 천둥이 치고 있어서 그래!"

"무서운 거야? 배꼽 떨어질까 봐?"

"내가 바보인 줄 알아?!"

하지만 그는 배꼽을 숨기기라도 하듯 더욱 힘주어 무릎을 끌어안는다.

"아무 소리도 안 들리는데."

거실로 돌아온 슈지가 말했다. 아카리 역시 딱히 천둥 비슷한 소리는 듣지 못했다.

"멀리서 번개가 쳤어. 분명 이쪽으로 올 거야."

소리도 들리지 않을 만큼 먼데, 그렇게 겁먹지 않아도 되잖아. 하지만 다이치는 진심으로 번개가 무서운 모양이다.

"쓰쿠모 씨, 번개 녀석은 잘 봐줘. 못된 짓을 해도 용서해주니까 기어오르는 거라고."

아무튼 다이치는 좀 이상하다. 그가 말하는 '쓰쿠모 씨'는 상가 이름으로도 쓰이는 '쓰쿠모 신사'를 말하는 것이다. 신사와 인연이 있는 집 자식인 듯 비어 있는 신사 사무실에서 살고 있는 대학생이지만, 평소에는 어슬렁어슬렁 놀러 다니는 것처럼 보이기만 한다. 복장은 왠지 늘 사무에였다.

그리고 이따금 이렇게 알 수 없는 소리를 한다.

"무서우면 사무실에 틀어박혀 있으면 될 텐데, 왜 슈 짱네 집으로 오는 거야?"

"신사 부지 안에 있으면 위험하거든. 가까이 오면 놈은 쓰쿠모 씨한테 인사하려 들 거라고."

놈이란 번개를 말하는 것인가. 인사라니, 예의바른 번개다.

"설마."

"하지만 비는 올지도 몰라. 아카리 짱, 빨래 널지 않았지? 다이치가 하는 이런 종류의 예상은 대부분 맞거든."

아카리보다 훨씬 오랫동안 다이치와 알고 지낸 슈지는 이렇게 말한다.

"응. 그건 괜찮은데, 다이치 군은 날씨를 알 수 있어?"

왜 다들 모르는 거야, 하고 오히려 그게 이상하다는 듯 그는 투덜댄다. 그리고 생각났다는 투로 덧붙였다.

"그러고 보니 그 아이는 어떻게 됐지. 우산이 없을지도 모르고 라임도 이제 곧 문 닫을 시간인데."

"그 아이라니?"

"헤어살롱 유이를 찾고 있었어. 아카리 씨한테 볼일이 있는 모양이던데, 밤까지 돌아오지 않을 테니까 어디서 시간을 보내려면 라임이 좋을 거라고 말해줬어."

"날 찾아왔다고? 누구지? 어떻게 생겼어?"

"고등학생 정도 되려나? 아니, 대학생인가? 요즘엔 보기 힘든 세 가닥으로 머리를 땋은 수수한 여자아이."

딱 한 사람, 아카리는 그런 모습의 여자아이가 떠올랐다. 하지만 그녀가 여기 온 이유를 모르겠다.

"설마, 카나인가? 나…… 라임에 가볼게."

"우산 가져가는 편이 좋을 거야. 같이 가줄까?"

아카리가 일어서자 슈지가 그렇게 말했다.

"으응, 괜찮아. 슈 짱은 아직 할 일이 남았잖아. 그리고 내 동생일지도 몰라."

"그래. 그럼 조심해서 다녀와."

고개를 끄덕이고 서둘러 숄더백을 손에 드는 아카리를 보면서 불쑥 다이치가 중얼거렸다.

"동생이었구나. 안 닮았던데."

아카리의 가정 사정은 복잡하다. 그렇지만 심각한 건 아니다. 부모가 이혼했다가 재혼하는 경우는 요즘 세상에는 흔한 일일 것이다. 그래도 다이치의 말은 평소 의식하지 않고 살아왔던 여동생의 존재를 새삼스레 일깨워주는 것이었던 만큼 당혹스러웠다.

2

왜 언니는 이런 쓸쓸한 상가로 이사 온 것일까. 카나는 도시에서 화려하게 생활하고 있는 언니가 부러웠다. 자신도 언젠가는 집을 나와 도시에서 일하는 게 꿈이었다. 하지만 이곳은 자신의 집이 있는 동네와 그리 다르지 않은 것 같다. 언니는 카나를 포함한 가족과 자신이 다르다는 것을 주장하기 위해 도시로 나간 게 아니었나.

이 라임이라는 카페도 어디를 가든 있을 법한 구조였고 메뉴 역시 그랬다. 오므라이스 냄새가 풍겨오자 허기가 밀려들었지만 카나는 상가에서 만난 사무에 차림의 남자가 말해준 것처럼 커피 한 잔으로 벌써 몇 시간을 죽치고 있었다.

옆자리에도 여자가 혼자 앉아 있다. 그녀도 시간을 죽이고 있는 것인지, 좀처럼 자리에서 일어서려 하지 않는다.

다만, 카나와는 달리 그 사람은 몇 번인가 커피를 추가했다. 젊지는 않은, 마흔 중반쯤의 기모노가 잘 어울리는 미인이었다. 가느다란 눈썹에 긴장감이 어려 있어 쉽게 다가가기 힘든 분위기를 풍겼다. 산 벚꽃이 그려진 띠가 예뻐서 가만히 바라보고 있는데 갑자기 그녀가 얼굴을 들어 카나 쪽을 보았으므로 서둘러 시선을 피해야만 했다.

"우리만 남아버렸네요."

카나를 보며 그녀는 그렇게 말했다. 가게 안을 둘러보자 계산을 마치고 나가려는 손님이 한 팀 있을 뿐 좌석 쪽에는 이제 아무도 없었다. 오후 8시가 지난 무렵부터 급격히 손님이 줄어들었다. 폐점 시간이 다가온 모양이다.

"……그런 것 같네요."

물끄러미 바라본 것 때문에 기분 나쁘지 않았을까 신경 쓰면서도 카나는 다시 한 번 기모노 차림의 여자를 흘낏 쳐다보았다.

"누구 기다리세요?"

미소를 띠고 말을 건네오는 여자는 겉보기만큼 새침한 것 같지는 않다.

"그게, 언니네 왔는데 언니가 아직 돌아오지 않아서요."

카페에 있겠다고 적은 메모지를 현관 문틈에 끼워놓고 왔으니까 봤다면 찾아올 것이다. 휴대전화 번호 정도는 엄마에게 물어보고 올걸, 하고 생각했지만 친구네 집에서 자는 것으로 돼 있어서 물어보지 못했다. 이사했다는 언니의 새로운 집 주소는 부엌에 붙어 있던 메모지를 몰래 훔쳐보고 알아냈다.

"언니 집에 자주 오나 봐요?"

"……네, 그럭저럭."

처음 왔다고는 말하지 않았다. 대개 자매는 사이가 좋은 편이라고 생각하는 게 일반적이었으므로 이 여자도 그렇게 여길 것이 분명했기 때문이다. 하지만 그녀는 예상하지 못한 말을 꺼냈다.

"제게도 언니가 있어요. 하지만 만난 적이 없어서."

그러고 나서 그녀는 문득 창밖으로 시선을 돌렸다.

"어머, 비가 오네."

밖은 어두웠지만 유리창에 물방울이 하나둘 늘어가는 게 카나에게도 보였다.

"아, 정말이네. 우산 없는데."

"곧 그치지 않을까요. 그래도 앞으로 얼마 동안은 그냥 여기 있어야 할 것 같네요. 슬슬 돌아갈까 하던 참인데."

카나 역시 그냥 헤어살롱 유이로 돌아가 그 앞에서 기다릴까 생각하고 있었는데 비가 오면 밖으로 나가는 게 쉽지 않다.

"왜 언니인데 만난 적이 없어요?"

옆자리의 여자와 대화를 이어갈 만한 질문을 던진 것은 아마 심심했기 때문일 것이다. 아니면 언니에 대한 이야기를 듣고 싶었거나. 카나도 언니인 아카리와 자매 사이라는 실감이 별로 나지 않는다. 언니와 만난 적이 없는 여동생은 언니의 존재를 어떤 식으로 느낄까. 약간 신경이 쓰였다.

"우린 어머니가 다른 자매예요. 제 어머니는 아버지와 결혼할 수 없는 입장이었고, 그래서 아버지의 또 다른 가족과 저는 전혀 왕래가 없었지만 언니가 있다는 사실만은 들어서 알고 있죠. 하지만 열다섯 살 차이가 나는데다가 별다른 공통점이 없어서."

왠지 심각해 보이는 사정이다. 가볍게 물어본 것을 후회했지만 그녀는 이야기하고 싶었는지도 모른다. 자신도 모르게 입을 다물어버린 카나에게 부드러운 미소를 지어 보이고 이야기를 계속했다.

"어떤 사람인지 상상해보려고 해도 아무것도 떠오르지 않아요. 그런데 이제 와서 언니의 유품을 제가 받는 건 좀 아닌 듯해요. 추억 하나 없고, 얼굴을 떠올릴 수도 없는 사람의 물건을 받아봤자 죽은 사람을 그리워할 수도 없잖아요?"

"언니가 돌아가셨나요?"

고개를 끄덕이며 그녀는 천으로 된 가방에서 종잇조각 하나를 꺼내었다.

"이게 그 유품이에요. 언니가 죽었다는 통보와 함께 이걸 보내왔지만."

이상한 유품이라고 생각하며 봤더니 시계의 수리를 의뢰한 보관증인 듯했다. 즉, 시계가 유품이라는 뜻일 것이다. 엔도 미도리. 보관증에 적힌 게 언니의 이름인가. 하지만 자세히 보니 날짜는 10년도 더 된 옛날이었다.

"10년이나 맡겨놓고 안 찾으러 간 건가요?"

"어머."

처음 알았는지 그녀는 보관증을 찬찬히 들여다보았다.

"정말이네. 언니가 죽은 건 지난달이었는데 어떻게 된 거지."

"이렇게 시간이 많이 흘렀는데 아직도 그 가게에서 시계를 보관하고 있을까요?"

"네. 전화로 물어봤는데 잘 보관하고 있다더군요. 이 근방에 있는 상가의 시계방이에요. 하지만 그걸 찾아야 할지 망설여져서 아직까지 결정하지 못하고 있었어요. 가게가 없어졌다면 그걸로 그만이라고 생각했는데 아직도 남아 있다니, 그래서 더욱 고민이 되네요."

그 때문에 그녀는 줄곧 여기서 고민을 거듭하고 있었던 모양이었다.

"상가라면 쓰쿠모 신사 거리 상가일 거예요. 하지만 거의 대부분의 가게가 문을 닫은 것 같았는데."

"처음에는 가게를 찾지 못했어요. 간판도 안 보이고 입구도 일반 가정집 같은 서양식 주택인 데다가 쇼윈도에 미술품 같은 탁

상시계만 하나 있어서, 굳이 말하면 골동품 가게처럼 보였어요. 그러고 보니 쇼윈도에 묘한 문장이 적힌 금속판이 있었는데."

그 가게라면 카나도 본 기억이 있다. 언니네 집과 대각선 건너편에 있는 집이다. 거기가 시계방이었나.

"그거, '추억의 시時 수리합니다'라는 이상한 문구 아니었나요?"

"네, 좀 이상했죠?"

"장난일 거예요. 언니네 집 근처였어요. 상가인데도 사람도 없고, 그런 걸로 손님을 끌 생각이었나 보죠."

그 간판 이야기가 나오자 자연스럽게 카나는 사무에 차림의 남자가 떠올라 화가 났다. 소중히 간직하고 싶은 추억 하나 없느냐고, 왠지 다 안다는 듯 말한 무례한 남자였다.

추억 같은 건 그저 과거의 기억일 뿐이다. 과거에 일어난 일은 변하지 않는다. 애당초 수리하고 싶다고 생각할 정도라면 좋은 추억일 리도 없으니 그런 것을 소중히 여겨서 뭘 어쩌자는 걸까.

"……정말 추억을 수리해주는 걸까."

그녀가 중얼거렸다. 그 문구에 뭔가 기대를 하고 있는 듯했다.

"만약 그게 가능하다면 언니와의 추억을 갖고 싶으신가요?"

잠시 생각하다가 그녀는 살짝 고개를 저었다.

"아무리 사소한 것이라 해도 추억이 없다면 수리도 불가능하겠죠. 저와 언니 사이에는 정말 아무것도 없어요."

그렇다. 원래부터 아무것도 없었다면 수리할 수도 없다. 왠지 그 사실에 카나는 작은 충격을 받았다.

"비는 아직도 그치지 않은 것 같네요. 하지만…… 이젠 돌아가야겠어요."

그러고 나서 그녀는 갑작스러운 말을 했다.

"혹시 괜찮다면 이거 받아주지 않을래요?"

시계 보관증을 내밀었던 것이다.

"아무래도 제게는 필요 없는 것이라서 팔든 처분하든 상관없어요."

"앗, 하지만……."

"제가 그냥 버려도 되겠지만 아무리 그래도 혈육인데 왠지 마음에 걸린다고나 할까……. 당신도 자매 중 동생 쪽이니까 저 대신 마음대로 해주세요. 아무런 인연도 없는 저와 언니 대신."

곤혹스러워하는 카나에게 보관증을 억지로 쥐여주고 그녀는 서둘러 라임에서 나가버렸다.

어떻게 하면 좋을지 몰라서 카나는 자리에 앉아 꼼짝하지 않고 그녀를 눈으로 좇으려고 창밖을 보았다.

비가 계속 내리고 있는데도 도망치듯 가버린 그녀의 모습은 곧 보이지 않았다.

번뜩였나 싶더니 천둥이 친다.

우산도 없이 이런 시간에 나가도 괜찮을까. 살짝 걱정되는 동시에 카나는 남겨진 손목시계 보관증이 짐처럼 느껴졌다. 시계 같은 건 별로 갖고 싶지도 않았고, 그렇다고 해서 버리는 건 좀 그랬다.

생각에 잠겨 있을 때 카페의 도어벨이 울렸다. 아까 그 여자가 엄청난 비바람을 견디지 못하고 돌아온 것인지도 모른다. 그렇게 기대하며 입구를 확인하려고 일어섰다.

하지만 아이비 덩굴이 무성한 칸막이 너머에서 일어선 카나에게 시선을 보낸 것은 아까의 여자가 아니었다.

"카나! 다행이다. 아직 있었구나."

그렇게 말하며 언니인 아카리가 달려왔다.

"가출한 거 아냐?"

빗속을 뚫고 카나와 함께 집으로 돌아온 아카리는 포트에 물을 끓이면서 물었다. 천둥소리는 아직도 들리고 있었지만 가슴이 뛸 만큼 가깝지는 않았다.

"설마."

방 쪽에서 부엌을 들여다보며 카나는 공연히 기둥의 상처를 문질러댄다.

"봄방학이잖아. 하지만 별 계획도 없고 시간 많아. 자고 갈게."

"그건 상관없는데 난 계속 일해야 해. 서비스업은 일요일이든 공휴일이든 상관없이 영업하니까."

"나는 신경 쓰지 않아도 돼. 하고 싶은 거 할 테니까."

이 근방에는 놀 만한 곳도 없다. 하지만 카나도 올봄부터는 대학생이다. 어린아이 취급하지 않아도 될지 모른다.

아카리가 차를 담은 찻잔을 테이블에 내려놓자 카나는 조심스럽게 그 앞에 앉았다. 신기하다는 듯 주위를 둘러보며 깡통에 든 쿠키로 손을 뻗는다.

"오래된 집이네. 할머니네 집 같아."

카나가 말하는 할머니는 아버지 쪽 할머니다. 어머니는 아카리를 데리고 현재의 아버지와 재혼했다. 카나가 태어난 것은 그 후니까 어머니가 데리고 들어간 자식인 아카리는 카나가 친밀감을 느끼는 할머니와는 약간 거리감이 있다.

아무튼 카나는 아버지가 다른 여동생으로, 열 살이나 차이가 나기 때문에 함께 놀면서 성장한 사이는 아니었다. 그리고 카나가 초등학교에 입학하여 슬슬 철이 들 무렵 아카리는 집을 나왔기 때문에 만날 일도 거의 없었다.

그래서 이런 식으로 갑자기 카나가 찾아오리라고는 생각지도 못했다.

지난번 아카리가 집에 찾아갔을 때도 카나는 입시가 끝났다며 한껏 편한 마음으로 졸업 여행을 떠나는 바람에 만나지 못했다. 그런데 대체 무슨 바람이 분 것일까. 시간이 많다는 게 별다른 접점도 없는 언니네 집에 찾아올 만한 이유가 되나.

"대학은 이제 곧 입학식이지? 1지망은 안 됐지만 합격한 곳도 꽤 좋은 대학이잖아."

그러자 카나는 살짝 눈살을 찌푸렸다. 그녀가 가고 싶어 했던 도쿄의 대학에 떨어졌다는 것은 모른 체하는 게 좋았을지도 모른다. 어쩌면 그 문제로 고민하다가 여기 온 것인지도 모르는데.

하지만 곧바로 그럴 리는 없다고 생각했다. 대학에 들어가지 않은 아카리에게 진학에 대한 고민을 상담하러 올 리가 없다.

"그거 누구한테 들었어?"

"……이모한테."

"역시. 입이 가벼워."

질렸다는 표정을 짓는 카나였지만 그리 기분 나빠 하는 것 같지는 않았다. 원래 그런 이모니까 어쩔 수 없다고 생각할 것이다. 어쨌든 1지망에서 떨어진 문제는 그리 고민거리가 되지는 않는 듯했다.

"맞다, 배고프지 않니? 뭐 좀 먹을래?"

그렇게 묻자 이미 입시에 대한 것은 잊어버린 듯 몸을 앞으로 내민다.

"응. 먹을래. 뭐 있는데?"

"포토푀pot-au-feu(고기와 야채를 섞어 삶은 진한 수프)."

"언니가 만든 거야?"

"음, 반쯤은."

카나는 고개를 갸웃거렸지만 더 이상 따지고 들지 않았다. 어제 슈지가 와서 만든 저녁 식사가 남은 것이다. 그가 잘하는 것은 시계 관련 일만이 아니다.

"금방 데울게."

이런 건 많이 만드는 편이 맛있다며 잔뜩 해놓았다. 냉동해두면 재조리가 용이한 만큼 피곤해져서 집에 돌아왔을 때는 편리한 요리다.

준비하는 동안 카나는 조용히 있었다. 하지만 잠시 후 생각났다는 듯 입을 열었다.

"언니는 고등학교 졸업하고 바로 혼자 살기 시작했지?"

"미용 학교가 좀 멀어서. 하지만 집에서 다니는 편이 아무래도 편하지."

결국 집을 떠날 필요가 없는 대학에 가게 된 카나는 그게 싫은 걸까. 하지만 아카리의 걱정은 아랑곳하지 않고 그렇겠지, 하고 곧바로 말한다.

"난 언니처럼 하고 싶은 일도 없으니까 지방 대학이 어울릴지도 모르지."

"아버지는 네가 멀리 떠나는 건 원치 않으시는 모양이던데?"

"응. 외동딸이니까."

그렇게 말하고 나서 카나는 실수했다는 표정을 지었다.

"그게 말이지, 언니는 뭐든 잘하지만 난 믿음직스럽지 못하대. 아빠가. 이건 좀 과보호 아니야?"

"내가 봐도 카나가 혼자 사는 건 좀 위험해 보인다."

아카리는 웃어 넘겼지만 카나는 생각에 잠긴 듯 고개를 숙였다.

대체 무엇을 원해서 온 것일까. 대중없는 이야기를 통해서는 가늠하기가 힘들다. 새아버지와 아카리의 관계 역시 카나가 신경 쓸 일은 아무것도 없을 터다. 지금까지도 문제없이 지내왔다. 좋은 사람이고 아버지라고 생각한다. 하지만 아버지에게 카나와 자신이 동등한 존재가 아니라는 건 알고 있었고, 그래도 상관없었다.

"언니는 왜 여기 온 거야? 여기에 뭐가 있어?"

갑자기 예리한 질문을 던진다. 당황한 아카리는 말을 흐렸다.

"어, 별로……. 잠깐 환경을 바꿔보고 싶었을 뿐이야."

아카리에게는 추억이 있는 곳이었기 때문이다. 하지만 그것은 카나와는 상관없는 일이다. 아카리가 헤어살롱 유이로 이사 온 걸 안 엄마는 짚이는 게 있었을지도 모르지만 결국 아무 말도 하지 않았다. 엄마와 아버지와 카나, 세 사람과는 아무런 상관도 없는 아카리의 개인적인 이유로 여기에서 살고 있다. 그래서 이야기할 게 없다고 생각한 아카리였지만 카나는 수긍하기 힘든 듯했다.

그래도 포토푀가 데워지자 정신없이 먹기 시작했다. 맛있는지, 아니면 상당히 배가 고팠는지 아무튼 식사에 집중하자고 생각한 모양이었다. 아카리도 그렇게 하기로 했다.

한숨 돌리고 나서 카나는 또 다시 입을 열었다.

"카페에서 우리랑 비슷한 사람을 만났어. 한쪽 부모가 다른 자매에 나이 차이도 꽤 크대."

"자매와 카페에서?"

"아니. 동생만."

카나와 비슷한 처지의 사람인가. 하지만 그 또한 카나가 여기 온 이유와는 관계가 없는 것 같았다.

"그런데 그 사람은 자기 언니와 만난 적이 없대. 그래서 유품 같은 건 필요 없다고, 이걸 받아달라며 억지로 나한테 줬어."

"유품?"

아카리에게 보여준 것은 접힌 종잇조각이었다. 펼쳐보자 '수리 보관증'이라고 쓰여 있었다. 성명 칸에는 '엔도 미도리'. 이다 시계방 이름이 도장으로 찍혀 있었지만 아카리는 그 날짜에 시선이 고정됐다.

"이거. 10년도 더 된 거잖아?"

"응. 그 사람 언니가 맡기고는 찾아가지 않은 것 같아. 그런데 언니가 죽었기 때문에 동생이 유품으로 받았나 봐. 이 시계방에 전화했더니 가게에는 아직 보관되어 있다고 한 모양이던데 그걸 찾으러 가는 건 망설여진다고."

거기에는 시계 메이커와 제품 번호 비슷한 것밖에 적혀 있지 않았지만 슈지의 할아버지가 맡은 시계라는 점이나, 문의한 적이 있다는 점도 일치한다. 그렇다면 종소리가 나는 시계의 보관증일 것이다.

"받았다고? 카나가?"

놀란 아카리는 몸을 앞으로 내밀었다.

"버려도 상관없대. 자기가 버리기는 좀 힘들어서 그렇다고 하던데. 이 시계방, 근처잖아. 같은 동네니까 알지? 그럼 언니가 좀 처리해주면 안 될까? 죽은 사람 유품을 함부로 버리는 건 꺼림칙해."

"버리다니 말도 안 돼! 게다가 이거……, 이런 걸 받으면 안 돼. 카나야. 그 사람 어딨어? 돌려줘야만 해."

몹시 당황하는 아카리를 보고 카나는 이상하다는 듯 고개를 갸웃거렸다.

"그건 모르지. 카페에서 만난 것뿐인데. 아! 여기에 주소와 전화번호 다 적혀 있네."

주소는 시내였지만 어느 근방인지 아카리는 알 수 없었다. 아무튼 전화해보려는데 카나가 더욱 이상하다는 표정을 지었다.

"본인이 필요 없다고 했으니까 굳이 돌려주지 않아도 돼. 10년 이상이나 된 옛날 시계인데. 이제는 디자인도 낡았을 테고."

카나의 말을 대충 흘려듣고 전화번호를 눌렀지만 연결 대기음 대신 이 번호는 사용하지 않는다는 안내 방송만 들려왔다.

"안 받아?"

"여기 적힌 게 엔도 미도리 씨 주소 맞지? 그렇다면 당사자는 죽었다 해도……. 가족들까지 이미 어디로 떠난 건가?"

언제까지 이 주소지에 살았는지는 모르겠지만 시계를 찾으러 오지 않은 게 멀리 이사를 갔기 때문이라면 최근에 이사 간 게 아닌 셈이 된다. 이 주소를 통해 가족의 행방을 찾는 건 어려울지도 모르겠다.

"그 동생 분은 어쨌든 언니와 만난 적이 없다고 했어."

그래도 남은 가족과 연락이 닿는 상황이긴 했던 것이다. 생각에 잠긴 아카리를 보며 카나가 중얼거렸다.

"시계를 어떻게 하면 좋을지 모르겠다던 그 사람의 기분을 왠지 알 것 같아. 저기 말이야, 언니, 혼자 살기 시작하면서 거의 집에 오지 않은 건 우리가 한 가족이라는 생각이 없기 때문인 거야?"

갑작스러운 말에 솔직히 아카리는 당혹스러웠다.

"무슨 소리야."

가족과 있으면서 소외감을 느끼지 않았던 것은 아니다. 그래도 그럭저럭 나이를 먹자 부모님 품에서 떠나고 싶다고 생각한 것은 극히 평범한 독립심 때문이었다. 거의 집에 가지 않은 것도 일과 대인 관계로 바빠서였다.

아마 카나는 아카리보다 집을 편하게 느꼈을 테고, 쓸쓸히 혼자 사는 생활과는 맞지 않는 성격인 만큼 아카리가 건조해 보였을지도 모른다. 마치 가족을 필요로 하지 않는 사람처럼.

"우린 닮지 않았어. 어렸을 적 추억이 없으니까 자매라는 실감도 거의 없고."

틀림없이 평범한 다른 자매들에 비하면 자매답지 않을지도 모른다. 하지만 아카리는 동의할 수 없었다.

"아무튼 카나야. 카페에서 잠깐 이야기를 나눈 것만으로 그 사람 사정을 다 알 수는 없는 거야. 시계는 돌려주도록 하자."

슬쩍 다시 시계 이야기로 화제를 돌렸다.

"내일 이다 시계방에서 주인에 대해 조사해보도록 할게."

보관증에 있는 이름인 엔도 미도리에 대한 것이라면 이다 시계방에 기록되어 있을 가능성이 있다. 고가의 시계를 맡겨놓고 방치해둘 만큼 신뢰가 돈독한 손님이었을 것이다.

"남는 이불 좀 가져올게. 그 방에서 그냥 자도록 해."

그렇게 말하고 식탁에서 일어섰다. 빨리 목욕이나 하자 싶었다.

왠지 도망치듯 나오고 만 것은 카나의 기분도 잘 알기 때문이었다. 아버지와 어머니 그리고 그들의 자식. 그런 단순한 가정을 복잡하게 만드는 것은 아카리의 존재다. 나이 차이도 많은 데다가 반밖에 피가 섞이지 않았다. 있는 둥 마는 둥한 언니가 있기보다 차라리 외동딸이었으면 좋았을 거라고 카나가 생각한다 해도 이상할 게 없다.

대학생이 된 것을 계기로 그녀는 자신 내부에서 언니를 없는 존재로 치부해버리려는지도 모른다. 그에 대한 매듭을 짓기 위해 언니를 만나러 온 게 아닐까.

3

이다 시계방의 둥근 떡갈나무 테이블이 놓인 주방은 아침부터 상당히 부산스러웠다. 아카리가 카나를 데리고 왔을 때 다이치도 왔기 때문이다.

넷이서 아침 식사를 하게 되자 카나는 어찌 된 영문인지 모르겠다는 표정을 지었다.

"정말 언니의 남자 친구세요?"

"그래."

슈지는 부끄러워하지도 않고 대답했다. 식탁에는 최근 들어 좀처럼 볼 수 없었던 잘 차린 아침 식사가 놓여 있다. 된장국도 계란말이도 슈지가 만든 것이다.

"정말 추억을 수리할 수 있어요?"

"넌 수리하고 싶은 추억 같은 거 없잖아. 그러니 물어볼 필요가 없어."

갑자기 끼어든 다이치에게 카나는 경계의 눈빛을 보냈다. 여자 학교에서 교육을 받은 그녀는 다이치처럼 언뜻 화려해 보이는 남자를 반경 1미터 이내로 접근시키고 싶지 않을 것이다.

하지만 다이치가 정말 화려한가 하면 늘 사무에 차림이라 꼭 그렇다고도 할 수 없다. 학교는 성실히 다니고 있는 것 같지 않았지만 신사 일은 꼬박꼬박 돕고 있는 것을 보면 그저 빈둥거리는 젊은 아이라고 생각하는 것도 무리가 있을 것 같다.

"이 장아찌 맛있는데."

"그거 내가 사온 거야."

"호오, 아카리 씨가? 내가 좋아하는지 어떻게 알고."

"특별히 네 생각해서 사온 건 아닌데."

"흐음, 그럼 슈를 위해서?"

"그보다 유품 시계에 대해서 말인데 엔도 미도리라는 사람은 엔도 카쓰히코라는 분의 따님 같아."

슈지는 보관증을 보며 아카리가 들려준 만남 이야기로 화제를 돌렸다.

"할아버지의 영업 일지를 보면 엔도 카쓰히코 씨는 이 근방에 살고 있었고 상당히 값비싼 시계를 주문하는 단골이었던 것 같거든."

"그럼 아버지 시계를 미도리 씨가 수리해달라고 맡긴 건가."

"그게 말야, 일지에 따르면 카쓰히코 씨가 직접 맡긴 것 같아."

"딸의 이름으로?"

"그래. 게다가 보관 기간이 1년으로 되어 있어. 좀 길지. 얼마 동안 찾으러 올 수 없는 사정이 있어서 정기 점검까지 포함하여 맡긴 모양이야."

그게 대체 어떤 사정일까. 결국 1년이 지나고도 아무도 찾으러 오지 않은 것은 왜일까. 보관증만이 미도리 씨의 동생 손에 넘어간 것도 이상하다.

"엔도 카쓰히코 씨는 아마 이 상가에 자주 왔을 거야. 이 주소라면 15년쯤 전까지는 버스를 타고 여기로 물건을 사러 오는 사람들이 많았어. 지금은 전차를 타고 다른 번화가로 가지만. 엔도 씨는 할아버지의 이다 시계방을 꽤 친밀하게 느꼈나봐."

"미도리 씨는 죽은 모양이지만 아버지인 카쓰히코 씨는 어떨까. 상가에 혹시 그 행방을 아는 사람이 있지 않을까?"

"거기까지는 모르겠지만 부딪쳐보는 수밖에 없어. 일단 엔도 씨의 친척을 찾기만 하면 그 동생분과도 연락이 닿을 수 있겠지."

"하지만 그 동생이 찾으러 올까? 필요 없다고 했잖아?"

다이치는 장아찌를 아삭아삭 씹으면서 말하다가 서둘러 녹차와 함께 삼켜버렸다.

"받으러 올 거야. 시계는 주인을 선택하거든."

단호하다. 슈지는 시계에 관해서만큼은 한 치의 흔들림도 없다. 값비싼 시계이기 때문에 그렇게 말한 것은 아닐 것이다.

기술을 총동원한 이 시계의 기능은 너무나도 복잡해서 그것을 이해하지 못하면 감히 소유할 수 없다. 카나가 받아도 되는 물건이 아니었고 함부로 버리는 것은 더욱 말도 안 된다. 그렇게 하는 건 이 시계를 만든 장인의 영혼까지 내버리는 행위나 다름없다고 슈지는 생각하고 있는 것이다. 그리고 가능하다면 원래 주인 즉, 시계에 담긴 마음을 이해할 수 있는 사람이 가져야 한다. 이 시계와 함께 시간을 새겨온 고인에 대해 아는 사람이.

하지만 엔도 미도리 씨의 동생은 언니를 모른다. 아니, 아버지라면 그녀의 아버지이기도 해서 알고 있을 테니 역시 그녀가 가져야 하나.

"상가 사람들에겐 내가 물어볼게."

"응. 고마워. 부탁해."

"죄송합니다."

모두가 제 일처럼 나서자 꼭 돌려줘야만 하겠다는 생각이 들었는지 카나는 정중히 인사를 했다.

"사실은 우리 가게에서 맡은 시계니까 네가 사과할 필요는 없어. 힘들게 언니네 집에 놀러왔는데 왠지 이상한 일에 말려들게 된 것 같아 내가 미안하지."

아뇨. 하고 카나는 서둘러 고개를 저었다.

"너, 아카리 씨가 일하러 간 사이에 시간 있지? 그럼 신사로 참배 가지 않을래? 내가 안내해줄게."

"앗, 하지만."

카나는 노골적으로 곤란한 표정을 지었지만 다이치는 개의치 않았다.

"신사는 꼭 들러야 해. 나쁜 것을 물리쳐주니까."

"나쁜 게 뭔데요?"

"여러 가지지. 특히 초승달이 뜨는 밤에는 이상한 일들이 벌어진다고. 넌 타지 사람이라 표적이 되기 쉬워. 조심하는 편이 좋아."

기분 나빠하는 카나가 불쌍해진다. 다이치가 참배를 권하는 것은 새전함에 넣는 돈을 슬쩍하려는 심산이기 때문이다.

"다이치는 신사의 친척이야. 신앙심이 깊어서 그런 거니까 이해해줘."

슈지의 말이라면 처음 만나는 사람이라 해도 순순히 받아들일 수 있는 것인지, 카나는 고개를 끄덕였다.

"초승달이 언제 뜨는데?"

일상생활에서 달의 모양을 의식하는 사람이 과연 얼마나 될까. 적어도 아카리는 우연히 밤하늘을 올려다보았다가 보름달인지 초승달인지 알 뿐이었다. 하지만 다이치는 곧바로 대답했다.

"오늘 밤이야."

"호오, 다이치 군은 잘도 아네."

"슈도 알고 있을걸."

"응. 대충은. 시계와 달력은 떼려야 뗄 수 없는 관계라서."

"그래. 그러니까 제마령除魔鈴(귀신을 물리친다는 부적 역할의 방울) 안 살래?"

다이치는 또 다시 이야기를 되돌려 카나에게 들러붙는다. 사무에 품에서 꺼낸 헝겊에는 끈 달린 작은 방울이 몇 개나 들어 있다. 그러고 보니 신사에서 팔고 있는 것과 같다.

새전을 슬쩍할 뿐만 아니라 그는 이런 것으로도 용돈을 벌고 있는 모양이다.

"그걸로 귀신을 물리칠 수 있어요? 단순한 스트랩이잖아요?"

"옛날부터 방울에는 귀신을 물리칠 수 있는 힘이 있다고 믿었어. 하나에 100엔. 싸지?"

"필요 없어요!"

카나는 필사적으로 밀쳐냈고 결국 다이치는 그녀에게 새전을 넣게 하는 것도, 방울을 파는 것도 포기한 듯했다.

쓰쿠모 강을 따라 나 있는 벚나무 길은 근방에서 꽃구경의 명

소로 알려졌지만 이제 그 시기도 거의 끝나가고 있었다. 한편 상가의 벚꽃은 아직도 선명한 분홍색을 자랑하고 있다. 아치 기둥에 묶인 비닐로 된 벚꽃이 활짝 핀 채 바람에 날리고 있었다. 눈치챈 사람이 있는지는 모르겠지만 쓰쿠모 신사 거리 상가에서는 이따금 조화 장식을 바꿔 달아 상가회가 아직도 존재하고 있음을 주위에 알리고 있다.

정오가 지났을 무렵 셔터 앞 비닐 벚꽃이 활짝 핀 길에서 슈지는 우연히 카나를 만났다.

"어디 다녀오는 길이야?"

"아, 네. 실은 기모노 입은 사람이 오늘도 왔을지 몰라 카페 라임에 가봤어요. 없긴 했지만 조금 더 이 주변을 돌아다녀볼까 싶어서요."

"길 잃지 않도록 조심해."

순순히 고개를 끄덕인 카나는 그러고 나서 뭔가 할 말이 있는 듯 그를 가만히 보았다.

슈지가 기다리며 서 있자 갑자기 생각난 것처럼 물어왔다. 그것은 아마 아침 식사 자리에서는 묻고 싶어도 물을 수 없었던 질문이었을 것이다.

"저기, 언니도 남자 친구 앞에서 애교 부리고 그러나요?"

왠지 상상이 안 된다며 그녀는 어려운 문제를 앞에 두고 있는 사람처럼 눈살을 찌푸렸다.

글쎄, 하고 말하며 슈지는 고개를 갸웃거렸다.

"집에서는 말도 함부로 하지 않고 화를 낸 적도 없어요. 어리광 부릴 사람이 없어서 그랬을지도 모른다는 생각이 요즘 부쩍 들어요. 엄마는 언니가 어리광 부릴 수 있는 거의 유일한 가족이라고 생각하는데 그저 서로 데면데면한 느낌이죠. 솔직하지 않은 성격이 서로 닮아서 어쩔 수 없다고 이모는 말하지만 전 언니한테서 엄마를 빼앗은 셈이라, 그래서 저를 언니가 싫어하는 건지도 모른다고 오래전부터 느꼈거든요."

그것이 그녀가 여기 온 이유 중 하나일지도 모른다고 생각하면서 슈지는 말했다.

"너한테도 엄마가 맞잖아? 그리고 널 돌봐줘야 했을 때 아카리 짱은 이미 다 커서 빼앗겼다거나 그런 생각은 하지 않았을 거야."

"그럴까요."

카나는 아직도 심난한 표정을 짓고 있었다.

"오늘 아침에도 아무 설명 없이 이다 씨네 집으로 가고. 전 뭐가 뭔지, 왜 그 집에서 밥을 먹었는지 전혀 모르겠어요."

언니와는 어떤 사이예요? 하고 물어서 사귀고 있는데, 라고 대답하자 무척 놀랐던 게 떠올랐다.

"그런데 언니는 아무런 말도 없이 그냥 밥만 먹고."

"가족 앞이라서 부끄러웠던 게 아닐까?"

"제가 없을 때는 다른 느낌인가요?"

"그렇게 다르지 않은 것 같은데."

"역시 남자 친구한테도 쌀쌀맞군요."

"쌀쌀맞지는 않아."

아직도 약간 조심스러워하는 부분은 있을지 모른다. 하지만 아카리의 진심은 느낄 수 있다. 자신만의 착각은 아니라고 생각한다.

"걱정하지 마. 앞으로는 내가 실컷 어리광 받아줄 거니까."

슈지는 별로 이상한 말을 했다고는 생각하지 않았지만 왠지 카나는 볼을 붉혔다.

"그러니까 넌 아카리 짱한테 실컷 어리광 부려도 돼."

그래서 왔을 거라고 생각했다. 카나는 순간 방심한 표정이 되었다가 다시 딱딱한 태도로 돌아갔다.

"제가 이런저런 이야기한 거 언니한테는 말하지 말아주세요."

그것만 확실히 말해두고 슈지 앞을 떠났다.

엔도 카쓰히코라는 사람은 화가였던 모양이다. 늘 일본 전통 복장에 중절모를 쓰고 상가를 활보했다고 한다. 덧붙여 상가 한 귀퉁이에 있던 극장에도 자주 다닌 모양이다. 술집에서 일하는 듯한 여자를 데리고 다닌 적도 많았다. 그가 사치스러운 생활을 할 수 있었던 것은 그림으로 돈을 벌었기 때문이 아니라 부모의 유산 덕분이었다는 게 한결같은 이야기였다. 보관증에 적힌 주소에는 지금도 그 당시 그대로 훌륭한 일본식 저택이 있었지만 소유자는 바뀌어 있었다. 그림이 잘 팔리지 않아 빚을 지고 있었다는 소문도 있었기 때문에 그가 살아 있을 때인지 죽은 후인지는 모르겠지만 저택을 팔아치울 수밖에 없었을 거라고, 쓰쿠모 신사 거리 상가 사람들 사이에 한동안 화제가 된 적이 있었다고 한다.

병으로 죽은 것은 10년쯤 전. 그 이전부터 상가에서 그의 모습은 거의 보이지 않았다. 엔도 씨가 오랜만에 와서는 말이야, 하고 슈지의 할아버지가 술집 주인에게 말했던 것도 이 무렵이다.

"대단한 걸 맡겼지 뭔가."

할아버지는 그렇게 말했던 모양이다. 아마 그 손목시계일 것이다. 얼마나 대단한 것이기에 그러느냐고 술집 주인이 묻자 '딸에게 주는 유품'이라고 했다.

"다른 친척이 가져가지 않도록 말인가."

"글쎄. 그럴지도 모르지."

"좋은 시계인가?"

"놀라운 시계야."

그 무렵 아마 엔도 카쓰히코는 자신의 몸 상태를 알고 있었던 것 같다. 보관증에 엔도 미도리라는 딸의 이름을 적은 것도 꼭 딸에게 물려주고 싶었기 때문이었을 것이다.

일을 마친 아카리가 이다 시계방에 들르자 슈지는 엔도 카쓰히코 씨에 대해 상가에서 수집한 이야기를 들려주었다. 하지만 결국 엔도 미도리 씨와 그 여동생에 대한 것은 아무것도 알아내지 못했다.

"그럼 왜 미도리 씨는 시계를 찾으러 오지 않았던 걸까."

보관증을 잃어버린 것도 아니다. 오히려 만난 적도 없는 동생에게 물려주었으니까 착실히 보관하고 있었으리라 생각한다.

"기간은 1년 동안이지만 그 후 할아버지가 쓰러지고 나서 가게를 잠시 닫았으니까, 찾으러 왔다가 폐점했다고 생각해서 포기했을 가능성도 있어."

그래도 미도리 씨는 아버지의 시계이니 보관증만이라도 소중히 간직하자고 생각했던 것일까. 그리고 자신의 죽음을 앞두고 동생에게 맡겼다. 만난 적도 없는 배다른 여동생에게.

"미도리 씨의 여동생이 다시 한 번 연락해주기를 기다리는 수밖에 없겠어. 어디에 사는지 이름조차 모르니까 말이야."

"그래. ……그런데 연락을 줄 것 같아?"

"그럴 것 같아. 일단은 굳이 이 동네까지 왔으니까 전혀 관심이 없는 건 아니지 않을까?"

신경이 쓰일 것이다. 아무런 감정도 없는 여동생에게 아버지로부터 물려받은 유품을 건네줄 수 있을까. 언니인 미도리 씨에게는 동생에 대한 뭔가 특별한 감정이 있었을 것이다.

"카나 짱이 미도리 씨의 여동생을 찾으러 다니는 모양이던데. 라임도 가보았다고, 길에서 만났는데 그러더라."

"정말? 어제는 돌려주지 않아도 된다고 생각하는 것 같았는데. 아버지의 유품인데다가 좀 더 복잡한 사정이 있는 것 같으니까 마음에 걸렸나."

"그런 점은 닮았어."

"나하고?"

"응. 일단 관계하면 자기 일처럼 달려드는 게."

아마도 슈지는 아카리가 처음 여기에 와서 다른 사람들 일에 적극적으로 관여했던 게 떠올랐을 것이다.

"닮았다는 말 들은 거 처음이야."

"호오, 그래?"

"우리는 닮지 않았어. 자매다운 추억 하나 없으니 언니라고도 생각하지 않는 것 같고."

슈지가 그런 아카리를 보며 잠시 슬픈 표정을 지었던 것은 죽은 형이 떠올랐기 때문일 것이다. 형제나 자매 이야기가 나오면 생각이 많아지는 것 같다.

"아, 하지만 싸우거나 한 적은 없어. 가끔 보는 사촌 정도의 거리감이 서로에게 딱 적당한 것 같아."

"그래도 만나러 왔잖아."

한가하다는 이유였다.

"응……. 그래서 더욱 무슨 생각을 하는지 모르겠어."

놀러 왔으면서 언니라는 실감이 나지 않는다고 말했다.

"아무튼 연락을 기다릴 수밖에 없겠어. 카나에게도 그렇게 말해둘게."

아카리는 서둘러 시계방에서 나와 자신이 살고 있는 헤어살롱 유이로 향했다. 가게 입구를 통해 들어가 안쪽 계단을 두 계단씩 올라가다가 불이 켜져 있지 않다는 사실을 깨달았다. 혼자 사니까 평소에는 집 안이 캄캄해도 별다른 위화감이 없었지만 오늘은 카나가 있을 텐데. 혹시 아직도 돌아오지 않은 걸까.

부엌과 거실 등 이곳저곳, 카나를 부르면서 들여다보았지만 없었다. 이 근방 지리도 잘 모르는데, 사람 찾는다고 나섰다가 길을 잃은 건 아닐까. 상가를 조금만 벗어나면 골목은 꽤 복잡해진다. 걱정이 되어 찾으러 나서려고 계단을 내려가던 아카리는 퍼뜩 떠올라 카나의 휴대전화로 전화를 걸어보았다.

하지만 이럴 때면 늘 그렇듯, 근처에서 전화벨이 울린다. 침실의 상인방上引枋(상부의 하중을 버티기 위해 창이나 문짝 위에 설치한 보)에 걸린 숄더백에서 들려오고 있었다.

가방도 없이 나간 걸까. 아카리는 일단 밖으로 나왔다. 상가는 줄지어 서 있는 가로등 불빛으로 환했지만 좁은 골목 안으로 조금이라도 들어서면 무척 어둡다. 가정집의 작은 창문에서 새어 나오는 빛이 블록 담 위에서 이따금 좁은 골목길을 비추고 있었지만 밖으로 얼굴을 내민 마당의 나뭇가지나 아무렇게나 놓아 둔 자전거 핸들에 갑자기 부딪혀 깜짝 놀라게 되고 만다.

자전거를 피해 더 앞으로 나아가려다가 문득 생각했다. 사람을 찾는 중이라면 이런 골목 안으로 굳이 들어올 이유가 없지 않은가. 엔도 미도리 씨의 동생을 찾는다면 더욱 그렇다. 그녀가 이 동네를 알 리가 없었던 것이다.

어쩌면 그녀가 또 다시 카페 라임에 나타날지도 모른다고 생각하고는 거기서 기다리고 있는 게 아닐까. 그래서 국도 쪽으로 방향을 틀었다.

신사 앞을 지나는데 돌계단 위에서 뭔가가 눈앞으로 뛰어내렸다. 깜짝 놀라 멈춰 선 아카리에게 그 검은 그림자가 말을 건넸다.

"아카리 씨. 어디 가?"

"다, 다이치 군?"

눈에 힘을 주고 자세히 들여다보던 아카리는 그제야 겨우 그 윤곽을 확인할 수 있었다. 그가 살짝 위치를 바꾸자 조금 떨어진 가로등 불빛이 흐릿하게 와 닿아 귀에 걸린 피어스가 둔탁한 빛을 발했다.

"내가 뭐랬어. 오늘 밤은 달이 없어서 어둡고 위험할 거라고 했지? 산책 중이라면 부적을……."

그는 품에서 방울 소리가 나는 헝겊을 꺼내려 했지만 차단하듯 아카리가 서둘러 입을 열었다.

"그보다 카나 못 봤어?"

"봤어."

다이치는 선뜻 대답했다.

"정말? 어디에서? 언제?"

"방금 전. 이 앞을 급히 지나가던데. 어딜 가느냐고 물었더니 찾았다고 하더라."

"찾았다고?"

"그 보관증 여자 말하는 거 아닐까? 기모노 차림의 여자가 저쪽으로 걸어갔다던데."

"그래서 그 사람을 쫓아갔다고?"

카나는 우연히 창문을 통해 그 사람을 발견한 건지도 모른다. 그래서 서둘러 뒤를 쫓아 나온 게 아닐까.

"난 기모노 여자는 보지 못했지만. 아무튼 이 방울 말인데."

다이치가 가리킨 방향으로 아카리는 다시 발걸음을 옮겼다. 그런 아카리의 어깨를 다이치가 꽉 잡으며 멈춰 세웠다.

"앗, 잠깐."

"나 바빠."

방울 판매는 어지간히 좀 했으면 좋겠다고 생각하면서 딱딱하게 말하자 다이치가 실실 웃었다.

"화내지 마. 전화가 왔잖아."

그 말을 듣고 나서야 아카리의 귀에 벨소리가 들렸다. 슈지의 전화였다. 서둘러 전화를 받았다.

"아카리 짱? 잠깐 올 수 있어? 지금 엔도 미도리 씨의 동생이 와 있어."

카나가 쫓아갔다던 사람이다. 그 사람이 슈지 가게에 나타났다고 한다.

"그럼 카나도 거기 있어?"

"응? 카나 짱은 오지 않았는데. ……집에 없어?"

일단 아카리는 금방 가겠다고 슈지에게 말했다. 카나는 그 사람을 쫓아갔다가 놓친 걸까. 그렇다면 포기하고 집으로 돌아왔을 것이다. 그런데 불안한 마음이 가시지 않는다.

전화를 끊고 화면을 보니 슈지로부터 전화가 두 통이나 왔던 것으로 표시되어 있었다. 다이치가 알려줄 때까지 휴대전화 벨소리를 전혀 눈치채지 못한 것이다. 그 정도로 카나가 걱정된 것인지도 모른다.

아마 아카리에게 카나는 어린 이미지 그대로였을 것이다. 미용 학교에 가기 위해 집을 떠난 열여덟 살 때 카나는 아직 초등학생이었다. 그 이후로는 거의 접점이 없었으니까 완연히 성인이 된 카나를 아직까지 어린아이처럼 생각하고 있다.

그래서 지금쯤 어두운 밤거리에서 길을 잃고 무서워하고 있을 것 같았다. 언니, 하고 울면서 아카리를 찾는 이미지가 머릿속에 찰싹 달라붙어 빨리 찾지 않으면 큰일 날 것 같은 필사적인 심정이 되었다.

"다이치 군, 만약 카나를 발견하면 그냥 돌아오라고 말해줘. 기모노 입은 여자가 슈 짱네 가게에 있는 모양이니까."

"그래, 알았어. 그나저나…… 전자음이란 건 별로 듣기 좋은 소리가 아니야. 오늘 밤은 쓸모가 없을지도 모르겠는걸."

다이치가 중얼거렸다.

4

이다 시계방에 들어가기 전, 아카리는 헤어살롱 유이의 2층을 올려다보았다. 창문 안쪽은 새까만 어둠 그대로였다. 카나는 아직 돌아오지 않은 듯했다. 정말 어디까지 간 것일까.

걱정을 하면서 시계방으로 들어가니 점포에 있는 손님용 소파에 혼자 앉아 있는 여자가 보였다. 도어벨 소리에 돌아다본 그녀와 눈이 마주쳐서 아카리가 인사를 했을 때 슈지가 공방 문을 열고 가게 안으로 들어왔다.

"맡기셨던 시계는 이겁니다."

그는 시계를 여자 앞에 내려놓고 나서 아카리에게 손짓을 했다.

"이쪽은 이치카와 스미레 씨. 엔도 미도리 씨의 동생분인 것 같아."

그러고 나서 슈지는 아카리에 대해 그녀에게 설명했다. 이미 카나에게 들어서 알고 있는지 스미레 씨는 깊이 고개를 숙였다.

"어제는 동생 분에게 이상한 걸 억지로 떠맡겨서 죄송했습니다."

머리를 풍성하게 위로 올리고 있었지만 일본 전통 복장이 아닌 작은 꽃무늬가 그려진 원피스를 입고 있었다. 그렇다면 카나가 쫓아갔다던 기모노 차림의 여자는 다른 사람이었던 것이다.

아카리는 걱정하면서도 슈지 옆에 앉아 말했다.

"괜찮습니다. 만나게 돼서 다행이네요. 함부로 받을 수 있는 물건이 아니니까요."

"안 그래도 바보 같은 짓을 했다 싶어서 오늘 이렇게 찾아뵌 거예요. 아무도 찾으러 오지 않은 시계를 10년이나 보관해주신 시계방 사장님께도 사과드리고 싶었고요. 처분하고 싶다면 제가 직접 말씀드려야 할 일이었습니다."

가죽 상자에 담긴 은색의 시계를 향해 그녀는 시선을 보냈지만 아무것도 없는 허공이라도 바라보는 듯 멍한 시선이었다.

"저기, 오늘은 기모노 입지 않으셨네요."

시계 문제로 온 여자에게 갑자기 기모노 이야기를 하는 아카리를 슈지가 이상하게 여겼을지도 모른다. 하지만 아카리는 기모노 차림의 여자를 찾고 있는 카나가 걱정되어 견딜 수가 없었다. 이런 걸 묻는다고 카나가 지금 어디에서 헤매고 있는지 알 수 있는 것도 아닌데 물어보지 않고는 배길 수가 없었다.

"네. 옷에 대한 강의를 하고 있어서 어제는 그 차림으로 퇴근했거든요."

아카리는 더 이상 물어보지 못하고 입을 다물었다.

"그러고 보면 기모노가 참 좋아요. 엔도 카쓰히코 씨도 전통복장으로 이 상가를 자주 돌아다니셨다던데. 거기에 모자나 망토 같은 서양식 소품을 잘 이용한 굉장한 멋쟁이였다고 들었습니다."

슈지가 말했다.

"이 시계는 스위스의 유서 깊은 가게 것이에요. 원래는 카쓰히코 씨 물건이었던 것 같고요. 카쓰히코 씨는 미도리 씨에게 물려줄 생각으로 우리 가게에 맡겨두었던 모양입니다. 그 미도리 씨가 이번에는 당신에게 물려주었고요. 혹시 그 이유에 대해 짚이는 게 없을까요. 이유 없이 이걸 처분한다는 건 견딜 수 없는 일이거든요."

하지만 스미레 씨는 완강한 표정이었다.

"저는 엔도 가문의 사람과는 만난 적도 없습니다. 이노우에…… 옛날 쓰던 성姓입니다만 거기 양자로 들어간 게 조금 어렸을 적이어서 양부모님을 친부모처럼 생각해왔고 지금 역시도 그렇습니다. 그러니 이걸 제가 받을 이유가 없습니다."

스미레 씨 어머니와 엔도 카쓰히코 씨는 애인 사이였던 것 같다. 두 사람이 헤어지고 얼마 안 있어 태어난 스미레 씨는 그런 사실을 몰랐다고 한다. 그녀가 네 살 때 갑작스러운 사고로 어머니가 돌아가신 뒤 어머니가 일하던 술집 주인인 이노우에 부부의 양녀가 되었던 모양이다.

훗날 그녀는 양부모에게 친아버지가 살아 있다는 말을 들었다. 그 사람이 스미레 씨를 거두지 못한 것이 엔도 씨 본처의 반대 때문이라는 사실도 알게 되었다.

"엔도 카쓰히코 씨도 미도리 씨도 이젠 아무런 인연도 없는 사람들입니다. 엔도 씨가 딸인 미도리 씨에게 시계를 물려준 것만 봐도 나 같은 건 아예 생각지도 않았다는 걸 알 수 있죠."

"그렇다면 미도리 씨가 이걸 당신에게 물려주려 하지 않았겠죠. 언니를 전혀 모른다고 하셨습니다만 언니나 아버님은 당신을 가족으로 여기는 마음이 있었을지도 모르잖아요."

정신을 차리고 보니 아카리는 마치 자기 일처럼 흥분하여 말하고 있었다. 자매 같지 않다던 카나의 말이 가슴에 가시처럼 박혀서 그 말에 반박하지 못했던 자신에게 화가 나기만 했다. 그래서 더욱 미도리 씨가 동생에게 전해주고 싶었던 물건이 없어지는 것을 막고 싶었던 것이다. 하지만 정신을 차리고 보니 상당히 일방적이었음을 깨달았다. 아카리는 서둘러 자세를 바로 하고 사과했다.

"죄송해요. 저도 모르게 그만……. 저 역시 동생과 나이 차이가 크게 나는 데다가 한쪽 부모님이 달라서……."

"아뇨. 신경 쓰지 마세요……. 그래요. 당신은 좋은 언니네요."

당황해하면서도 스미레 씨는 그렇게 말해주었다. 좋은 언니라니, 말도 안 된다. 아카리는 더욱 부끄러워져서 고개를 숙였다.

"카나 짱이 아직 오지 않은 거야?"

"앗, 그, 그렇지. 난 다시 한 번 찾으러 나가볼게."

"낮부터 돌아오지 않은 거라면 좀 걱정되는데. 상가 사람들에게 협조를 부탁해볼까?"

"실은 다이치 군이 방금 전에 카나를 봤다고 했어. 기모노를 입은 여자가 있어서 어제 그…… 이치카와 씨인 줄 알고 쫓아가보겠다고 했던 모양이던데."

"저를요? 동생분이 저를 찾고 있었나요?"

"네. 보관증을 되돌려드리기로 이야기가 되어서요."

갑자기 이야기의 흐름이 이렇게 바뀌자 스미레 씨도 걱정스러운 듯 이마에 주름을 모았다. 그러더니 같이 카나를 찾으러 가고 싶다고 했다. 결국 그렇게 하기로 하고 셋이 이다 시계방에서 나왔을 때 아카리는 가로등 불빛 아래 상가 거리가 왠지 평소보다 더 어두운 것 같다고 생각했다.

초승달이라서 달빛이 약하기 때문일까.

다이치가 카나를 보았다는 신사 옆길로 들어서자 가로등도 민가도 없는 새까만 어둠이었다. 슈지가 들고 있던 소형 랜턴의 불빛만이 간신히 세 사람 앞을 비추고 있다. 좁은 길 한쪽 편으로는 신사의 언덕을 에워싼 돌담이 이어져 있고 다른 한쪽은 풀로 뒤덮인 제방이다. 옛날에 있었던 수로의 제방이라고 했지만 상가에 살면서도 지나다닐 필요가 없는 길이어서 아카리는 처음 와보는 장소였다.

"정말 카나 짱이 이런 곳에 왔을까?"

확실히 어두운 밤에 혼자 다니기는 망설여질 듯한 장소였다.

"걷기 불편한 기모노 차림이었으니까 금방 뒤쫓아 잡을 수 있을 거라고 생각했을지도 몰라."

"하지만 그 기모노를 입은 사람은 왜 이런 곳엘?"

"……그도 그러네요. 이렇게 어둡다면 기모노를 입고서는 오래 걷기도 힘들 텐데."

카나에게는 그 사람이 이쪽으로 간 것처럼 보였을 뿐인지도 모른다. 그래서 길을 잃었을 것이다.

"저기, 슈 짱. 어디로 가야 하지?"

좁은 길은 이윽고 두 갈래로 나뉘었다. 그중 한쪽 길은 창고로 보이는, 판자로 된 건물을 빙글 둘러싸고 있었다. 다른 한쪽 길은 여전히 신사의 돌담을 따라 이어지고 있었지만 점점 더 좁아져서 무성한 잡초가 마치 울타리처럼 앞으로 쑥 머리를 내밀고 있었다.

"이쪽이지 않을까. 기모노를 입은 사람이 넓은 길로 나갈 생각이었다면 이쪽으로 갔을 거야. 신사를 돌아가봤자 잡초가 너무 무성해서 걷기도 어렵고 제방 위 풀밭만 나올 뿐이거든."

창고 쪽으로 가보기로 했다. 약간 환해져서 어느 정도 주위가 보이는 것 같다고 생각했는데 갓을 씌운 낡은 가로등이 노랗게 길을 비추고 있었다.

스미레 씨는 아까부터 계속 입을 다물고 초조한 모습으로 주위를 두리번거리고 있었다.

"저건 뭐야? 공장?"

공터 맞은편에는 함석으로 된 간소한 건물이 골목을 따라 몇 개인가 서 있었다.

"옛날 시장이야. 10년쯤 전까지는 7일장이 열렸다고 들었어."

그 앞을 지나자 으슥하니 나무가 무성한 공원 비슷한 장소가 나왔다. 자세히 보니 키 작은 도리이鳥居(신사 입구에 세워져 있는 두 개의 기둥으로 된 문)가 서 있었다.

"여기도 신사야? 몰랐네."

"쓰쿠모 신사의 일부라고 들었던 것 같은데. 옛날엔 신사의 숲과 연결돼 있었을 테지만 강기슭을 개발한다 어쩐다 하다가 결국 쓸모없는 땅이 됐다던가. 나무는 무성하지만 좁은 땅이야. 금방 지나갈 수 있어."

"숲뿐이야?"

"말사末社(본사에 부속된 신사) 같은 게 있겠지. 신이 화나면 무섭다고 생각해서인지 그것을 달래기 위한 제사를 지내야 한다고 들은 적이 있어."

"그럼 여긴 무서운 곳이네?"

"꼬박꼬박 제사 지내고 있으니까 괜찮지 않을까?"

"저기, 전 이 근처에 온 적이 있는 것 같아요."

도리이 옆에 멈춰 서 있던 스미레 씨가 문득 그런 말을 꺼냈다.

"어렸을 적에 말인가요?"

"네……. 시장이라고 했어요. 약간 어두운 건물에 전구가 주렁주렁 수없이 매달려 있고, 그 밑에서 야채나 과일 같은 것들이 놓여 있던 풍경이 갑자기 떠오르네요……. 게다가 이 도리이도 본 기억이 있어요."

"엔도 씨의 집은 여기에서 버스를 타면 가까워요. 그래서 이 근처에 온 게 아닐까요?"

"하지만 저는 아버지 집에는 가본 적이 없는데……."

스미레 씨는 갑자기 말을 끊고 도리이 쪽으로 몇 발자국 걸어갔다. 그리고 돌아보며 당황한 듯 아카리와 슈지에게 말했다.

"방금 이 앞에 사람이……. 기모노를 입은 사람 같았어요."

"정말이요?"

아카리는 슈지와 함께 도리이 안쪽을 보았지만 아무것도 보이지 않았다.

"동생분도 이 근처에 있지 않을까요."

그렇게 말하고 스미레 씨는 신사의 숲 안으로 들어갔다.

"아, 잠깐만요."

아카리는 서둘러 그녀를 쫓아갔다. 아카리가 바로 뒤에 슈지가 있다고 생각한 것은 자신의 시야 앞을 비추는 불빛이 있었기 때문이다. 하지만 그 불빛이 나무들 안쪽에 있음을 깨닫고 멈춰선 아카리가 돌아보자 슈지의 모습이 보이지 않았다.

"어? 슈 짱?"

등 뒤의 길은 나무들에 가려져 있고, 길에서 그리 떨어진 건 아니었을 테지만 거기에 있던 가로등은 더 이상 보이지 않았다. 슈지가 들고 있던 랜턴도 확인할 수 없다. 시선을 전방으로 되돌린 아카리는 멍하니 서 있는 스미레 씨를 발견하고 달려갔다.

"죄송해요. 놓치고 말았어요."

그녀는 어쩔 줄 몰라 하며 그렇게 말했다.

"밤의 신사에 볼일이 있을 것 같지도 않은데. 그렇다면 기모노를 입은 사람도 서둘러 지나가지 않았을까요?"

눈이 닿는 곳에 작은 사당이 있었다. 옆에 벚나무 한 그루가 아직까지도 만개한 꽃을 가지마다 활짝 피우고 있다. 사당 옆에 있는 작은 제등의 불빛이 벚꽃을 어둠에서 건져 올려 거기만 살짝 하얗고 흐릿하게 보였다. 사당도, 제등도, 울타리 안에 있어서 가깝게 다가갈 수는 없었지만 캄캄한 장소에서는 상당히 의지가 되었다.

그렇지만 계속 이런 곳에 서 있을 수는 없다. 어느 쪽으로 걸어가야 할지, 어느 쪽이 시장 길인지 방향을 알 수 없게 되었기 때문에 아카리는 생각에 잠겼다. 하지만 스미레 씨는 뭘 보고 있는지 물끄러미 어두운 나무들 안쪽으로 시선을 고정시킨 채였다.

"아까 본 기모노 입은 여자와 함께 작은 여자아이가 있어요. 그건…… 분명 저예요."

무슨 말인지 알 수 없어 하는 아카리를 스미레 씨는 열심히 이해시키려 했다.

"언제인지, 어디인지도 모르지만 기억이 나요. 기모노를 입은 여자와 이런 식으로 나무가 무성한 곳을 걸어갔죠……. 처음에는 엄마일 거라고 생각했는데 자세히 보니 엄마가 아니었어요. 그래도 전 그 사람 손을 꼭 잡고 있었어요. 꿈일 거라고 생각했는데. 만약 여기에 온 적이 있었다면 엔도 저택에도 갔을지 모르겠어요. 그랬다면 어머니가 돌아가셨을 무렵이겠죠. 아버지가 저를 거두려 했지만 반대에 부딪혔다던 때가 아니었을까요."

스미레 씨의 말은 멈추지 않았다. 그것은 기억이라기보다 그녀의 상상이었다. 그렇게 세부적인 일을 기억하고 있을 리 없는 스미레 씨가, 필사적으로 생각해내려 애쓰면서 작은 여자아이의 이야기를 만들어간다. 기모노를 입은 여자와 나무들. 기억의 단편이라는 한 장의 그림에서 이야기를 상상해가는 작업이었다.

아카리는 그 이야기에 귀를 기울였다. 스미레 씨의 과거에 있던 기모노 여자가 지금 이 나무들 속에 있고, 카나가 그 모습을 보고 쫓아갔다가 길을 잃은 건지도 모른다고 생각하면서.

"어쩌면 전 엔도 씨 집에 있는 게 싫어서 도망쳐 나왔다가 길을 잃은 건지도 몰라요."

5

어머니를 여의고 친아버지 집으로 들어오게 된 스미레는 넓은, 다다미밖에 없는 방에 있었다. 무서운 얼굴을 한 어른들에게 에워싸인 그 속에서 잔뜩 긴장해 있었다. 돌아가고 싶었다. 하지만 혼날까 봐 말도 못하고, 손 씻으러 화장실에 가게 된 틈을 이용해 몰래 집을 빠져나왔던 것이다.

길로 나와 마침 정류장에 멈춰 있던 버스에 올라탔다. 여기 오기 위해 버스를 탔던 것은 기억하고 있었다. 그때처럼 버스를 타면 돌아갈 수 있을 거라고 생각했다.

어머니를 여의고 얼마 되지 않은 그때도, 그 후로도 줄곧 그녀의 집은 이노우에 씨가 경영하는 술집 건물이었다. 건물이라고는 해도 낡은 3층짜리로, 가게이자 주인 부부의 거주지이기도 했는데, 그 건물 옥상에 있던 조립식 주택 방에서 어린 스미레는 어머니와 함께 살았다.

어느 날부터 그녀는 한 층 아래 있는 이노우에 부부 집에서 살면서 먹고 자게 되었다. 어머니가 교통사고로 입원했다는 것도, 얼마 후 죽었다는 것도 알게 됐지만 죽는다는 말의 뜻을 이해할 수 없었을 때라 어딘가 멀리 간 것이라고만 생각했다. 이노우에 부부를 가족으로 여겼기 때문에 기다리기만 하면 언젠가 어머니가 돌아올 것이라고 믿었다.

갑자기 모르는 남자가 와서 낯선 동네로 데리고 갔다. 하지만 그녀는 그저 하루 빨리 돌아가고 싶었다. 찌개와 술 냄새가 배어 있는 그녀의 집으로.

쓰쿠모 신사 앞에서 내린 것은 그곳이 집 근처 풍경과 비슷했기 때문인지도 모른다. 스미레는 버스 정류장을 지나 갈림길이 나오는 곳에서 오른쪽으로 꺾었다. 버스에서 내리면 늘 그랬던 것 같았기 때문이다. 하지만 그곳은 기억과는 전혀 다른 길이었다. 좁고 구불구불했다. 그래도 그녀는 앞으로 나아갈 수밖에 없었다. 조금만, 조금만 더 나아가면 분명 낯익은 풍경이 나올 것이다. 갈색 3층 건물 정면에 술집 간판이 걸린 건물이 보일 것이다. 하늘엔 구름이 끼어 주위가 상당히 어두웠기 때문에 그녀는 서둘렀다.

하지만 길은 처음 보는 시장으로 이어져 있었다. 시끌벅적한 시장도 그녀에게는 기묘한 고함 소리만 들려오는 장소였다. 낯선 어른들의 표정이 무서워서 달리다시피 하여 그곳을 통과했지만 이윽고 작은 도리이가 앞을 가로막아 멈춰 서고 말았다. 그 맞은편에는 울창한 나무들이 서 있었다. 어두웠기에 무서운 기분이 들어 걸음을 뗄 수가 없었다.

그때 스미레는 나무 저편에서 어머니의 모습을 본 것 같았다. 기모노를 입은 어머니의 뒷모습이었다. 그녀가 훨씬 더 어렸을 무렵 술집에서 더부살이를 하기 전에 어머니는 자주 기모노를 입고 일하러 나갔다. 그래서 어머니라고 생각하여 쫓아가려고 나무들 사이를 마구 달려갔다. 그 모습은 금방 보이지 않게 돼버렸지만 그녀는 용기를 내어 숲 안쪽으로 들어갔다. 가랑비가 내리기 시작했다.

몇 번이나 엄마, 하고 부르며 사방을 뛰어다녔는데도 사람 그림자 하나 보이지 않았다. 빗방울은 차가웠고 고독과 긴장으로 피곤해졌다. 빽빽한 나뭇가지 아래에 바닥이 말라 있는 곳을 발견한 그녀는 비를 피하려고 그리로 들어간 순간 힘이 빠져 주저앉았다. 눈물이 흘러 넘쳐 멈추질 않았다. 옆에 작은 사당이 있었다.

'스미레. 돌아갈까.'

어머니의 목소리가 들린 것 같아 스미레는 퍼뜩 얼굴을 들었다. 정신을 차리고 보니 비는 그쳐 있었다. 올려다보자 비를 피하러 들어온 나뭇가지에는 벚꽃이 활짝 피어 있었다. 그 흐릿한, 흰색과 비슷한 습한 공기가 주변에 가득했다. 숲의 안쪽으로 눈길을 보냈지만 어머니는 없었다.

또 울음이 터져나오려는 것을 참고 있는데 안개 저편에서 누군가가 보였다. 자세히 보려는 스미레 쪽으로 다가온 그 사람은 벚꽃색 기모노를 입은 젊은 여자였다. 어머니와는 닮지 않았다. 좀 더 어리고 키가 크다. 하지만 스미레는 어머니와 그 사람을 착각했다고는 생각지 않았다. 분명 아까 본 사람은 어머니였다.

"왜 울고 있니?"

기모노 차림의 여자는 부드럽게 미소 지으며 스미레에게 말했다. 아름다운 사람이었다. 일본 인형 같다고 생각했지만 볼에 와 닿은 손은 따뜻했고 좋은 냄새가 났다.

"길을 잃었어? 집은 어디야?"

"엄마 보고 싶어요."

"그럼 같이 찾아줄게."

스미레는 기모노 차림의 여자 손을 꼭 잡았다. 어쩔 줄 몰라하던 그녀에게는 구원의 손길이나 다름없었다. 완전히 믿어버렸다.

아카리는 스미레 씨의 이야기를 듣고 있는 것인지, 그런 광경을 바라보고 있는 것인지 알 수 없게 되었다. 언제였던가, 길을 잃고 쪼그려 앉아 울고 있던 카나를 발견했던 때가 떠오른다.

둘이 동물원에 갔을 때였다. 부모님 모두 쉬는 날이 불규칙해서 아이들 학교가 쉰다고 꼭 같이 쉴 수 있는 것은 아니었다. 그래서 아카리가 전차로 30분 정도 걸리는 동물원에 카나를 데리고 갔다. 카나는 다섯 살 정도였으니까 아카리는 고등학교 1학년이었다.

일요일의 동물원은 가족 단위의 관람객들로 북적여서 언니와 둘인 카나는 오히려 더 쓸쓸했을지도 모른다. 처음에는 기분 좋게 코끼리며 기린을 구경하는 데 푹 빠져 있었지만 서서히 인형이 갖고 싶다는 둥 소프트아이스크림이 먹고 싶다는 둥 치근대기 시작했다. 나무라자 카나는 샐쭉해졌다.

언니는 진짜 언니가 아니다, 반만 언니다, 라고 할머니가 말했다며 심통을 부렸다. 아카리는 화가 났다.

치호 짱네 진짜 언니는 머리도 묶어주고 함께 피아노 학원도 가는데. 소프트아이스크림 먹고 싶다고 하면 언니도 먹고 싶다고 함께 조르는데.

카나는 장이 약하니 찬 음식을 먹이지 말라는 엄마의 당부가 있었다. 단호히 안 된다고 말하는 아카리의 손을 카나는 화를 내며 뿌리쳐버렸다.

뭐야. 혼자서는 돌아가지도 못하면서, 하는 아카리의 말을 무시하고 카나는 걸어가버렸다. 하지만 곧바로 인파가 무서워서 달려 돌아올 것이었다. 아카리는 그 자리에서 카나의 모습을 눈으로 좇으며 서 있었지만, 새끼 원숭이를 어깨에 태우고 아이들의 환호성을 한몸에 받고 있는 사육사에게 잠깐 눈길을 주었다가 다시 인파 쪽으로 시선을 되돌렸을 때는 카나가 어디에 있는지 알 수 없게 되었다.

그때와 똑같이 후회와 불안이 밀려든다. 카나의 즐거워하는 표정이 보고 싶어서 동물원에 데리고 왔는데. 평소에는 동아리 활동이나 학원 때문에 바빠서 어린 동생을 돌보지 못한다는 죄책감이 있었다. 그래서 함께 즐기고 싶었다. 한편으론 카나를 통해 새아버지와도 좋은 부녀지간이 될 수 있을 거라고 생각했다.

그러나 진짜 언니가 아니다. 반만 언니다, 라는 말에 아마도 충격을 받았을 것이다. 어린 카나는 의미도 모르고 말한 것일 뿐 눈을 뗀 것에 대한 변명이 되지 않는다는 것은 알고 있다. 하지만 아카리는 아직 어린 터라 고집스러운 마음이 들고 말았다. 카나가 울기 전까지 찾으러 다니지 않을 거야.

느껴지는 가슴의 통증은 과거의 것인데, 지금의 두근거림으로 바뀌어간다. 아카리는 정신을 차리고 주위로 시선을 보냈다. 사당도 제등도 보이지 않는다. 얇은 천으로 덮어씌운 듯 흐릿한 노란 불빛이 번져 있다. 안개일까. 아카리는 축축한 감각에 휩싸여 있었다.

카나를 찾아야만 한다. 그래서 이런 어두운 사당 옆까지 온 것이다. 그런 생각이 강렬하게 찾아 들어 아카리는 주위를 둘러보았다. 숲 속은 새까맸는데 안개는 이상할 만치 하얗게 떠 있다.

어느샌가 옆에 있던 스미레 씨가 사라지고 없었다.

"스미레 씨? 어디 계세요? ……카나? 슈 짱?"

어찌됐든 누가 없는지 소리치면서 걸어갔다. 좁은 신사의 숲이었을 텐데 아무리 걸어가도 바깥 길이 나오지 않는다. 하늘을 올려다봐도 초승달이 뜬 밤하늘은 깜깜했다. 포기하고 다시 지상으로 시선을 되돌린 아카리는 인기척을 느끼고 걸음을 멈추었다.

누군가 나무들 안쪽에 멍하니 서 있었다. 희미하게 윤곽이 드러난 옆얼굴은 카나가 틀림없었다.

"카나!"

놀라 고개를 돌린, 길게 머리를 땋은 여자아이가 아카리를 바라본다.

"언니!"

서둘러 이쪽으로 달려온 카나는 언젠가 동물원에서 잃어버렸던 아카리를 발견했을 때 같았다. 그때처럼 울지는 않았지만 역시 불안과 안도감이 뒤섞인 얼굴로 아카리에게 매달렸다.

뭐야, 아무것도 변하지 않았잖아. 카나는 아카리를 언니로 인정할 수 없었던 게 아니다. 영영 안 보기 위해 온 것도 아니다.

"다행이다, 카나. 얼마나 찾아다녔는데. 이젠 아무 걱정 마."

순순히 미안하다고 사과하는 동생의 머리 위로 손을 올렸다. 어린아이처럼 슥슥 쓰다듬어주자 이미 고등학교도 졸업한 그녀가 옛날처럼 금방이라도 울 것 같은 표정으로 웃었다.

"길을 잃어서 어쩔 줄 몰라 하고 있었어."

"이 근방은 복잡한 골목 투성이야. 나도 들어온 적이 없어."

"기모노 입은 사람을 발견하고는 그 뒤를 쫓다가 나도 모르게 그만……."

"응. 다이치 군한테 들었어. 보관증 주인을 찾았어. 오늘은 기모노 차림이 아니었으니까 카나가 본 사람은 다른 사람이야."

"그래?"

"이치카와 스미레 씨라고 하는데 함께 찾으러 왔어."

"정말? 어디 있어?"

"그게, 방금 전 서로를 놓친 것 같아."

안개는 여전히 짙었다. 하지만 근처 어딘가에 있는 가로등 불빛이 난반사되고 있기 때문인지 완전한 암흑은 아니었다. 바로 앞에 있는 카나의 얼굴 정도는 알아볼 수 있었다.

"여기, 도리이 같은 게 있는데 신사야? 숲 속 바로 저편에 거리의 가로등이 보였는데, 들어와보니 상당히 넓어서 나갈 수가 없지 뭐야."

그렇다. 좁다고 들었는데 나무들이 무성하여 상당히 깊은 숲

속에서 길을 잃은 것처럼 아까부터 아카리도 빙빙 돌기만 하고 있다. 안개로 시야가 완전히 차단됐기 때문이다.

"언니. 누가 있어."

다시 또 걸어가는데 카나가 뭔가를 가리켰다. 아카리도 인기척을 느꼈다. 사당 쪽일까. 그 맞은편이 약간 밝았고 바로 앞에 있는 누군가가 그림자처럼 윤곽을 드러냈다.

"기모노 입은 사람이야."

카나가 말했듯 그 실루엣은 기모노 차림인 것 같았다. 그런 여자 앞에 또 한 사람이 있다. 어린 여자아이이다. 두 사람이 서로 마주하고 있는 모습은 마치 조금 전 스미레 씨가 말한 그 광경의 연속 같았다.

"기모노 입은 사람은 길 잃은 여자아이를 찾고 있었던 건가."

여자아이는 스미레 씨다. 그리고 스미레 씨가 옛날 여기에서 만났다는 기모노 차림의 여자다. 그런 상상을 하는 것과 동시에 아카리에게는 두 사람의 대화가 들렸다. 아니면 그것은 아까 스미레 씨가 이야기해준 대화였을지도 모른다.

"저기, 엄마보다 언니 만나러 가지 않을래?"

기모노 차림의 여자는 그렇게 말했다. 언니는 없는데, 하고 여자아이는 대답했다.

"나에겐 여동생 있어. 하지만 여동생은 내가 언니인 줄 몰라."

"……불쌍하다. 언니도, 언니의 여동생도."

"응. 하지만 언젠가 알아주지 않을까. 맞다. 지금은 우리가 자매하지 않을래? 그러면 혼자가 아니니까 길을 잃어도 무섭지 않을 거잖아?"

"언니도 길을 잃었어?"

"그래."

"하지만 나는 돌아가고 싶어. 엄마한테."

"으응, 가면 안 돼. 엄마는 이미……."

아! 엄마다, 뭘 봤는지 소녀는 그렇게 말했다. 기모노 차림 여자의 손을 뿌리치려 한다.

"안 돼. 스미레 짱."

그 목소리는 마치 나무들 사이에 떠올라 언제까지고 아카리의 귀에 남을 듯 꼬리에 꼬리를 물고 있었다. 하지만 정신을 차리고 보니 기모노 입은 사람도, 작은 여자아이도 보이지 않았다.

아카리는 무의식적으로 카나의 손을 꼭 잡았다.

"카나. 그쪽으로 가면 안 돼."

이상하다는 표정으로 카나는 아카리를 돌아보았다. 아니, 불만스러운 것 같기도 하다.

"진짜 언니가 갖고 싶어!"

동물원에서 카나는 그렇게 말했다. 아카리는 그때 무심코 손을 놓고 말았다. 하지만 이제는 절대 놓지 않겠다고 생각했다.

"왜 그래, 언니?"

"아무튼 여기에서 나가자."

초승달이 뜬 밤에는 조심하라고 다이치가 말했다. 달빛이 환하지 않을 뿐이다. 하지만 왠지 여기는 기묘하다.

아카리는 카나의 손을 끌며 걸어갔다. 똑바로 걷다 보면 숲의 끝자락에 닿을 것이다. 그런데 좁은 구역 안에서 빙글빙글 같은 곳만 맴돌고 있는 것 같다. 오른쪽에 흐릿하게 보이던 사당이 이번에는 왼쪽으로 보인다. 어떡하지. 초조해질 만큼 방향을 알 수 없게 됐다. 심호흡을 해보려 해도 습한 공기가 무거워서 왠지 숨쉬기가 힘들다.

그 자리에 그만 멈춰 서고 말 것 같던 그때 아카리의 귀에 종소리가 들려왔다. 퍼뜩 놀라 귀를 기울였다. 높고 투명한 음색이 나무들 사이에서 들려온다. 어떤 그늘도 느낄 수 없는, 빛처럼 똑바로 다가오는 소리였다.

일찍이 어둠속에서 사람들이 들었던 시간을 알리는 종소리다.

순간 안개가 일제히 걷히는 것 같다. 바람이 분다. 벚꽃이 흩어진다. 피부에 느껴지던 습한 기운이 사라진다.

정신 차려보니 나무들 저편에 가로등이 서 있는 길이 보였다. 그 바로 앞, 도리이가 있는 짧은 돌계단에 슈지가 서 있었다.

"슈 짱."

아카리는 카나의 손을 잡은 채 달려갔다. 슈지는 안도의 한숨을 쉬며 미소 지었다.

"다행이다. 갑자기 모습이 보이지 않아서 걱정했어. 아. 카나 짱도 찾았네."

슈지는 엔도 카쓰히코 씨의 그 시계를 들고 있었다.

"그거, 방금 시계를 울린 거야?"

"응. 방울을 가지고 있지 않았거든."

"방울이라니. 다이치 군이 팔던 그거?"

"그래. 제마령. 미니트 리피터의 아이디어가 됐다는 교회의 종소리도 마찬가지 역할이었대. 종소리가 사악한 기운을 없애준다는 것은 세계 공통인가 봐."

사악한 기운 같은 게 있었던 걸까.

"말하다 보면 왠지 신비한 것 같지만 인간이란 어두우면 방향감각이 둔해지고 초조해진 끝에 길을 잃기 쉽잖아. 밤길을 가다가 여우에 홀려 헤맸다는 건 가벼운 패닉 상태에 빠졌기 때문이라는 설명도 있거든. 그때 이런 금속 계통의 소리가 감각을 자극하여 사고를 정상적으로 활동하게 만들어주는 것 같아. 신비하다기보다 인간의 지혜인 거겠지."

슈지는 그렇게 말하고 다시 한 번 시계를 울려 두려움에 빠져 있는 아카리와 카나를 안심시켰다.

"그 소리를 들은 적 있어요."

사당 쪽에서 이쪽으로 걸어온 것은 스미레 씨였다. 그녀 역시 일행과 떨어졌다고는 하지만 가까이에 있었던 모양이었다.

"그때도…… 길을 잃고 헤매던 제가 여기에서 기모노 입은 여자를 만났을 때도 온통 안개가 끼어 있었어요. 하지만 그 소리가 들리자 이런 식으로 안개가 걷혔죠. 우리를 찾으러 온 남자가 그 소리를 내는 시계를 차고 있었어요."

스미레 씨의 아버지 시계다. 그녀는 아버지와도 그리고 언니와도 만난 적이 있었던 것이다.

"그때 제 손을 놓지 않고 줄곧 잡고 있어준 것은 언니였어요."

어머니한테 가고 싶어 하는 스미레 씨를 기모노 차림의 여자는 말리려 했다. 아카리가 동생의 손을 놓지 않은 것처럼.

초승달이 뜬 밤에 잃은 길은 어쩌면 이 세상의 길이 아닌지도 모른다.

"너무 어렸던 제게 그날 일은 단편적인 꿈처럼 기억에 남아 있지만 언니는…… 저를 기억하고 있었어요. 그래서 시계를 물려준 거예요."

아카리 쪽을 보며 스미레 씨는 차분하게 말했다.

"추억은 제 안에만 있는 게 아니었어요."

어린 그녀를 지켜보던 누군가의 마음속에도 추억은 있다. 모두 누군가와 만날 때마다 수많은 추억에 감싸인다. 그랬으면 좋겠다고 아카리는 생각했다.

슈지가 내민 시계를 스미레 씨는 두 손으로 받아들고 부드러워서 쉽게 부서지는 것을 다루듯 손바닥 안에 감쌌다.

"이 시계에 아버지와 언니 그리고 제 시간이 새겨져 있을까요?"

"네, 틀림없이. 시계는 살아 있어요. 당신도 같이 살아주세요. 그러면 말을 걸어올 겁니다. 함께 시간을 새겨줄 테니까요."

슈지의 말에 깊이 고개를 끄덕이며 스미레 씨는 은색 시곗줄에 손목을 집어넣었다.

"언니는 내가 어렸을 적 일을 기억해?"

돌아가기 위해 상가로 향하는 길을 셋이서 걷고 있는데 카나가 불쑥 물어왔다.

"그럼. 기억하지. 늘 나한테 찰싹 달라붙어서 귀여웠어."

"찰싹 달라붙어 있었다고?"

"이유식도 먹여주고 목욕도 시켜줬거든."

자매이면서도 보통의 자매와는 달라서 언니에게 불만을 품고 있던 카나는 지금도 언니와의 거리 때문에 고민하고 있다. 그래서 카나는 스미레 씨에게 친근함을 느꼈을 것이다.

"언니한테는 추억이 잔뜩 있어. 듣고 싶다면 앞으로 실컷 들려줄게."

"좋겠네, 카나 짱."

카나는 글쎄요, 하는 표정이었다. 하지만 조금 기쁜 것처럼 보이기도 했다. 그리고 잠시 망설이다가 내뱉듯 말했다.

"머리 모양을 바꾸고 싶어. 대학생도 됐고…… 남녀공학이기도 하고 해서."

생각지도 못한 말이었다. 아카리는 카나의 얼굴을 들여다보았다.

"혹시 그래서 온 거야?"

"평소 다니던 미용실은 엄마 세대가 많아서 촌스러워. 거기에서 파마하면 완전 이상하다고. 세 갈래 머리로만 해주거든. 고등학교 땐 교칙도 엄격하고 다른 친구들도 다 비슷하니까 상관없었지만 대학은 다르잖아. 요새 큰 미용실은 대부분 남자 미용사뿐이라 왠지 내키지도 않고 무서운데 언니라면 어떻게 잘해주지 않을까 싶어서."

"뭐야. 그런 거라면 나한테 맡겨야지."

"정말? 다양한 헤어스타일 사진을 잔뜩 잘라왔는데."

"미리 말해두지만 모델과 똑같은 얼굴은 되지 않아."

"알고 있어!"

카나는 자매답게 여자들만이 할 수 있는 이야기도 하고 옷이나 액세서리도 공유하며 멋도 부리는, 그런 것을 동경했을 것이다. 하지만 아카리가 좀처럼 집에 오지 않아서 동생인 자신의 존재를 잊어버렸다고 느꼈을지 모른다.

그냥 부모님과 셋만 사는 게 좋고 아카리가 성가신 언니라고 생각했던 게 아니다. 역시 카나가 아카리와 부모님을 이어주는 존재인 것이다.

옛날 시장에서 다른 골목을 빠져나오면 상가는 금방이었다. 헤어살롱 유이 앞에 도착하자 카나는 슈지에게 인사를 하고 재빨리 안으로 들어갔다. 나름대로 두 사람을 배려하는 거겠지. 아카리는 멈춰 서서 슈지 쪽으로 얼굴을 돌렸다.

"시계 돌려줄 수 있어서 정말 다행이야."

"응. 아카리 짱과 카나 짱 덕분이지."

"그건……. 시계가 주인을 선택한 덕분이야. 그 소리로 언니와 아버지의 추억을 전한 거지."

"그런가. 그럼 다행이고."

아카리는 어떤 말이든 부드럽게 받아주는 슈지가 좋았다. 그래서 마음을 다잡고 물어보기로 했다. 스미레 씨가 물려받은 그 시계를 보여줬을 때부터 줄곧 신경 쓰였던 것이다.

"슈 짱, 하나만 물어봐도 돼?"

정색하고 묻는 아카리에게 슈지도 약간 진지한 표정으로 그래, 하고 말했다.

"내 시계를 만들어달라고 부탁했었잖아. 혹시 그 시계만큼 비싼 거야?"

상상도 못했던 질문인 듯 그는 순간 멍한 표정이었다.

"그 시계라면 미니트 리피터?"

"30년 장기대출이라도 받아야 하나?"

"아니……. 특별히 복잡한 기능이 없다면 그렇게까지 비싸지는 않을 거야."

"그럼 어느 정도인데? 자동차 값 정도? 명품 가방 정도?"

"음, 반지 정도쯤 되지 않을까."

"어떤 반지? 그렇게 말하면 감을 잡을 수가 없잖아."

"만들고 나서 생각할게. 싫으면 깎아도 되니까."

"어? 그렇게 말해도 될까. 후회할 텐데."

하지만 슈지는 아카리의 마음에 들게 만들 자신이 있었는지 웃음으로 대답했다. 분명 멋진 시계 앞에서 손님은 침묵할 수밖에 없는 것이다. 그럴 것 같았다.

헤어살롱 유이 2층에 불이 켜졌다.

"그나저나 형제라는 건 참 묘해. 생판 남 같기도 하고 친구나 부모 자식 같기도 해."

"응. 묘해. 하지만 생판 남 같지는 않아. 아무리 애를 써도 그렇게는 안 될 거야."

형을 잃은 그는 천천히 그렇게 중얼거렸다.

"맞아. 나도 이젠 잘 알겠어."

담쟁이덩굴로 뒤덮인 건물 앞에서 아카리는 슈지를 보았다. 위로받고 싶은가 하면 고마운 마음이 들기도 하고 사랑스러워서 만지고 싶은 마음도 든다. 하지만 설레는 마음을 행동으로 옮기기에는 아직 익숙지 않아서 약간 망설여진다. 전에 사귀었던 사람은 아카리 쪽에서 먼저 다가서는 것을 싫어했고 아카리 자신도 애교를 부리는 건 어린아이 같다고 생각하는 편이었다. 아마 그처럼 행동하려고 애썼을 것이다.

이런 식으로 자신이 먼저 다가가고 싶다고 생각한 것은 오랜만이었다. 하지만 슈지는 어떻게 생각할까. 짧게 망설이는 사이, 등 뒤로 돌아온 팔이 두 사람의 거리를 갑자기 좁혀놓았다. 안기는 바람에 갑자기 긴장이 풀린다. 희한한 느낌이다. 예전의 아카리였다면 긴장했을 것이다. 사랑하고 있다는 흥분 섞인 긴장감도 싫지 않지만 이 안도감이 더 기분 좋다.

"고마워. 함께 카나를 찾아줘서."

이윽고 아카리도 팔을 둘렀다. 이 동네에 와서 슈지와 만난 것처럼 카나와의 추억 또한 앞으로 소중히 간직해야 할 것이다.

약간 더 힘을 주어 아카리를 꼭 안고 나서 슈지는 잘 자, 하고 귀에 대고 말했다.

시계방으로 돌아가는 슈지의 뒷모습을 잠시 지켜보던 아카리는 휴대전화가 호주머니 안에서 깜박이는 것을 깨닫고는 꺼내어 확인해보았다. 신사의 숲에서 길을 잃었을 무렵 온 전화였다. 아카리를 놓친 슈지가 건 것이었지만 그때는 전혀 소리를 듣지 못했다.

전자음은 아무런 쓸모가 없다. 다이치가 그런 말을 했었다. 사악한 기운을 없애주는 데는 쓸모가 없는 걸까. 딱딱한, 하늘 높이 울려 퍼질 듯한 금속음이 아니면 어둠속에서도 잘 보이는 이정표 역할을 할 수 없는 것이다. 아카리는 멍하니 그런 생각을 했다.

딸기맛 아이스크림의 약속

1

대낮임에도 불구하고, '쓰쿠모 신사 거리 상가'에는 인적이 거의 없었다. 해가 비치는 곳을 걷고 있으면 끈적하게 땀이 배어 나온다. 햇살이 강하면 강할수록 닫힌 셔터만이 늘어서 있는 거리는 물론이고 무지개를 본뜬 아치나 가로등에 달라붙어 있는 조화까지도 왠지 슬프게 느껴진다. 그래도 이 거리는 아카리를 따뜻하게 맞아준 곳이다. 적막한 상가였지만 옛날부터 근근이 장사를 이어온, 그래서 나름대로 알 만한 사람은 다 아는 가게도 있다.

셔터가 내려진 거리 상가의 첫 아치를 지나면 바로 보이는 것이 널찍하니 당당한 모습으로 서 있는 아와야 술집이었다. 가게다운 가게라고 할 만한 곳은 여기뿐이라서 술집이 영업을 하는 날이 이 좁은 거리를 상가 거리처럼 보이도록 만드는 날이라고 표현해도 좋을 정도였다.

수다 떨기 좋아하는 주인아주머니는 아카리의 부모님보다 약간 나이가 들어 보였는데, 늘 활기차고 남을 잘 챙기는 사람이었다. 그런 덕분인지 상가에서의 정보 수집 능력이 탁월했다. 그런 아주머니가 술집 앞을 지나며 인사하는 아카리를 웬일로 불러 세웠던 것이다.

"아아, 유이 씨, 잠깐만."

아카리의 성은 니시나지만, 상가에서는 가게 이름으로 불리는 경우가 많기 때문에 헤어살롱 유이에서 사는 아카리는 대개 유이 씨라고 불린다.

"호카도의 다모쓰 군 말인데, 슈 짱한테서 혹시 무슨 말 못 들었어?"

호카도는 술집 옆에 있는 과일 가게다. 지금은 더 이상 가판은 하지 않고 선물용 주문품이나 음식점 배달만으로 영업을 이어가고 있다. 다모쓰 씨는 30대 주인으로 대를 이어 장사를 하고 있다. 초대 주인은 시골로 돌아갔다고 한다. 다모쓰 씨에게는 아내가 있는데 그녀가 가출을 했다는 소문이 지난주부터 상가에 파다하게 퍼져 있었다.

"아뇨. 저는 특별히 들은 말 없는데요. 요코 씨는 아직도 돌아오지 않았나요?"

"그래. 그래서 다모쓰 군이 아까 슈 짱 가게를 찾아간 것 같아. 혹시 요코 씨와의 문제를 수리해달라고 찾아간 거라면 정말 기가 막힐 일이잖아?"

슈지의 시계방 쇼윈도에는 '추억의 시時 수리합니다'라는 간판이 걸려 있다. 할아버지 때부터 있던 그 간판이 예전에는 '추억의 시계 수리합니다'였다는 것을 상가 사람들도 당연히 알고 있다. 그저 '계計'라는 글자가 떨어져 나간 것뿐이라서 아무도 이상하게 생각하지 않았다. 하지만 손자가 가게를 이어받고 나서도 간판 글자를 그대로 놔두는 게 아무래도 약간 묘한 느낌을 주는 모양이었다.

그래서인지 다들 농담처럼 혹시나 과거를 되돌릴 수는 없을까 하고 생각할 때면 자연스럽게 이다 시계방의 쇼윈도를 떠올리고 마는 것이다.

"뭐, 쓸데없는 참견이라고는 생각하지만 조금 걱정돼서 말이야."

아와야 술집 주인아주머니도 간판의 문구가 순간 머리에 떠오른 모양이다. 그래서 곧 스스로 부정했다.

"늘 하는 부부 싸움이잖아요."

호카도의 부부 싸움은 아카리도 여러 차례 들은 적이 있을 만큼 흔한 일이었다.

남편인 다모쓰 씨는 말수가 적고 언뜻 보면 사귀기 어려운 인상이지만 속은 따뜻한 사람이었다. 뭐랄까. 화내는 걸 본 적이 없다는 게 상가에서의 평판이었다. 한편 아내인 요코 씨는 좋고 싫은 게 분명한 데다 달변이어서 온갖 말을 다하는 듯, 싸움이라고 해봤자 대개 요코 씨가 일방적으로 퍼붓다가 소귀에 경 읽는 듯한 반응에 화를 내며 집을 뛰쳐나가는 것이었다. 그래도 평소 같으면 하루 이틀이면 돌아와서 언제 그랬냐는 듯 서로 도와가며 일을 했을 텐데.

"어떻게 된 일인지 모르겠네. 벌써 일주일째야. 머지않아 자치회에서 딸기 따기 행사가 있는데 요코 씨가 매년 아이들을 잘 인솔해줘서 좋았거든. 올해는 가지 않을 생각인가."

동네 어린이를 위한 자치회의 기획을 말하는 것이다. 호카도의 거래처이기도 한 농원에서 열리는 딸기 따기 행사는 선대 때 시작되어 벌써 수 년째 이어져 왔다고 한다. 지금은 요코 씨가 중심이 되어 이벤트를 운영하고 있는 모양이었다. 그녀가 가지 못한다면 말수 적은 다모쓰 씨가 도맡아야 할 텐데.

"싸우면 싸울수록 금슬이 좋아진다고는 하지만 야반도주를 해서 함께 살 정도니까……. 사이좋게 살면 좀 좋아."

"야반도주요?"

아카리는 처음 듣는 말이었다.

"그냥 소문이긴 한데. 그래도 좀 의외지. 다모쓰 씨가 그렇게 대담한 사람처럼 보이지는 않잖아?"

소문이라고 하면서도 사실이 아닐 거라고 의심하는 눈치는 아니다.

진위야 어쨌든 다른 사람이 이러쿵저러쿵한다고 해서 부부 싸움이 해결되는 건 아니다. 아마 술집 아주머니는 다모쓰 씨가 무슨 일로 이다 시계방에 갔는지 혹시나 아카리가 알고 있지 않을까 싶어서 불러 세웠을 것이다. 하지만 아카리는 아무것도 모르니 뭐라고 대답할 말이 없어서 대화는 그렇게 흐지부지돼버리고 말았다.

홍미 위주의 소문이라고 치부해버리면 그뿐이겠지만 이 상가에서는 동네 사람들의 뒷말이 아직도 좋은 의도로 받아들여지고 있다. 술집 아주머니 입장에서는 호카도 부부를 진심으로 걱정하고 있는 것이다. 은퇴하여 가게를 접은 노인들이 많은 이 상가에서 부모의 가게를 물려받은, 장차 상가를 다시 일으켜 세워줄 젊은 세대이기 때문에라도 자기 자식처럼 응원하고 있었다.

아카리에게도 언제 다시 미용실을 시작할 거냐고 수없이 물어왔지만 귀찮다고 느낀 적은 없었다. 대가족을 이끄는 어머니 같은 분위기의 아주머니에게 마음을 허락하는 일이 많았고, 혼자 살면서도 가까이에 가족이 있는 것 같은 안도감도 들었다.

상가라고 부르기에는 가게들이 너무 듬성듬성 있는 데다가 개발에서 제외된 낡은 집과 골목에 둘러싸여 있지만, 아직 여기에는 잠재적인 생명력이 잠들어 있다. 근근이 장사를 계속하고 있는 주인들은 여전히 가게에 애착을 가지고 있었고, 텅 비었을 것만 같은 오래된 집의 담벼락 위에 비좁게 놓여 있는 화분들에 온갖 색깔의 꽃이 피어 있는 것을 보면 나름의 풍요로운 생활이 있음을 알 수 있었다.

마을에도 나이라는 게 있다면 여기는 젊은 시절을 그리워하면서도 여유 있는 행복에 젖어 있는 말년의 마을이다. 황혼의 태양은 북국北國의 백야처럼 기우는 일 없이 언제까지고 떠 있다. 그렇게 언젠가는 다시 태어나기 위한 힘을 가만히 비축하고 있다.

그런 생각을 하면서 아카리는 전통 과자 가게 쪽으로 천천히 다가갔다. 목표는 요즘 가게 앞에서 팔고 있는 팥 아이스크림이었다. 그 전통 과자 가게는 평소 관혼상제나 선물용 주문품만 만들었지만 팥 아이스크림만은 동네 주민들의 요청으로 계속 판매하고 있다. 모나카(찹쌀로 빚어 얇게 구운 과자 속에 팥소를 넣어서 만든 일본 전통 군것질)에 끼워 먹는 아이스크림은 우유와 팥의 맛이 일품이어서 앞을 지나다 보면 먹고 싶어서 배길 수가 없어지는 것이다.

가게 앞에 먼저 와 있는 손님은 아이와 함께 온 부모였다. 자신의 차례를 기다렸다가 하나 주세요, 하고 주문했다. 그러자 등 뒤에서 하나 더 추가요, 하는 목소리가 들렸다.

돌아보자 슈지가 서 있었다. 그도 팥 아이스크림을 사러 온 모양이었다. 옆에 선 그는 아카리가 들고 있던 두 개의 슈퍼마켓 봉지 중 하나를 자신이 들어주겠다고 말했다. 하지만 아카리가 무심코 괜찮다고 말해버리는 바람에 공연히 버티는 꼴이 되고 말았다.

그래도 물러서지 않아 결국 그에게 봉지를 들게 하고 말았으므로 순순히 맡길걸, 하고 후회했지만 그런 모습도 다른 사람 입장에서 보면 절로 미소가 나오는 광경이었다.

"어서들 와. 사이가 좋네. 두 사람."

네, 하고 대답하면서도 슈지는 어리둥절한 모습이었다. 사귀기 시작하고 나서 눈치챈 것이지만 그는 아카리와의 교제를 주변 사람이 알든 말든 전혀 신경 쓰지 않았다. 자연스레 그들은 상가의 몇 되지 않는 현역 점주들로부터 공인된 사이가 되었다. 그래서 술집 아주머니도 호카도의 주인이 왜 슈지의 가게를 찾아갔는지 아카리에게 물어보았던 것이다.

숨길 일도 아니었지만 아카리에게는 익숙지 않은 상황이었다. 예전에는 사내 연애이기도 해서 다른 동료들 앞에서는 조심했다. 일단은 비밀로 하기로 하고 미용실에서는 평범한 선후배로 행동했기 때문에 휴일의 데이트 때 아는 사람이라도 만나면 잡고 있던 손을 황급히 놓는 게 보통이었다.

하지만 슈지는 둘이 있을 때와 그렇지 않을 때의 차이가 거의 없었다.

"부럽네. 우리 집사람도 젊었을 때는 아카리 짱처럼 앳된 모습이었는데. 이젠 생각도 나지 않아."

앳될 리도 없었지만, 아카리가 수줍은 듯 보인 것은 그냥 자신들을 아는 사람 앞에서는 좀 더 조심스럽게 행동하는 게 몸에 배어 있었기 때문이었다.

"말씀은 그렇게 하시면서 지난번 부부끼리 여행 다녀오신 모양이던데요. 상점회에서 선물 나눠주시면서 아주머니께서 즐거웠다고 하셨거든요."

슈지가 대꾸해주어서 안심했다.

"그 여편네는 누구랑 갔어도 즐거웠을걸."

주인아저씨의 아내에 대한 농담은 그저 부끄럽기 때문에 나오는 소리라는 걸 알기 때문에 웃으며 들었다. 이렇게 서로가 따뜻한 농담을 건넬 수 있는 것은 그만한 신뢰가 있기 때문일 것이다.

사귀기 시작한 지 얼마 되지 않았는데. 다른 사람 앞이라고 쌀쌀맞은 태도를 보이면 기분이 좋을 리가 없는데. 안 된다고 생각하면서도 버릇처럼 몸에 배어서 좀처럼 고칠 수가 없다. 그나마 슈지가 아카리의 그런 태도를 신경 쓰지 않는 게 다행이었다.

걸어가면서 종이로 감싼 팥 아이스크림을 먹었다.

"이거 맛있어."

"응. 옛날부터 여름방학 때 여기 오면 자주 먹었어."

"정말? 나는 먹은 적 없는데."

"옛날에는 가게들이 다양했거든. 소프트아이스크림이나 팥빙수를 팔기도 했고 과일 파르페도 있었으니까."

"아! 파르페 가게에는 가본 적 있어. 그러고 보니 아이들 눈에는 팥이나 모나카는 수수해 보였을 거야. 파르페 쪽에 훨씬 더 끌렸겠다."

"수수해 보였다라……. 그럴 수도 있겠네."

슈지는 쿡쿡, 하고 웃었다.

"저기 모퉁이 돌면 있던 소프트아이스크림 가게 몰라? 아주 드문 맛이 있었는데."

"드문 맛이라니?"

"포도라든가, 파인애플이라든가, 복숭아 같은. 아무튼 여러 과일 맛이 있었던 것 같아."

소프트아이스크림치고는 확실히 드문 맛일지도 모른다.

상가 거리에서 살짝 갈라져 나온 그 길에는 아치도 없었기 때문에 상가 같지 않았다. 그래서인지 아카리의 기억에는 없었고, 이제는 셔터조차 다 거두고 개축改築했는지 가정집들만이 늘어서 있을 뿐이다. 한 집의 하얀 벽에 희미한 과일 그림이 남아 있어서 거기가 소프트아이스크림을 팔던 가게였을 것이라고 짐작했다.

"막다른 곳에 있는 놀이터도 옛날부터 있었어?"

갈림길 앞에 멈춰 서자 정글짐의 일부만이 얼핏 보인다. 작년 여기로 이사 와서 놀이터가 있는 걸 봤지만 어린 시절의 기억에는 없었다.

"있었어. 저 집 소프트아이스크림을 놀이터에서 먹던 사람을 자주 봤거든. 교복 입은 중고생이 많았던 것 같기도 하고."

다양한 맛을 볼 수 있던 소프트아이스크림 가게의, 지금은 색 바랜 차양도 자세히 보면 프랑스 국기의 세 가지 색깔로 되어 있어서 당시에는 상당히 화려한 분위기였음을 짐작할 수 있다. 막과자 가게 앞에 모인 초등학생들과는 달리 조금 더 키가 큰 중고생들이 좋아했던 가게였을 게 틀림없다.

"그러고 보니 아카리 짱. 오늘 쉬는 날이야?"

다시 걸으며 슈지가 말했다.

아카리의 일은 순환 근무제이기 때문에 가게의 정기 휴일 외에는 불규칙하다.

"응. 그래서 물건 좀 사러 나왔어. 많이 사서 무거울걸?"

"무겁다기보다는……. 이건 뭐야? 상당히 큰 병인데."

"응. 라즈베리 잼. 싸게 샀어."

"좋아하는 거야?"

"새콤달콤한 게 맛있잖아. 그리고 라즈베리라는 말이 왠지 귀엽지 않아? 빵에 바르는 것뿐인데 유럽 카페의 느낌……. 그런 걸 맛보는 기분이 들어."

"흐음, 이 잼은 알갱이가 그대로 남아 있는네."

"그래! 핫케이크에 휘핑크림과 함께 올리면 직접 만들었다고는 생각할 수 없을 정도로 화려해져!"

"다음에 해줘."

"……그건 상관없지만 핫케이크용 가루를 그냥 굽기만 하는 건데?"

"그거 만들기도 쉽고 맛있어."

아아, 또! 솔직하게 만들어주고 싶다고 말하면 좋았을 텐데. 몰래 한숨을 내쉴 수밖에 없다. 늘 이런 식이었지만 그래도 슈지는 아카리가 흔쾌히 승낙했다고 받아들이는 것 같아 다행이다.

"그럼 약속했다. 그러고 보니 오늘은 라즈베리하고 인연이 많네."

"라즈베리 관련한 일이 있었어?"

"그런 그림이 있는 시계를 맡았어."

"수리? 어린이용 시계야?"

"아니. 알람 기능이 있는 자명종 시계야. 어린이용이라기보다 목가적인 장식물을 좋아하는 여자 방에 있을 법한 시계. 톨페인팅tole painting(가구나 함석 제품 등에 고풍스러운 그림을 그려 넣는 공예 기법)이라고 하던가? 바깥쪽 목제 부분에 라즈베리 꽃 그림이 그려져 있어."

사쿠라 털실 가게에 그런 톨페인팅된 소품들이 많이 있기 때문에 쉽게 상상할 수 있었다. 문득, 아카리는 술집 아주머니에게 들은 말이 떠올랐다.

"혹시 그거…… 다모쓰 씨가?"

"어떻게 알았어?"

"그게, 아까 술집 아주머니가 호카도의 다모쓰 씨 걱정을 하시면서 슈 짱네 가게에 들어가는 걸 봤다고 하셨어."

"다모쓰 씨, 기운이 없으니까 술집 아주머니는 이웃집이고 하니 더 신경 쓰이셨겠지. 시계는 고칠 수 있다고 했더니 약간 안심하는 것 같긴 했어."

"혹시 요코 씨 시계야?"

"그런 것 같아. 선반에서 떨어져 고장 났다고 하던데."

"부부 싸움을 하다가?"

"글쎄. 하지만 문자판 뚜껑이 깨진 걸 보면 어딘가에 세게 부딪힌 것 같아."

그렇다면 그것을 부순 것은 다모쓰 씨 쪽일까. 아내의 소중한 시계를 부술 정도로 큰 싸움이 벌어졌던 걸까.

"요코 씨가 야반도주한 적이 있다는 게 사실이야?"

"아카리 짱도 그게 신경이 쓰여?"

소문으로 들은 이야기를 물어본 게 흥미만으로 그들 부부 싸움을 즐기고 있는 듯 들렸을지도 모른다. 하지만 두 사람이 신경 쓰이는 이유를 슈지에게 말해도 좋을지 선뜻 판단이 되지 않아서 아카리는 우물거릴 수밖에 없었다.

"으응, 그냥. 상가에서는 젊은 부부에 속하니까. 요코 씨는 나한테도 잘 대해주었고 나이도 비슷해서. 그런데 안 보이니까 왠지 적적하기도 하고 빨리 돌아오면 좋겠다 싶네."

야반도주와는 관계없는 변명이었다 싶어서 후회했다. 아카리의 걱정과는 아랑곳없는 슈지의 대답은 생각지도 못한 내용이었다.

"그 소문은 약간 잘못된 것 같아. 결혼하기 전 요코 씨가 다른 사람과 야반도주할 생각이었다고 다모쓰 씨한테 들은 적이 있거든."

모나카의 까끌까끌한 감촉이 목에 걸린 것 같다고 생각하며 아카리는 모나카 아이스크림의 마지막 한입을 삼켰다.

"……다른 사람과? 결국 그 사람과는 헤어졌고?"

"그렇겠지. 다모쓰 씨와 결혼했으니까."

그런 이야기를 주고받는 동안 이다 시계방과 헤어살롱 유이가 보였다. 팥 아이스크림도 다 먹었다. 슈퍼마켓 봉지를 아카리에게 돌려주면서 슈지가 말했다.

"오늘 저녁 먹으러 올래?"

"오늘은 뜨개질 수업이 있는데."

"사쿠라 털실 가게에서? 그렇구나. 그럼 다음에 보자."

떠나는 그를 눈으로 좇고 있자니 여러 가지 생각이 머리를 스쳤다. 슈지가 늘 식사든 무엇이든 가볍게 초대해주는 건 기쁜데. 볼일이 있어서 가지 못해도 그 기쁜 마음만은 전하고 싶은데. 하지만 선뜻 말을 못한다. 그 마음을 전하지 않으면 그가 실망하지나 않을까 싶기도 하다.

상대를 많이 알고 싶다고 생각할수록 자신에 대해서도 많이 알려주고 싶은데 쉽게 표현할 수가 없다.

예전의 연애는 서로의 마음이 누차 엇갈리면서 끝나고 말았다. 오래 사귀었는데 그의 마음이 변한 것을 눈치채지 못했다. 그가 아카리를 위한 것이라며 승진에 대한 입에 발린 소리를 할 때도 까맣게 모른 채 자신의 능력이라고만 착각했다.

말하지 않아도 안다, 알아줄 것이다, 그런 착각 속에서 엇갈림은 점점 커져만 갔으므로 마음이 변한 그를 나무랄 수도 없었다.

이제는 알 수 있지만 채일 당시에는 몰랐다.

하지만 그런 사소한 것들이 제일 어렵다. 일상은 자신을 반성할 틈도 없이 빠르게 지나가버린다. 작은 엇갈림은 어느샌가 서로의 거리를 벌어지게 만든다.

더 이상 그런 생각은 하고 싶지 않은데.

요코 씨는 다른 사람과 야반도주를 할 생각이었다. 그것이 싸움과 관계있었을까. 결혼했는데 예전의 연인 문제로 아직도 싸움을 한다면 요코 씨는 지금도 그 사람을 잊지 못한 것일지도 모른다.

혼자 헤어살롱 앞에 우두커니 선 채 아카리는 종잡을 수 없는 생각에 빠져 있었다.

2

사쿠라 털실 가게는 상가 거리 남쪽 끝에 있다. 현재의 주인은 뜨개실 교실을 열고 가르쳐주는 동안에만 잠깐 문을 연다. 가게는 뜨개질 교실 학생이 털실이나 도구를 사기 위해서만 존재한다고 해도 좋을 정도다. 주로 저녁 무렵부터 밤까지 하는 영업이었으므로 낮에 닫혀 있는 동안에는 가게가 폐점한 것처럼 보일 수도 있다.

하지만 오후 6시가 되면 셔터가 올라가고 불이 켜진다. 투명한 문에 꽃 모양으로 테두리가 장식 되어 있는 'OPEN' 간판이 내걸린다. 그 목제 간판이나 털실이 들어 있는 나무 상자, 선반에 새겨진 문양들은 톨페인팅 기법으로 그려졌다. 모두 가게 주인이 만든 작품이다.

그런 가게에 오늘 밤도 뜨개질을 배우러 여자들이 모인다. 아카리도 우연한 기회에 주인과 알게 되어 최근 뜨개질을 시작하게 되었다. 아직 간단한 것밖에 만들지 못하지만, 해보니 제법 재미있었다.

아카리가 가게 안으로 들어가자 몇 명인가가 작품을 구경하고 있었다. 강습이 시작되기 전까지는 가게에서 이야기꽃을 피운다. 그 가운데 아카리의 눈길이 머무른 사람은 선반 앞에 서서 새로운 털실을 살펴보고 있는 여자였다.

여기에서는 아카리가 가장 나이가 어리고 다음으로 어린 사람이 그녀다. 서른두 살이라고 들었다. 머리를 단정하게 하나로 묶고 화장기도 거의 없지만 또렷한 이목구비가 인상적이다. 한 가게를 꾸려가는 안주인답게 딱 부러진 말투지만 뭐랄까, 요염한 부분이 있었다. 모든 면에서 맺고 끊음이 확실해 보이지만 남자들이 왠지 모르게 가만두지 않을 것 같은 그런 분위기의 여자였다.

"요코 씨, 이번에는 뭘 짜실 건가요?"

"음, 뭐가 좋을까? 자치회에서 여는 바자회에 내놓아볼까 싶은데. 이 여름 실, 색깔 좋지 않아?"

그렇게 말하며 아카리의 눈앞에서 미소 짓는 이 사람이 호카도에서 가출한 부인인 요코 씨다. 그녀가 어디 있는지 사실 아카리는 알고 있었다. 교실에는 상가 근방에서 사는 사람들이 많았지만 요코 씨가 뜨개질 교실에 나오는 것은 여기 사람들만의 비밀로 되어 있었다. 그동안에도 그녀는 가출하면 뜨개질 교실 친구네 집에서 머물렀던 듯하다. 비밀이 새어나가지 않은 것은 교실 안의 동료 의식이 제법 견고하기 때문이다. 신참인 아카리도 당사자인 요코 씨로부터 비밀로 해달라는 말을 들었다.

"그렇네요. 성근 숄 같은 거 만들면 어울릴 것 같아요."

"그거 괜찮겠네. 감촉도 시원하고."

그때 주인인 사쿠라 씨가 다가와서 요코 씨에게 말을 건넸다.

사쿠라 씨라고 부르는 것은 물론 가게 이름 때문이다.

"요코 씨, 아직도 집에 안 들어갔다며? 이제 그만 들어가지? 바깥양반을 우연히 봤는데 표정이 어둡던데."

"원래 그런 표정이에요."

하고 단언하는 요코 씨는 아직도 화가 가라앉지 않은 듯했다.

"어이쿠, 정말 그래. 이거…… 지난번 보고 싶다던 톨페인팅 책. 초심자용이니까 어렵지 않을 거야."

손에 들고 있던 책을 요코 씨에게 건네줬다. 그런 뒤 사쿠라 씨는 누군가가 그녀를 찾자 그리로 가버렸다. 받아든 책을 요코 씨는 곤혹스러운 듯 바라보았다.

"톨페인팅 시작하셨어요?"

"응. 하지만 마음이 바뀌었는데."

썩 내켜하지 않는 표정을 짓는 그녀에게 그것은 부부 싸움을 연상시켰을 것이다. 망가진 시계에 톨페인팅 기법으로 라즈베리가 그려져 있다고 했었다.

"톨페인팅 시계, 요코 씨 거죠?"

그러자 그녀는 더욱 곤란한 표정을 지었다.

"다모쓰 씨가 라즈베리 그림이 그려진 자명종 시계를 수리해 달라고 이다 시계방에 오셨나 봐요. 요코 씨가 소중히 간직해온 것을 고쳐주려는 게 아닐까요."

"……그런가. 아카리 씨, 슈지 군과 사귀고 있었지. 저기, 슈지 군은 정말 추억을 수리해줄 수 있어?"

이런 식으로 묻는 사람은 수리하고 싶은 과거가 있는 것이다. 아카리도 그랬으니까 알 수 있다.

"그럴 리가 없겠지."

바보 같다고 생각하면서도 어딘지 모르게 기대하는 눈치다.

"오늘 시간 있어? 차라도 한잔하지 않을래?"

아마 요코 씨는 시계에 관해 뭔가 이야기하고 싶은 게 있는 모양이었다.

뜨개질 교실이 끝나고 나서 아카리는 요코 씨와 상가에서 벗어난 외딴길을 걸어갔다. 도착한 곳은 주택가에 덩그러니 있는 케이크 가게였다. 밖에 '케이크&카페'라고 적힌 칠판이 놓여 있지 않았다면 평범한 가정집이라고 생각했을 것이다. 걸은 시간은 10분 정도였지만 사람들이 거의 모르는 곳이라 상가 사람과 만날 우려는 없다고 그녀는 말했다.

"여기, 우리가 과일 납품하는 곳이야. 케이크가 다 괜찮아."

카운터 안에 있던 사람과 밝게 인사를 나누고 요코 씨는 자리에 앉았다. 케이크 메뉴는 역시 과일을 사용하는 것이 많았다.

"오늘의 추천 메뉴는⋯⋯ 프랑브아즈 무스framboise mousse(라즈베리를 이용한 거품 케이크)와 체리 타르트네. 둘 다 맛있을 것 같다."

메뉴에는 그렇게 적혀 있었다.

"요코 씨는 오늘도 쇼트케이크죠?"

가게 종업원이 물었다.

"응. 늘 먹던 걸로 할게."

결국 아카리는 체리 쪽으로 했다. 요코 씨는 과일을 단순한 장식이 아니라 주인공으로 사용하는 케이크 가게여서 이 가게가 마음에 든다고 했다. 그러니 호카도에 대해서도 긍지를 가지고 있을 터였다. 일을 내팽개치고 가출한 것은 사실 마음이 괴롭기 때문 아닐까.

"그 시계는 말이지, 결혼하기 얼마 전에 산 거야. 우리 일이 아침에 일찍 일어나야 하는 거라서 기분 좋게 일어날 수 있도록 마음에 드는 자명종 시계를 갖고 싶었거든."

딸기를 듬뿍 사용한 쇼트케이크를 먹으면서 요코 씨는 말을 꺼냈다.

"망가진 건 다모쓰 씨가……?"

"아니. 내가 부쉈어."

"고칠 수 있을 것 같아요."

하지만 요코 씨는 마음에 들어서 샀다는 시계를 고칠 수 있다는 소식에도 전혀 기뻐하는 기색을 보이지 않았다.

"왜 고치려는 건지 모르겠어. 그런 시계는 사지 않는 게 좋았는데."

이렇게까지 말했던 것이다.

요코 씨와 다모쓰 씨는 고등학교 동창으로, 같은 학원을 다녔다. 학원이라 해도 은퇴한 교사가 자택에서 가르치는 규모라 같은 학년에서 매번 모이는 것은 세 명뿐이었다. 다른 한 명은 다모쓰 씨의 소꿉친구인 와카모토 코이치 씨였다. 그는 눈에 띄는 타입이고 공부도 잘해서 학교 내에서도 인기인이었다고 한다.

융통성이 부족할 정도로 꼼꼼하고 규칙에서 벗어난 적이 없는 다모쓰 씨와 무엇이든 기분 내키는 대로 하며 밝은 성격으로 주위를 휘어잡는 코이치 씨는 정반대인 부분이 많았지만 서로가 서로에게 부족한 것을 보완해주듯 사이가 좋았다. 같은 버스로 통학하는 경우도 있어서 요코 씨는 자연스럽게 그들과 친해진 모양이었다. 함께 공부하고 고민을 의논하거나 놀러가기도 하며 셋이 함께 행동하는 일이 많았다.

다모쓰 씨의 집이 있는 이 상가에는 방과 후에 자주 들러 놀았던 모양이다. 소프트아이스크림 가게도 가고, 그 옆에 있는 놀이터에서 수다를 떨기도 했다. 그런 이야기를 들으며 아카리는 그 바래버린 과일 그림이나 삼색 차양이 선명한 색깔이었던 무렵을 상상했다.

이윽고 고등학교를 졸업할 때가 왔고 그 직전에 요코 씨는 코이치 씨로부터 고백을 받았다. 각자 다른 대학으로 가게 되었고, 그래서 쓸쓸한 기분이었기 때문에 요코 씨는 순수하게 기뻤다고 했다. 대학에 가서도 코이치 씨와 계속 연결될 수 있다. 그것은 물론 다모쓰 씨를 포함해 모두 함께 연결될 수 있다는 의미였다.

하지만 코이치 씨와의 교제는 1년 만에 끝났다. 멀리 있어서 생각처럼 자주 만날 수 없자 마음도 멀어졌기 때문이었다. 그들은 다시 친구로 지내기로 했다.

결국 세 사람의 관계는 고등학교 시절과 그리 달라지지 않았고 쉬는 날 고향으로 돌아오면 모였다. 요코 씨에겐 대학 생활 중 새로운 연인이 생겼지만 졸업과 동시에 자연스럽게 헤어지고 나서 본가로 돌아와 취직했다. 애인을 만드는 것보다 마음 맞는 두 사람과 지내는 편이 훨씬 더 즐거웠다.

다모쓰 씨는 시내에 있는 회사에 취직했지만 과일 가게를 이어받는 문제를 생각하고 있었다. 코이치 씨는 의사가 되었다. 그가 아버지의 의원을 물려받기 위해 의대에 간 것은 요코 씨나 다모쓰 씨 모두 잘 알고 있었다.

그런 어느 날, 요코 씨는 코이치 씨가 불러내 나갔다. 평소에는 셋이 모였던 술집에 그때는 두 사람뿐이었다. 대학 병원을 그만두고 싶다고 그는 말했다. 하고 싶은 일이 생겼다, NGOnon-governmental organization(비정부기구)에 들어가 의사가 부족한 나라에서 일하고 싶다, 그러니까 함께 가지 않겠느냐고 제안했던 것이다.

그때까지 외국에 나가고 싶다는 이야기는 한 번도 들어본 적이 없었기 때문에 요코 씨는 놀랐다. 언제부터 그런 생각을 하고 있었을까. 애당초 진심이기는 한 것인지 의심스러웠지만 그는 요코 씨에게 언제나 옆에 있어줬으면 하는 사람은 결국 너뿐이라고 말했다.

요코 씨가 제일 먼저 든 생각은 근무처에서 무슨 좋지 않은 일이 생긴 게 아닐까 하는 것이었다.

"코이치 녀석, 조직에 쉽게 적응하지 못했던 것 같아. 원래 하고 싶은 말이 있으면 마음속에 담아두는 성격이 아니니까."

훗날 다모쓰 씨는 그렇게 말했다. 그 역시 코이치 씨로부터 요코 씨를 데리고 해외로 나가고 싶다는 이야기를 들은 모양이었지만 그 이전부터 여러 차례 고민거리를 털어놓았을 것이다.

"게다가 상사의 딸과 혼담이 오가고 있어서 부모님도 적극적으로 추진하고 있다던데."

제법 인기 있는 편에 속하는 코이치 씨는 애매한 언동으로 문제를 야기하는 일이 잦았다. 여자들의 호의를 단호하게 거절하지 못했던 것이다. 요코 씨 자신도 사귈 당시 그런 문제로 화를 낸 적이 많았다.

그렇다면 그의 부모님은 아들이 외국에 나가는 것도, 요코 씨와의 결혼도 허락하지 않을 것이다.

"부잣집 도련님이라 고생을 전혀 모르는 사람."

요코 씨는 코이치 씨에 대해 그렇게 말했다.

주목받는 것을 좋아했고, 실제 눈에 띄는 편이라 늘 화려한 자리에 있었다. 하지만 그러다 보면 피곤할 때도 있었는지 요코 씨나 다모쓰 씨와 있을 때는 가식 없는 자신으로 있을 수 있다고 말했다.

"가식 없는 그는 정말 못 말리는 사람이었어. 경박하기 짝이 없어서 누가 추켜세우면 금방 거기에 휩쓸렸다가는 실패하기도 하고, 맹목적으로 진행하다가 안 좋은 일이 생기면 금방 낙담하여 우는 소리를 했지. 뭐, 그런 극단적인 차이가 귀엽다고 한다면 그럴 수도 있겠지만."

세 사람 중에 리더였던 것은 사실 다모쓰 씨였다.

"연락을 하는 것도, 모두가 좋아할 만한 장소를 찾아내는 것도, 시험 전에 모여 공부하는 것도 다모쓰가 중심이었어. 그런 사실을 알 리 없는 고등학교 동창들은 코이치가 심심하기 짝이 없는 친구와 어울린다고 생각했을 거야."

하지만 요코 씨는 한심한 코이치 씨도 좋아했다. 다모쓰 씨와는 괜히 싸움도 많이 하는 그녀였지만 코이치 씨에게는 대범하게 굴 수 있었다고 한다. 그래서 야반도주 제안도 완전히 거절할 마음은 들지 않았다.

코이치를 지탱해줄 수 있는 건 우리들뿐이다. 그만두는 편이 좋을 거라고 말하면 그는 상처 입을 거였다.

즉흥적인 변덕으로 주위 사람들을 곤란하게 만드는 일은 잦았어도, 사실 그는 주변 사람들이 자신의 말과 행동을 재미있어 하는지, 받아들이고 있는지 늘 신경 쓰고 있었다.

"다모쓰는 어떤 코이치라도 다 받아들여줬어. 그래서 더욱 친구로 남아 있을 수 있었지."

요코 씨도 다모쓰 씨와 똑같이 되려 했던 것이다.

코이치 씨는 그 후로도 농담하는 기색 없이 진심처럼 보였다고 한다. 그리고 요코 씨에게 대답을 요구했다. 결심이 서면 그 공원으로 나오라면서.

"라즈베리 소프트아이스크림 오랜만에 먹고 싶다. 같이 자주 먹었잖아. 라즈베리를 좋아하는 건 변하지 않았지?"

놀이터 옆에 있는 그 가게에는 보기 드물게 라즈베리 맛 소프트아이스크림이 있었다. 코이치 씨는 라즈베리를 좋아했고, 요코 씨 역시 그것을 마음에 들어 했다. 둘이서 늘 그것만 먹었다. 다모쓰 씨는 바닐라 소프트아이스크림이었다. 만들어진 과일 맛은 좋아하지 않는 듯했다.

"우리는 처음부터 잘 맞았어. 이번에도 잘해나갈 수 있을 거야."

추억의 소프트아이스크림 가게. 코이치 씨는 그곳에서 요코 씨의 대답을 듣고 싶다고 했다. 라즈베리 맛을 그리워하며 다시 떠올릴 수 있는 것은 두 사람의 공통점이었으므로 라즈베리 소프트아이스크림을 먹기 위해 둘만 만나기로 했던 것이다.

"그 가게가 아직 있을까?"

요코 씨는 그때 코이치 씨에게 물었다. 졸업하고 나서 몇 번인가 간 적이 있었지만 상가의 점포가 대폭 줄은 데다가 그 가게도 옛날처럼 붐비지 않아서, 선명해 보였던 장식이나 소프트아이스크림 그림의 색이 바래듯 서서히 발길이 뜸해졌던 것이다.

다모쓰 씨 집으로 놀러 가기 위해 상가를 지나면서도 소프트아이스크림 가게에는 들르지 않은 지가 꽤 됐다. 고등학교를 졸업하고 나면 저마다 생활이 바뀐다. 화제의 가게나 맛있는 음식에 대한 정보는 얼마든지 얻을 수 있었고, 갈 만한 장소도 바뀌어갔다.

매일같이 다니던 가게라 해도 이젠 세 사람의 화제에 오르지 않게 되었기 때문에 그리운 가게 이름과 요코 씨가 라즈베리를 좋아한다는 것을 기억하고 있던 코이치 씨의 제안에 옛날 기분이 살짝 되살아났는지도 모른다. 그에게 고백을 받고 가슴 뛰던 그 시절의 기분이.

"있지 않을까. 추억의 가게니까 분명 있을 거야."

평소처럼 들뜬 모습으로 코이치 씨가 말했다.

"앞으로도 같이 라즈베리 소프트아이스크림을 먹고 싶으면 와줘."

잘 생각해보라고 덧붙이며 날짜와 시간을 알려주었다. 5월의 어느 날이었다.

코이치와 갈 나라에는 라즈베리의 빨간 열매가 열릴까. 그런 생각을 하면서 요코 씨는 공원으로 향했다. 그가 기뻐할 얼굴을 상상했다. 부모님의 의원을 물려받지 않고 둘이서 멀리 떠난다. 그는 더 이상 부모님의 후광도, 재산도 기대할 수 없는 곳에서 자력으로 걸어갈 것이다. 옆에서 지지해주는 게 요코 씨의 역할이었다.

상가 모퉁이를 돌자 소프트아이스크림 가게가 보였다. 하지만 길가를 향해 있던 카운터는 닫혀 있었다. 햇볕을 차단해주던 파라솔도 없었고, 소프트아이스크림 모양을 한 간판도 없었다. 다가가보았지만 내일이 되면 열 것 같은 분위기가 아니었다. 이미 몇 개월 동안이나 카운터 위의 셔터는 열리지 않았던 게 틀림없었다.

라즈베리 소프트아이스크림을 코이치 씨와 함께 먹을 수 없다. 그때부터 예감 하나를 품은 채 요코 씨는 놀이터로 향했다.

벤치에 앉아서 기다렸다. 약속한 시간으로부터 10분이 지나고, 30분이 지나고, 한 시간이 지나도 코이치 씨는 나타나지 않았다. 그러고 나서도 요코 씨는 한참 더 기다렸다.

역시 야반도주도, 해외도 단순한 변덕이었다. 못 말리는 녀석. 고생 따위는 할 수도 없는 주제에. 아무리 혼담이 오갔어도 싫으면 거절하면 될 텐데 즉흥적으로 야반도주 같은 말을 꺼내다니. 그런 인간이 정말 야반도주 같은 것을 할 수 있을 리 없었다.

냉정히 생각해보니 요코 씨는 이렇게 될 줄 알고 있었던 것 같았다. 그래서 그녀는 여기에 왔다. 그녀 역시 갑자기 외국에 나가 생활한다는 건 쉽게 결정할 수 있는 일이 아니었고, 가족들도 반대할 게 틀림없었다. 알면서도 여기에 왔다. 만약 코이치 씨가 나타났더라면 어떻게 할 작정이었을까.

모른다. 어쨌든 그는 나타나지 않았다.

고개를 숙인 채 가만히 앉아 있던 그녀 앞에 누군가가 다가와 섰다. 고개를 들어보니 거기에 있던 것은 다모쓰 씨였다.

그는 아이스크림콘을 두 손에 들고 있었다. 흔한 연분홍색의 동그랗게 퍼 올린 아이스크림이 삼각형의 콘 위에 올라가 있었다. 하나를 요코 씨에게 내밀며 그는 퉁명스러운 표정 그대로 말했다.

"라즈베리 소프트아이스크림이 어디에도 없었어. 최근에는 소프트아이스크림 가게도 별로 없고 해서."

라즈베리 맛을 찾다가 결국 딸기 아이스크림을 사서 그 자리로 온 것이다. 그 말인즉슨 다모쓰 씨가 코이치 씨로부터 모든 이야기를 들었다는 뜻이었다. 여기에서 요코 씨와 만나기로 한 약속도 라즈베리 소프트아이스크림으로 건배하듯 장래를 맹세할 생각이었던 것도.

요코 씨는 이상하게 웃었다.

"그 자식, 역시 무서웠나 보지? 너한테 뒷마무리를 부탁한 거야?"

웃음이 멈추지 않아서 이상했는데 눈물도 그치지 않았다.

그 후로 셋이 함께 모이는 일은 없었고, 요코 씨는 코이치 씨를 보려 하지 않았다. 그가 먼 대학 병원으로 전근 갔다는 이야기 정도만 다모쓰 씨를 통해 들었을 뿐, 그 이상은 궁금해하지 않았다. 다모쓰 씨 역시 예전처럼 그와 빈번하게 연락을 취하지 않았는지도 모른다.

"지금 생각해보면 그때가 내 첫 연애를, 길고 길었던 첫사랑을 잃어버렸던 때가 아니었나 싶어."

그녀에게 코이치 씨는 첫사랑 남자였다. 한 번은 사귀었고, 헤어지고 나서도 계속 연락하며 살았다. 그런 관계가 완전히 정리되자 진정한 의미에서 실연을 당했다고 생각한 것일까.

"너무 길었기 때문에 나도 무엇을 잃어버렸는지 이해할 수 없었지만 잃고 난 그때부터 더 이상 사랑은 할 수 없게 됐어."

"하지만 다모쓰 씨는……."

줄곧 그녀 옆에 있었던 것이다. 그렇다면 다모쓰 씨와는 사랑하는 사이가 아니었다는 뜻이 된다.

"다모쓰는 내가 라즈베리 시계를 소중히 여기는 게 코이치와의 추억 때문이라고 생각하고 있으면서도 지금까지 계속 침묵하고 있었어. 내가 코이치를 그리워해도 상관없다는 거지. 오히려 그러는 편이 더 좋을지도 모른다고 생각할걸. 그의 소중한 친구를 그리워하는 나라서 결혼한 거니까. 무엇보다 우정이 소중하기 때문에 코이치를 위해 나를 계속 위로해주려 해."

케이크는 일찌감치 다 먹었다. 아카리 앞에는 커피만이 놓여 있었다. 그게 아직도 따뜻한 것은 가게 종업원이 서비스로 더 끓여주었기 때문이다. 요코 씨는 진저에일을 마시고 있었다.

"그때 공원에 딸기 아이스크림을 사서 나타났을 때부터 다모쓰는 마치 책임이라도 느끼는 듯 나를 외롭지 않게 해줬어. 무뚝뚝해서 전화나 메일도 용건만 적는 사람이었는데 별것 아닌 용건을 만들어가며 애를 썼지. 노는 날도 챙기고 식사도 같이하자고 해서 마치 그와 사귀고 있는 것 같은 기분이었어. 우리는 그저 오랫동안 지속해온 소중한 관계를 잃고 싶지 않았던 거야. 코이치처럼 떨어져 나가고 싶지 않았기 때문에 함께 살기 시작했고, 혼인신고를 한 거야."

싸움의 원인은 결국 코이치 씨 때문이었던 것일까. 요코 씨는 오랫동안 이야기를 했지만 정작 중요한 핵심은 아카리에게 보여주지 않았다. 코이치 씨를 잊지 못해서 다모쓰 씨가 요코 씨에게 화가 난 것일까.

하지만 다모쓰 씨 자신이 코이치 씨와의 우정을 위해 요코 씨 옆에 있는 것이라면 그녀는 아무리 시간이 흘러도 실패한 야반도주의 상처를 치유할 수 없다.

"정말 시계를 고치지 않아도 괜찮아요?"

"아카리 짱. 틀림없이 좋아할 거라고 생각해서 선물을 줬는데, 받는 사람이 당황한 표정을 지으면 어떻게 해야 할까?"

요코 씨의 대답은 비약이 너무 심해서 알 수가 없었다.

"난 잔뜩 화가 나 있어."

"네."

"슈지 군과 싸운 적 있어?"

"네? 그건."

"아직 러브러브라서 없나."

곤혹스러워하는 아카리로부터 대답을 기대하지는 않았을 것이다. 요코 씨가 말했다.

"일방적으로 부딪치기만 하는 싸움은 의미가 없어. 나는 늘 하고 싶은 말을 하면서 만족했지만 다모쓰는 그렇지 않았어. 하고 싶은 말을 전부 가슴속에 담아두고 있는 건 아닌지 싶어."

깊은 한숨을 내쉰다.

"내가 잘못 생각했어. 많은 일들이 있었어도 평범한 부부가 될 수 있다고 생각했는데……. 시계는 잘못된 생각의 상징물이야.

하지만 시계를 부숴봤자 과거의 착각은 부술 수가 없지."

부수고 싶었던 것은 시계에 얽힌 과거라는 말일까? 라즈베리로 대표되는 코이치 씨와의 추억을 끈질기게 간직한 채 다모쓰 씨와 결혼했기 때문에?

"고치지 않아도 된다고 슈지 군에게 말해줘. 고쳐봤자 또 부술 테니까."

그렇게 말한 요코 씨는 뜨개질에 관한 이야기로 화제를 바꾼 후 더 이상 다모쓰 씨나 코이치 씨에 대해 언급하지 않았다.

3

그 시계는 튼튼한 나무틀 안에 박혀 있었다. 나무는 새하얘서 톨페인팅에 적합한 소재였다. 그리고 소박한 필치로 하얀 꽃과 빨간 열매가 그려져 있었다. 사실적이라기보다 장식적인 느낌이 들었던 것은 레이스나 리본 페인트로 테두리를 그려 넣었기 때문일 것이다.

"이게 라즈베리야?"

슈지의 공방에서 시계를 보던 아카리는 미묘한 그림 모양에 고개를 갸웃거렸다. 간략하게 그린 그림이어서 그냥 빨간 열매처럼 보인다. 표면의 울퉁불퉁한 느낌은 라즈베리처럼 보이도록

하기 위해서인 것도 같고 딸기 씨앗을 표현한 것 같기도 했다.

"다모쓰 씨가 그렇게 말했어. 라즈베리는 딸기와 달리 나무 열매라서 꽃이나 잎사귀 등을 보면 알 수 있대."

"흐음, 라즈베리가 나무 열매라고? 역시 과일 가게 주인이구나. 식물에 대해 잘 알고 있네."

"농원에서 직접 사오기도 하는 모양이니까. 아무래도 볼 기회가 많지 않을까?"

"그나저나 결국 가출의 원인은 뭐였을까. 뭔가 선물한 게 마음에 들지 않았나? 그것과 이 시계가 어떤 상관이 있는지는 모르겠지만 말이야."

요코 씨와 만나서 이야기했던 내용은 대충 다 슈지에게도 전했다. 그녀가 '추억의 수리'에 대해 기대하고 있을지도 모르겠다는 것까지 포함해서 말이다. 물론 슈지에게는 다른 사람의 과거를 바꿀 수 있는 능력이 없지만 시계를 고침으로써 두 사람의 미래에 영향을 줄 수 있을지도 모른다는 사실에 대해서는 충분히 공감한 듯했다.

"다모쓰 씨는 어디까지나 자신이 잘못한 것처럼 말했어. 설사 그렇다 해도 또 부수는 건 옳지 않은데."

눈살을 찌푸리는 슈지는 시계가 그런 취급을 받는 게 슬픈 것이다.

"어떡할 거야? 고칠 거야?"

"의뢰인은 다모쓰 씨니까."

거기서부터 요코 씨와 다모쓰 씨는 엇갈리고 있다. 하지만 제일 큰 문제는 시계를 고칠 것이냐 마느냐가 아니다.

요코 씨가 옛 사랑을 여전히 그리워하고 있는데 다모쓰 씨는 묵인하고 있다. 시계의 그림이 단순한 장식이 아닌 라즈베리인 것을, 그와의 추억인 것을 알면서도 잠자코 있었다.

결혼한 것은 친구를 위해서다. 그래서 다모쓰 씨는 그녀의 가출을 나무라지 않았다. 코이치 씨의 죄책감을 덜어주기 위해서라도 요코 씨를 쓸쓸하게 만들면 안 된다고 생각해 결혼한 게 사실이라면 그런 셈이 된다.

"헤어지는 편이 좋지 않을까?"

다이치가 말했다. 아카리가 오기 전부터 그는 슈지의 집에서 할 일 없이 시간을 보내고 있었다. 호기심 때문인지, 부서진 자명종 시계를 보러 공방에 들어왔지만 부부 싸움 이야기 따위는 지루했는지 분해된 톱니를 늘어놓으며 놀던 주제에 갑자기 끼어들었다.

"그런 건 쉽게 말할 수 없는 문제야."

"애당초 남편은 마누라가 돌아오길 바라고 있기나 한 거야?"

그 점을 아카리도 신경 쓰고 있다. 다모쓰 씨는 아마 요코 씨가 어디 있는지 알 것이다. 상가의 뜨개질 교실 같은 뻔한 곳에 들락거리고 있다. 그동안의 가출도 아마 같은 패턴이었을 것이다. 적극적으로 찾지 않는 것은 이미 어디 있는지 알고 있기 때문이다. 알고 있으면서도 데리고 돌아오려 하지 않고 있는 것이다.

"당연히 돌아와주길 바라겠지. 하지만 요코 씨에게 돌아올 마음이 있는지 그게 걱정스러운 게 아닐까."

"그렇게 자신감이 없으니까 도망친 거야. 연애는 먼저 공략하는 쪽이 반드시 이긴다고."

왠지 뻐기듯, 다이치는 자주 연애에 대해 말했지만 그가 여자와 같이 다니는 것을 본 적은 없다.

"빨리 데리고 돌아오지 않으면 그 와카모토 코이치인가 하는 놈과 만나는 동안 다시 옛날로 돌아갈걸."

"만난다고? 그게 무슨 말이야."

"아니, 만나고 있지 않을까 생각한 것뿐이야."

"뭐야. 그냥 생각이야? 놀라게 하지 좀 마."

"하지만 그자가 나타났다면 이번 싸움이 평소와 다른 이유를 설명할 수 있지 않나? 의사 맞지? 시립 병원에서 요코 씨를 봤어. 일주일쯤 전에. 거기에서 둘이 만났다고 한다면 앞뒤가 들어맞지 않을까?"

일주일 전쯤이라면 요코 씨가 가출한 즈음이다.

"그럼 코이치 씨가 시립 병원에서 근무하며 이따금 요코 씨와 다시 만난다는 거야?"

"아카리 짱. 다이치의 억측이야."

"그렇겠지……."

그럴듯한 소리를 해서 무심코 사실이라고 착각할 뻔했다.

"다이치는 병원에 무슨 일로 갔는데?"

슈지는 그런 점에서 냉정하다. 하나하나 사실을 확인하면서 상황을 판단한다. 하나의 정확한 움직임이 없다면 다음번 움직임을 만들어낼 수 없는 시계를 조립하듯이.

"학교에 갈 때 병원 안을 통과하는 게 지름길이거든."

"그럼 요코 씨는 어디에서 봤는데?"

"매점."

"병원 매점? 병원 안을 통과만 하는 게 아니라 매점도 이용하고 있던 거야?"

"거기서 책 보거든. 사무에를 입고 있으면 환자인 줄 알고 쫓아내지 않아. 편의점 같은 데서는 이상하게 보는데 말이지."

왜 뭔가를 살 생각은 않는 걸까, 하고 아카리는 생각했다.

"매점은 병동 쪽이야? 문병 간 건가?"

"수납하기 위해 기다리고 있었으니까 진찰 받으러 간 게 아닐까?"

"그래? 어디가 안 좋은가. ……건강해 보였는데."

뜨개질 교실에서도 평소와 다름없이 씩씩했다. 케이크 가게에서도 잘 말했고 잘 먹었다.

"굳이 아프지 않아도 병원에는 갈 수 있어."

“아픈 게 아니라면 왜?”

“중이염이나 종기 같은 걸로.”

“그건 아픈 거잖아.”

다이치와 시답지 않은 대화를 나누고 있는데 가게 문이 열리는 소리가 들렸다. 공방의 유리문을 열고 슈지가 가게 쪽으로 나가는 것을 시선으로 좇던 아카리의 눈에 입구에 선 다모쓰 씨의 모습이 들어왔다.

보기 좋게 그을린 얼굴에 짙고 두터운 눈썹이 자리 잡고 있다. 티셔츠에 청바지 그리고 모자를 눌러 쓰고 있어서 상당히 젊어 보인다. 그는 공방에 있는 아카리 쪽을 흘낏 보며 인사했다.

“유이 씨. 헤어살롱에 없길래 여기에 있지 않을까 싶어서 찾아왔어요.”

아마도 아카리에게 볼일이 있는 모양이었다.

“우리 집사람이 어제 유이 씨와 걸어가는 것을 본 사람이 있다고 해서, 묻고 싶은 말이 있어요. 갑자기 미안해요.”

동네 사람들의 눈은 매섭다. 아마 요코 씨는 뜨개질 교실에 올 때마다 누군가에게 목격 당했을 것이다. 다모쓰 씨는 역시 그녀가 어디 있는지 알고 있다.

“네. 요코 씨와 만났어요.”

아카리는 손님용 응접세트에 슈지와 나란히 앉으며 다모쓰 씨와 마주했다.

"그 사람, 어땠던가요?"

"특별히 이상해 보이지는 않았어요. 그냥 시계는 고치지 않아도 된다고, 만약 고치더라고 또 부술 거라고 하던데요."

그런가요, 하고 말하면서 곤혹스러운지 고개를 숙였다. 그러다가 생각난 듯 중얼거렸다.

"슈지 군. 옛날 일을 고칠 수 있을까. 시계 대신……."

아카리와 슈지가 서로의 얼굴을 마주보았다.

"요코 씨와의 추억을 말인가요?"

슈지가 조용한 목소리로 물었다.

"그녀와 또 한 사람, 학창 시절의 친구. 이렇게 세 사람의 추억을."

"그 친구는 요코 씨가 함께 야반도주하려던 사람……이죠. 죄송해요. 어제 그와 관련한 이야기를 요코 씨한테서 들었거든요."

아카리의 말에 다모쓰 씨는 살짝 고개를 끄덕였다.

"집사람은 그 상대를 늘 그리워해서……. 그래서 이제는 자신의 마음을 속이고 나와 함께 있는 게 싫어진 건지도 몰라요."

"만약 그렇다면 그녀를 용서할 수 없나요?"

슈지가 말했다.

"아니. 용서할 수 없는 건 나야. 그때부터 늘 후회만 하고 있으니까."

그리고 무릎에 올려둔 주먹에 힘을 주었다.

그 후회는 코이치 씨를 대신하듯 요코 씨와 결혼한 것을 말하는 걸까.

"만약 시간을 돌릴 수 있다면 그때 나는 코이치를 두들겨 패서라도 요코 앞에 데려다놓았을 거야. 이제 와서 그걸 깨달았어."

하지만 시간은 되돌릴 수 없다. 그래서 다모쓰 씨는 괴로워하고 있다. 그녀를 데리러 갈 수 없다.

오래된 시계추가 흔들리는 소리와 함께 끊임없이 시간은 흘러간다. 시계에 둘러싸인 가게 안에 있으면 시간이 피부로 느껴진다. 모두가 침묵하고 있는 이 조용한 공간에서조차 붙잡을 길 없는 시간의 흐름에 고스란히 노출되어 있다는 사실이 희한하게 약간 무섭고 불안하다. 하지만 이 난폭한, 거역할 수 없는 힘에 의해 과거에서 미래로 모두가 떠밀려가기 때문에 더욱 앞으로 나아갈 수 있는 것인지도 모른다.

"내가 고칠 수 있는 건 시계뿐이에요. 하지만 추억도 고칠 수 있다고 생각해요. 물론 그렇게 할 수 있는 건 당사자뿐이지만요."

슈지는 그렇게 말했다. 이상한 말이었지만 아카리는 잘 알 수 있었다.

"……아니, 됐어. 모든 게 다 이미 늦었다는 건 알고 있어."

하지만 그에게는 그저 위로의 말로 들렸나 보다.

"늦지 않았어요! 다모쓰 씨는 요코 씨와 헤어지고 싶은가요?

정말 그래도 된다고 생각하세요? 이제라도 다시 시작할 수 있어요. 이 문제가 고통스러운 기억으로 남아버려도 괜찮아요?"

아카리는 몸을 거의 반쯤 앞으로 내밀고 있었다.

"와카모토 코이치 씨가 시립 병원에 오지 않았나요? 그는 의사죠? 요코 씨가 병원에 갔던 모양이에요."

작심하고 그렇게 말하자 지금까지 별 반응을 보이지 않던 다모쓰 씨가 튕기듯 얼굴을 들었다.

"설마……."

요코가, 하고 중얼거리면서 그는 불안하게 고개를 저었다.

"……돌아갈게요. 여러모로 이상한 의논을 드려서 미안해요."

동요를 애써 가라앉히려는 듯 그렇게 말하고 갑자기 그는 돌아갔다.

"괜찮을까. 허둥대는 것 같던데."

슈지가 말했다. 요코 씨가 코이치 씨와 만날 가능성을 다모쓰 씨는 생각해본 적이 없었을까. 애당초 그녀가 코이치 씨를 그리워하는데도, 라즈베리에 그 그리움이 담겨 있는데도 다 받아들이듯 행동했다. 하지만 실제 만나는 것은 역시 곤란하다고 생각하는 걸까.

"실수했나? 하지만 동요하는 걸 보니 이대로 가만있을 수는 없다고 생각하는 거야."

"아카리 짱은 이따금 대담해."

그것은 아카리의 결점인지도 모른다. 하지만 슈지는 처음부터 그런 아카리를 부정하지 않았기 때문에 추억을 수리한다는 희한한 간판의 문구를 믿게 되었고, 새로운 미래를 향해 한 발, 내딛을 수 있었다.

그리고 슈지는 아직도 가게에 그 간판을 그냥 두고 있다. 그것이 아카리와 자신을 도운 것처럼 어딘가에서 누군가의 구원이 될지도 모르기 때문이다.

요코 씨와 다모쓰 씨도 이다 시계방의 '추억의 시時 수리합니다'라는 간판에서 뭔가를 구하고 있다. 그 문구에는 사람을 움직이는 힘이 있다. 왠지 그런 기분이 들어 그들이 정말 소중한 것을 잃지 않기를 기도했다.

"연애는 먼저 공략하는 쪽이 반드시 이긴다고 했지, 다이치 군?"

아카리가 공방을 보며 말했지만 어느샌가 다이치는 사라지고 없었다.

"어라? 돌아가버렸나?"

"정말 신출귀몰하다니까."

슈지는 공방으로 돌아가 뭔가 골똘히 생각하며 라즈베리 자명종 시계를 손에 들었다.

"수리는 어떡할 거야? 결국 고쳐도 될지 말지 그 대답은 듣지 못했네."

"고칠 거야. 아마 다시 부서질 일은 없을 것 같아."

왠지 그는 확신에 차 있는 듯했다.

4

다음 날, 일을 마치고 집으로 돌아가는 길에 사쿠라 털실 가게에 들른 아카리는 요코 씨와 또 만났다. 그녀도 아카리처럼 교실에 나오는 날은 아니었지만 털실을 사러 온 모양이었다.

"어제 다모쓰 씨가 요코 씨 어떻게 지내는지 물어왔어요. 걱정하시는 것 같던데 잘 이야기하는 편이 좋지 않을까요."

그러나 아카리의 말에는 대답하지 않고 요코 씨는 갑작스러운 말을 꺼냈다.

"저기, 아카리 짱. 과거의 기억을 수리했으면 좋겠다고, 어쨌든 잠깐이라도 생각했기 때문일까? 도저히 믿을 수 없는 일이 벌어졌어."

"믿을 수 없는 일이요?"

"그 사람을 찾았어. 코이치를."

"정말이요? 어디에서요?"

"시립 병원. 병실 앞에 그의 이름이 있었어."

두 사람은 아직 만나지는 않은 듯했지만 코이치 씨가 병원에 있을지도 모른다던 다이치의 예상이 맞았다. 다만 의사가 아닌 환자로서 말이다.

"입원한 건가요?"

"그건……. 잘 모르겠어."

그녀는 무척이나 곤혹스러운 모습이었지만 아카리를 똑바로 쳐다보며 자신의 결심을 털어놓았다.

"그를 만나볼까 싶어. 전하고 싶은 이야기가 있거든. 그러면 후회투성이인 과거를 고칠 수 있을지도 몰라."

"혼자서 괜찮겠어요?"

다모쓰 씨의 허둥대던 모습을 떠올리자니 요코 씨가 과거 연인과 둘이서만 만나는 것은 좀 그렇지 않을까 싶었다. 그래도 장소는 병원이다. 상대가 환자라면 불필요한 오해를 불러일으킬 만한 일은 없을 것이다.

"응, 괜찮아. 집을 나오고 나서 줄곧 그를 만나고 싶었어. 분명 잘 이야기할 수 있을 거야."

만나고 싶었다니. 다모쓰 씨에 대한 마음이 이제는 변해버린 건가. 하지만 요코 씨가 그렇게 말한다면 아카리가 개입하는 건 쓸데없는 참견일 수밖에 없다.

요코 씨와 둘이 털실을 사서 밖으로 나왔다. 가게 앞에 세워둔 자전거의 자물쇠를 푼 그녀는 나중에 봐, 하고 아카리에게 손을 흔들다가 뭔가에 놀란 듯 갑자기 동작을 멈췄다.

아카리가 돌아보자 사쿠라 털실 가게 맞은편, 닫힌 셔터 앞에 다모쓰 씨가 서 있었다. 거기에서 천천히 요코 씨 쪽으로 걸어왔다. 약간 거리를 두고 멈춰 서서 요코 씨에게 말을 건넸다.

"요코. 이제 그만 돌아가자."

화난 모습도 없이 다모쓰 씨는 잠깐 외출한 사람에게 그만 집으로 돌아가자고 말하는 듯했다.

"안 갈래. 그게 말이지, 아직도 나는 그때 코이치에게 바람맞고 울던 그대로야. 그래서 너도 동정만 했던 거잖아."

"하고 싶은 이야기가 있어."

"나도 있어. 하지만 우선 그 사람과 이야기해야만 해. 그러니까, 미안."

"이봐, 그 사람이라면……."

요코 씨는 도망치듯 자전거의 페달을 밟았다. 다모쓰 씨는 쫓아갈 생각도 하지 않고 우두커니 서서 그녀를 눈으로 좇을 뿐이었다.

"유이 씨. 지난번 저 사람이 코이치와 만났을지도 모른다고 했죠?"

어둠속으로 사라져 보이지 않게 된 요코 씨에게서 아카리 쪽으로 눈을 돌린 다모쓰 씨가 물었다.

"아뇨. 아직 만난 건 아니에요."

"그건 알고 있어요. 만날 수 있을 리가 없거든요."

어떻게 그렇게 단정 지을 수 있을까. 의미를 알 수 없어서 멍하니 서 있는 아카리에게 다모쓰 씨가 덧붙였다.

"코이치는 사고를 당해 의식이 없어요. 브라질 병원에서요."

할 말을 잃었다. 의식을…… 잃었다고? 브라질? 그럼 요코 씨가 본 것은?

"그럼 요코 씨가 그와 만나게 되는 걸 걱정하는 게 아니었군요……."

"병원에 다닌다고 했거든요. 예전부터 몸 상태에 대해 말한 적이 있기도 했고요. 저 사람, 금방 농담인 듯 얼버무렸지만 걱정이 돼서……. 빨리 데리고 들어가는 편이 좋지 않을까 했던 거예요."

"하지만 요코 씨는 코이치 씨가 시립 병원에 입원해 있다고, 이제 만날 거라고 했어요."

"코이치가 시립 병원에요? 만날 거라고요?"

이번에는 분명 코이치 씨 문제로 허둥대는 듯했다.

"그런 말도 안 되는. 코이치를 만날 수 있을 리가 없다는 건 요코도 알고 있어요."

서둘러 가려 했지만 그쪽은 병원과는 반대 방향이었다. 게다가 걸어서 가기에는 약간 멀다.

"병원에 가실 거면 저도 같이 갈게요."

그렇게 말하면서도 먼저 그를 안정시켜야 되겠다 싶어 슈지의 시계방에 들르기로 했다.

⚙

야반도주의 약속을 어긴 후 코이치 씨는 묵묵히 먼 지방의 대학 병원에서 근무했지만 얼마 후 갑자기 그만두고 홀로 해외로 나간 모양이었다. 그가 NGO에 들어가 남미 오지에서 의사로 일하고 있었다는 것을 다모쓰 씨는 우연히 최근 있었던 사고 소식과 함께 알게 되었다.

"요코에게 코이치가 했던 말은 즉흥적인 생각이 아니라 진짜 꿈이었어. 야반도주도 진심이었을지 몰라. 그런데 언젠가는 그 녀석이 겁먹고 다 포기할 게 뻔하다고 생각했지."

병원으로 향하는 차 안에서 다모쓰 씨는 이렇게 말했다. 다모쓰 씨의 차였지만 슈지가 운전했다. 다모쓰 씨는 이미 안정을 되찾은 것처럼 보였지만 슈지가 운전하겠다고 하자 순순히 그러라고 고개를 끄덕였으므로 운전대를 잡을 여유는 없는 모양이었다. 차로 가면 시립 병원까지는 15분 정도였다. 다모쓰 씨의 말은 느릿했지만 끊이지는 않았다. 아카리와 슈지는 그저 듣고만 있었다.

"코이치에 대해 안 건 지난주야. 동창한테 들은 이야기라서 단편적인 데다가 자세한 건 모르겠지만 타고 있던 차가 절벽에서 떨어졌다던가, 그런 모양이야. 요코는 어이없어했어."

"코이치가 외국에서 일했구나……."

그날도 평소처럼 일을 마치고 저녁을 먹은 후 설거지를 했다고 한다. 평소와 무엇 하나 다르지 않은 하루가 끝나가려 했지만 다모쓰 씨와 요코 씨가 그런 일상을 보내는 동안 코이치 씨는 다른 세계에 있었던 것이다.

"어렵게 꿈을 이뤘는데 사고를 당하다니."

"……분명 다시 일어날 거야."

하지만 코이치 씨는 입원한 채 벌써 3개월이나 의식이 없는 모양이었다.

"우리 그렇게 사이좋았는데 코이치에게 벌어진 일을 지금까지 몰랐다니 왠지 슬프다."

그랬다. 다모쓰 씨는 친구와 마음은 물론 거리마저 멀어진 것을 느끼고 허무했지만 동시에 요코 씨는 더 힘들지도 모르겠다고 생각했다.

"같이 가고 싶었어?"

그렇게 묻자 요코 씨는 깜짝 놀란 듯 다모쓰 씨를 보았다.

"무슨…… 소리하는 거야? 이제 와서……."

"그 녀석을 잊지 않았잖아."

"그건……. 다모쓰 쪽이 더할걸."

"난 친구니까."

"난……."

뭔가 말하려던 요코 씨는 갑자기 입을 다물고 몸을 돌렸다. 그 순간 그녀가 비틀거리듯 선반에 기대자, 놀란 다모쓰 씨가 손을 뻗었다.

"이봐, 괜찮아?"

팔에 닿은 자명종 시계가 튕겨져 나가 거세게 기둥에 부딪혔다. 당황한 다모쓰 씨는 분리된 시계의 유리를 밟아 깨고 말았지만 그보다 주저앉은 요코 씨가 더 걱정됐다.

"지난번 말했지? 몸이 좀 안 좋은 것 같다고……."

"아무렇지 않아. 그냥 헛디딘 것뿐이야."

요코 씨는 곧바로 일어섰으므로 다모쓰 씨도 더 이상은 말하지 않고 떨어진 시계를 주웠다.

"깨져버렸네. 라즈베리 시계."

그러자 요코 씨는 갑자기 돌아서서 다모쓰 씨를 노려보았다.

"그런가. 다모쓰는 나와 결혼한 거 후회하는구나. 코이치에게 진심으로 외국에 나갈 마음이 있었다면 그때 같이 데리고 가는 게 더 좋았을 텐데, 하고 생각하고 있어."

왜 이야기가 그렇게 번졌는지 알 수 없었다. 곤혹스러워하던 다모쓰 씨가 뭐라고 대꾸하기도 전에 시선을 돌린 요코 씨는 그대로 집을 뛰쳐나갔다.

해가 길어졌다고는 하지만 밖은 금방 어두워졌다. 고작 5층짜리라고는 하지만 시립 병원은 주택 지붕들 위로 불쑥 솟구쳐 나온 듯 눈에 띄였다. 반듯하게 줄지어 선 창문에서 반사된 하얀 빛이 지붕들 위에 떠 있다. 차는 그쪽을 향해 나아갔다.

"다모쓰 씨. 생각해봤는데 그 시계 그림이 라즈베리 맞나요?"

갑자기 슈지가 물어보았다.

"그래. 라즈베리야."

"물론 그렇지만……. 식물에 대해 잘 알지 못하는 사람도 라즈베리라고 생각할까요. 라즈베리가 어떤 식으로 열매를 맺는지, 어떤 꽃이 피는지 모르는 경우가 더 많지 않을까요. 어쩌면 요코 씨는 시계 그림을 딸기라고 생각하고 있을지도 모르죠."

"딸기? ……그러고 보니 내 눈에도 딸기로 보이긴 하지만……. 요코 씨가 딸기 그림으로 착각하고 그 시계를 골랐을 거라 생각해? 원래 요코 씨는 라즈베리를 좋아하니까, 코이치 씨 문제와는 상관없이 라즈베리 그림을 고른 것일 수도 있잖아?"

"하지만 프랑브아즈 무스 케이크를 먹지 않았잖아? 라즈베리인데. 프랑스 발음이 그런 것일 뿐."

"앗! 그러고 보니, 케이크 종류가 많아서 대수롭지 않게 생각했어."

"정말인가요? 라즈베리가 아니라 다른 케이크를 먹었다고요?"

"네……. 그 가게에서는 늘 쇼트케이크를 먹었다고 했어요."

다모쓰 씨는 이상하다는 듯 생각에 잠겼다.

"요코 씨가 집에서는 자주 라즈베리를 먹었나요?"

슈지가 다시 물었다.

"그러고 보니 못 본 것 같아. 신선한 라즈베리를 수확하는 시기는 딱 한철이고 국내에서는 재배 농가도 한정되어 있어서 우리 가게 역시 거의 들여놓지 않아. 딸기라면 많이 있으니까 굳이 다른 가게에서 라즈베리를 사 먹을 필요가 없지. 다만, 케이크 같은 걸 나는 거의 먹지 않으니까 친구와 만날 때만이라도 실컷 먹겠지 생각했는데."

"그럼 딸기는 좋아하셨나요?"

"아무튼 딸기 종류는 다 좋아해."

"딸기가 좋아진 건가."

"의도적으로 바꿨을 거야. 라즈베리는 코이치 씨와의 추억이지만 딸기는 다모쓰 씨와의 추억이잖아?"

다모쓰 씨는 아직도 눈치채지 못한 듯 고개를 갸웃거렸다.

"딸기가? 아아, 그때 분명히 라즈베리 소프트아이스크림을 찾아다녔지만 찾지 못해서……."

그때부터 요코 씨가 제일 좋아하는 과일은 딸기가 되었다.

결혼하여 둘이서 열심히 운영할 과일 가게는 아침 일찍부터 문을 열어야 하니까 자명종 시계를 샀다. 요코 씨에게는 다모쓰 씨와의 시작을 의미하는 딸기 그림이 있는 시계를. 그런데 다모쓰 씨의 지식으로 그것은 라즈베리였다. 그것을 깨달은 요코 씨는 그와의 사이에 줄곧 코이치 씨의 그림자가 어른거렸음을 깨닫고 집을 뛰쳐나간 것이다.

"설마, 그게 요코의 추억? 그 시계도?"

퍼뜩 고개를 들며 다급해진 듯 다모쓰 씨는 조수석에서 앞으로 몸을 내밀었다. 앞 유리창 정면에 병원이 보인다.

"요코는 정말로 코이치와 만날 생각일까."

요코 씨가 이름을 확인했다는 코이치 씨는 저기에 있다. 아카리는 약간 오싹했다. 창문으로 들어오는 밤바람은 아직 좀 차갑다.

"나한테 투정을 부린 것이었나. 결혼하고 4년이나 지났는데 코이치를 떨쳐버리지 못한 것은 나였어. 나도 모르는 사이 요코를 상처 입혔지. 그래서 코이치가 나한테는 못 맡기겠다고 요코 앞에 나타난 건가……."

"그런 말도 안 되는……. 코이치 씨와 만나 이야기하고 싶다는 마음이 간절해져서 병실에 적힌 이름을 요코 씨가 잠깐 착각한 것일 뿐이에요."

"만나고 싶다고? 그렇겠지."

아카리가 위로해봤자 다모쓰 씨가 비관적인 기분에서 벗어날 것 같지 않았다. 차는 병원 주차장으로 들어가기 위해 출입구를 막 지나고 있었다.

5

와카모토 코이치라는 사람은 입원해 있지 않다, 접수창구에 물어보자 이런 대답이 돌아왔다. 그렇다면 같은 이름의 사람이 있었던 건 아니다. 요코 씨는 무엇을 본 것일까.

예전에 매점에서 그녀를 보았다던 다이치의 말을 떠올리며 그 근방에 요코 씨가 있지 않을까 생각한 세 사람은 그쪽으로 향했다. 입원 병동은 외래 병동 안쪽이었다. 매점도 그 한구석에 있었다. 복도를 좀 걸어가자 간호사 대기실 옆에 텔레비전과 소파가 있는 휴게실이 있고, 거기에서부터 복도는 두 갈래로 나뉘어 있었다. 일단 한쪽을 선택해 걸어가니 개인 병실만 줄지어 있는 듯 하나의 문 앞에는 하나의 이름표만 있다. 그중 한 병실 앞에서 다모쓰 씨가 멈춰 섰다.

"이거……."

이름표를 가만히 바라본다. 아카리와 슈지가 보자 푸르스름한 빛에 손으로 쓴 글씨가 보였다.

'와카모토 코이치'

확실히 그렇게 쓰여 있었다. 하지만 그들은 거기에 있는 코이치 씨를 만날 수 없었다. 면회 금지로 되어 있었기 때문이다.

"코이치. 여기에 있나?"

이름은 같지만, 여기에 있는 사람이 브라질에 있어야 할 코이치 씨일 리가 없다. 그러나 면회를 금지한다는 심상치 않은 분위기는 코이치 씨가 의식을 잃은 채 이곳에서 치료를 받고 있을 듯한 상상을 불러 일으켰다.

다모쓰 씨의 중얼거림은 당연히 혼잣말이어서 병실에서는 아무런 반응도 없었다. 주변에 요코 씨의 모습은 보이지 않는다. 하지만 그녀가 이 이름표를 본 것은 틀림없다. 만날 수 없다는 걸 알고 있으면서도 이야기하겠다고 말했다. 대체 어떻게 병실에 있는 사람과 이야기할 생각이었을까.

하지만 생각에 잠겨 있을 사이도 없이 다모쓰 씨는 발걸음을 돌려 걸어갔다. 아카리는 슈지와 서로 마주보다가 그의 뒤를 따라갔다. 병동에서 뜰로 연결되어 있는 문을 지나 밖으로 나오자 다모쓰 씨는 건물을 올려다보고 확인하면서 걸었다. 아까 그 병실의 창 쪽으로 가고 있는 듯했다.

1층 병실이기 때문에 잘하면 창문을 통해 안을 볼 수 있을지도 모른다. 찾고 있던 창문은 언뜻 보기에 희뿌연 빛 때문에 어둠속에 붕 떠 있는 듯했지만 실은 커튼을 쳐놓은 상태였다. 그러니 안의 모습은 살필 수가 없을 것이다. 그때 세 사람은 창 바로 앞에 있는 정원수 옆에서 누군가를 발견하고 멈춰 섰다.

"……놀이터 벤치에서 너를 기다리며 난 생각했어. 내가 왜 그 소프트아이스크림 가게에서 늘 라즈베리를 골랐는지."

요코 씨의 목소리였다. 정원수를 에워싼 돌 울타리에 걸터앉아 창문 안쪽에 있을지도 모를 코이치 씨에게 말을 건네고 있는 중이었다. 창가의 커튼 너머 빛이 그녀의 옆얼굴을 드러내주고 있었다.

말을 건네지 못한 채 다모쓰 씨는 바로 앞의 나무 그늘에서 멈춰 섰다. 요코 씨는 혼잣말을 이어갔다.

"동갑내기 사촌이 졸라서 딸기 따기 행사에 참가한 적이 있었어. 초등학생을 대상으로 한 마을 자치회의 기획이었지. 그 모임에 온 처음 보는 아이가 맛있는 딸기를 기가 막히게 잘 골라내는 거야. 그 아이가 따준 것은 정말 달고 맛있었어. 마법 같다고 다들 말했지. 그때부터야. 과일 중에서 딸기를 제일 좋아하게 된 건."

요코 씨는 극히 자연스럽게 바로 옆에 코이치 씨가 있는 듯 말을 이어갔다. 창문 맞은편에서 듣고 있는 사람이 정말 코이치 씨가 아닌 걸까. 아카리는 점점 더 알 수 없어졌다. 먼 이국에서 위험한 상태로 치료를 계속 받고 있는 코이치 씨가 여기에도 있는 게 아닐까. 마찬가지로 링거와 호흡기에 의지하여 침대에 누운 채 그리운 목소리에 귀를 기울이고 있을 것만 같은 기분이 들었다.

"훗날 난 그 아이의 집이 과일 가게라는 것도, 농가와의 인연 때문에 자치회 기획을 매년 돕고 있다는 것도 알게 됐지만 학교도 다르고 하니까, 두 번 다시 만날 일이 없을 거라고 생각했어. 하지만 우연히 같은 고등학교가 됐고, 학원도 함께 다니게 됐지……. 그는 나를 기억하지 못하는 것 같았지만 딸기를 정말 좋아하게 됐다는 말을 해주고 싶었어. 사실 나는 딸기뿐만 아니라 라즈베리도, 크랜베리도 좋아해. 하지만 그 소프트아이스크림 가게에서 왜 라즈베리만 먹었는지, 오지 않는 너를 기다리면서 놀이터에 있을 때 알게 됐어. 물론 라즈베리 소프트아이스크림 쪽이 더 어른스럽고, 화려한 느낌이 들어 좋다고 생각한 적도 있어. 하지만 라즈베리를 선택한 이유는 그게 아니야. 그 가게에는 딸기 맛이 없었던 거야. 딸기 맛이 있으면 좋을 텐데, 하고 늘 그렇게 생각했던 걸 갑자기 깨달았어."

퍼뜩 놀란 듯 다모쓰 씨는 움찔했다.

"지금도 딸기가 제일 좋아. 딸기 따기 행사에 갔을 때부터. 그런 생각을 하고 있다 보니 점점 내가 기다리고 있는 사람이 너인지 다모쓰인지 알 수 없게 됐어. 그런데 다모쓰가 눈앞에 나타난 거야."

다모쓰 씨도 요코 씨와 같은 순간을 떠올리고 있는 것일까. 아련히 먼 곳을 바라보는 듯 눈이 가늘어진다.

"그때 알았어. 난 늘 다모쓰에게는 어리광만 부렸어. 싸울 때도 그라면 건방진 나까지 다 받아들여주리라는 것을 알고 있었으니까. 너와는 남매 같은 느낌이라고나 할까, 그래서 확실히 해둬야겠다고 생각했어. 너를 정말 좋아했지만 다모쓰와는 다른 기분이었어. 그러니까 나는 다모쓰가 딸기를 따주지 않았더라면 그렇게 맛있다고는 생각하지 않았을지도 모르겠어. 그의 친구가 아니었다면 너를 좋아하지는…….”

요코 씨의 깊은 한숨이 흐릿하게 새어나오는 빛에 감싸인 창가의 나뭇잎을 떨게 만든다.

“……그걸 깨닫고 울었어. 나, 다모쓰와 마찬가지로 그냥 너를 지탱해주고 싶었어. 그게 나와 다모쓰의 관계를 튼튼하게 만들어주니까. 하지만 너한테 바람맞은 나는 다모쓰한테도 별 가치가 없는 여자가 됐어. 더 이상 그와도 친구로 있을 수가 없어. 그때 나는 첫사랑이 끝났다고 생각하다가 그런 내 자신에게 놀라고 또 어이가 없었어.”

“미안해. 코이치, 늘 너한테는 사과하고 싶었어. 사귀기 시작했을 무렵 넌 눈치챘을 거야. 내가 누구를 바라보고 있는지. 그래서 다시 친구로 돌아가자고 말했지. ……그래도 넌 다시 한 번 내게 마음을 전했는데. 나, 조금도 너를 몰랐어. 내가 함께 가는 건 거치적거릴 수밖에 없다, 네가 진심으로 하고 싶은 일을 너를 제일 먼저 생각하지 않는 내가 도와줄 수 있을 리가 없다, 그렇게 생각해서 그날 오지 않은 거 알아.”

대답은 없다. 그래도 그의 말에 귀를 기울이듯 잠시 요코 씨는 입을 다물고 있었다.

“저기, 코이치. 넌 내게 상처를 줘도 됐는데 다모쓰에게 나를 부탁했어. 다모쓰는 진지한 아이라서, 그리고 너와의 우정을 무엇보다 소중히 여기니까 나를 챙겨줄 거라고 생각했겠지. 네 생각대로 됐어. 그는 너와 한 약속을 지켜 내 옆에 있어줬어."

비로소 제정신이 돌아온 듯 다모쓰 씨는 굳어 있던 몸을 풀었다. 아니야, 하고 입술이 움직였지만 목소리가 되어 나오지는 않았다.

"난 다모쓰를 이용했고 상처 입혔어. 내 마음을 속이기만 했고, 너희의 우정을 망가뜨렸을 뿐만 아니라 다모쓰를 구속했어. 그가 다른 사람과 만날 기회를 빼앗아버렸어."

"아니야."

겨우 다모쓰 씨가 내뱉은 목소리가 조용한 정원에 울려 퍼졌다.

"요코. 나는……. 코이치와의 우정이라든가 그런 게 아니야."

놀라며 돌아본 요코 씨가 다모쓰 씨를 가만히 보다가 허둥지둥 일어섰다.

"너를 코이치한테서 빼앗았어. 그래서 너한테 그 녀석이 우선이라 해도 어쩔 수 없다고 생각해왔어."

"빼앗았다고……?"

그것은 아카리에게도 의외의 말이었지만 요코 씨도 전혀 이해할 수가 없는 듯 앵무새처럼 되물었다.

"야반도주를 그만두라고 말한 건 나야. 지금까지 뻔한 길만 걸어온 네 녀석이 갑자기 아무런 도움도 없이 잘 살 수 있을 리가 없다, 언젠가는 막다른 길에 몰려 후회할 것이다, 요코도 힘들어

할 테고. 그런 건 정말 견딜 수 없으니까 네가 도망치는 데 요코를 이용하지 말라고 했어."

괴로운 듯 말을 내뱉었다.

"그 녀석은 놀라지 않았어. 역시 너도냐, 하고만 말했지."

왜 지금까지 그 녀석을 가만 놔뒀지? 나한테 양보한 거야? 하고 코이치 씨는 오히려 다모쓰 씨를 나무랐다고 한다.

"너라면 그 녀석을 맡길 수 있을 것 같았어. 그런데 넌 아무런 행동도 하지 않았잖아. 그래서 내가 데려간다는 거야. 뭐가 잘못이지?"

"안 돼. 다시 생각해."

그때만큼은 다모쓰 씨도 양보하지 않았다.

"요코와는 한 번 헤어졌지만 서로가 싫어서 그런 건 아니야. 이번에는 분명 좋다고 말해줄 거야."

"부탁한다, 코이치. 무모한 네 생각에 그 녀석까지 끌어들이지 말아줘. 내가…… 반드시 그 녀석을 지켜줄 테니까. 그러니까 나한테 양보해줘."

애원하는 다모쓰 씨를 흘낏 보곤 말없이 그 자리에서 떠난 코이치 씨였지만 요코 씨와의 약속 장소에 가지 않았으니까 다모쓰 씨의 말을 받아들였던 셈이다.

"코이치나 너를 상처 입힌 건 나야."

요코 씨는 잠시 동안 멍하니, 고개를 숙이고 있는 다모쓰 씨를 보다가 천천히 다가가 손을 내밀었다.

어루만지듯 슬쩍 그의 손을 잡자 고개를 든 다모쓰 씨는 무엇인가로부터 보호하듯 서둘러 그녀의 어깨를 감싸 안았다. 커튼을 친 창문이 두 사람 눈앞에 있다. 창문 저편에, 아니 멀리에 있는 코이치 씨에게 그는 말했다.

"코이치. 늘 나는 네가 요코를 데리러 올지도 모른다고 생각했어. 의사로서의 자신감이 붙은 네가 역시 양보할 수 없다고 찾아온다면, 그래서 나를 나무란다면 자업자득이다, 포기할 수밖에 없다고 생각했어. 하지만 이제 너한테 주지 않아."

그리고 요코 씨의 손을 꼭 잡았다.

"우리, 아이가 생겼거든."

아카리는 놀랐지만, 슈지는 전혀 놀라지 않았다.

아카리도 비로소 이해할 수 있었다. 설령 말뿐이었다 해도 요코 씨가 말한 선물은 아기였다. 다모쓰 씨는 그 선물이 기쁘지 않았던 게 아니다. 이젠 요코 씨를 코이치 씨에게 돌려줄 수 없다는 걸 깨닫고 동요했던 것이다. 하지만 그의 속마음을 알 길 없었던 요코 씨는 상처받고 괴로워했다. 그러다가 코이치 씨의 사고 소식을 알게 됐고, 시계가 망가지자 그녀는 집을 뛰쳐나왔다.

"자신감을 가져야만 하는 건 내 쪽이었어. 요코를 돌려보낼 생각이나 하는 나라면 맡길 수 없다고, 네가 생각했어도 할 말 없어. 그럴까 봐 걱정했던 거지?"

요코 씨도 다시 한 번 창문 쪽을 똑바로 쳐다봤다.

"코이치. 널 만나서 고맙다고 말하고 싶었어. 분명 또 만날 수 있는 거지?"

문득 바람이 불어와 주변의 나뭇잎을 부드럽게 흔들더니, 다모쓰 씨와 요코 씨의 머리칼과 뺨을 쓰다듬으며 지나가자 유리창과 커튼 너머 번진 듯 흐릿하던 빛이 갑자기 사라졌다. 소등 시간이었을지도 모르지만 다모쓰 씨와 요코 씨, 아카리에게는 거기에 깃들어 있던 코이치 씨의 마음이 있어야 할 곳으로 돌아간 듯 느껴졌다.

완전히 어두워진 정원 어디엔가 숨어 있었는지 성미 급한 반딧불이가 둥실 날아올랐다가 사라졌다.

다모쓰 씨와 요코 씨가 돌아가는 것을 배웅한 아카리는 슈지와 둘이 버스를 기다리기로 하고 로비 쪽 통로를 걸어갔다.

"그렇구나……. 아이가 생겼구나."

큰 희망이 깃들어 있기 때문에 오해와 죄의식도, 슬픔도 분명 극복할 것이다.

코이치 씨에게 편지를 쓸 생각이었다고 다모쓰 씨는 말했다. 반드시 읽어주리라 믿었다면서. 아카리 자신도 코이치 씨의 회

복과 동시에 그의 마음속에 있을 다모쓰 씨 그리고 요코 씨와의 추억이 평온해지기를 바랐다.

"그래서 요코 씨. 진찰 받으러 왔구나."

"하지만 슈 짱은 놀라지 않던데. 알고 있었어?"

"음, 아와야 술집 아주머니가 전에 그런 말을 했어. 혹시 축하할 일이 있을지도 모른다고."

"예리하시네, 술집 아주머니."

"당연하지. 자식이 네 명에 손자가 일곱이니까."

"와, 그랬구나."

당분간, 상가의 주된 화제는 호카도 부부의 아기가 될 게 틀림없었다.

"저기, 슈 짱. 코이치 씨 말야. 야반도주 이야기를 꺼냄으로써 자신의 마음에 솔직하지 못했던 두 사람에게 기회를 만들어준 게 아닐까."

아카리로서는 아무래도 그런 생각이 든다.

"그래. 두 사람이 서로 좋아한다는 걸 눈치채고 포기했는데 둘 다 친구인 채 더 이상 진전이 없으니 화가 났겠지."

야반도주라니, 요코 씨를 위해서라도 다모쓰 씨가 인정할 리가 없다. 다모쓰 씨를 잘 아는 코이치 씨였다. 그런 그에게 시시콜콜 야반도주에 대해 의논했던 것이다.

결국 코이치 씨는 소중한 두 사람을 위해 떠났다. 어딘가 멀리에서 그들의 결혼을 알게 됐을지도 모를 그는 만족했을까.

통로 끝에 한층 더 환한 간호사 대기실이 보인다. 그러자 그 맞은편 쪽에 있는 와카모토 코이치 씨의 병실이 불현듯 떠오른다.

"그 와카모토 코이치 병실은 어떻게 된 거지? 그런 이름의 사람은 입원하지 않았다고 했는데."

"읽는 방법이 다를지도 모르지. ……와카모토가 아니라 자쿠혼이라든가(와카모토는 한자 '若本'을 훈독한 것이고, 자쿠혼은 음독한 것이다)."

"어? 그런 성도 있어?"

웃는 것을 보면 슈지도 자신의 말이 억지스럽다고 생각한 모양이다.

"어라? 다이치네."

그렇게 말하며 그는 유리창 맞은편을 가리켰다. 아카리가 그 쪽을 보자 갈색 머리가 정원수 옆을 지나가는 게 얼핏 보였다.

"이 시간에 뭐하고 있는 거지?"

"그냥 지나가는 중인 거겠지."

"사무에 차림이었어. 학교는 그 차림으로 안 가는 것 같으니까 또 여기 매점에서 공짜로 책을 봤을지도 모르지."

"이젠 매점도 문 닫을 시간일 테니 쫓겨난 건가?"

그런 대화를 나누면서 간호사 대기실을 지나 로비 쪽으로 막 꺾으려는데 간호사들의 말소리가 들려왔다.

"또 장난쳤어요."

"또 이시키 다이 씨 이름표?"

"네. 멋대로 획을 추가해서 와카모토 코이치('이시키 다이'의 한자 표기는 '石木大'이고, '와카모토 코이치'의 한자 표기는 '若本光一'이므로 고치기 쉽다)로 되어 있어요."

"그거, 이시키 씨가 장난 친 거 아니었어?"

"본인은 '면회금지'라는 종이밖에 안 붙였대요."

"아무리 문병객을 만나기 싫다고 해도 자기 마음대로……. 충수염 수술 경과도 양호해서 만나도 되는데."

"이름표 장난은 정말 모른다고 하셨는데요."

"그럼 대체 누가……. 곤란한데."

그 옆을 지나가며 아카리와 슈지는 얼굴을 마주보았다. 그는 눈살을 찌푸리며 다이치인가, 하고 중얼거렸다.

"그 녀석이라면 충분히 그럴 수 있을 것 같아."

확실히 와카모토 코이치라는 이름을 다이치도 알고 있다. 요코 씨가 병원에 오는 것도.

"하지만 증거는 없고 물어봐도 시치미 뗄 거야, 틀림없이."

"병원도, 이시키 씨도 그리 큰 피해를 입고 있는 것 같지는 않으니까 그나마 다행이지만."

질렸다는 듯 말하면서도 슈지는 이상하게 다이치를 쉽게 용서해주는 것 같다.

정말 다이치의 짓이라면 이런 장난이 다모쓰 씨와 요코 씨를 도와줄 수도 있다는 사실을 알고 그런 것일까. 아니, 다이치는 아무 생각도 없을 게 틀림없다. 그래도 누가 어떤 장난을 쳤든 다모쓰 씨와 요코 씨한테는 과거를 다시 바라볼 계기가 된 것이 확실하다.

"이젠 시계만 고치면 되네."

"망가진 그림은 어떻게 할 거야?"

"톨페인팅을 하는 사쿠라 씨에게 부탁해보자."

딸기 그림으로 변한 시계라면 요코 씨는 틀림없이 다시 사용할 것이다.

로비를 나와 버스 승강장에 서 있는 동안 아카리와 슈지는 누가 먼저랄 것도 없이 손을 잡았다. 아카리는 잠시 더 이렇게 있고 싶다고 생각했다.

"버스 늦게 올 거야. 여기 버스는 자주 늦거든."

슈지가 형을 위해 만든 손목시계를 보며 말했다.

"아직 오지 않아도 되는데."

아카리로서는 꽤 마음먹고 말한 것이라서 화난 것처럼 들렸을지도 모른다. 적어도 귀엽게 들리지는 않았을 것이다.

"그래."

그래도 슈지가 그렇게 말해줘서 안도의 숨을 내쉴 수 있었다.

"오늘 밤에 우리 집에 올래?"

아카리 쪽을 보며 그가 말했다. 아카리도 자세히 그를 보려고 했다.

"응. 그러고 싶어."

이번에는 조금 어색하지 않게 말한 것 같다.

"다행이다."

이쪽을 향한 웃는 얼굴이 여느 때와 달리 환해서 기뻤다. 아주 조금만 더 마음을 표현해도 행복해질 수 있는데 그동안 늘 망설이기만 했던 자신이 한심하다고 솔직히 인정했다.

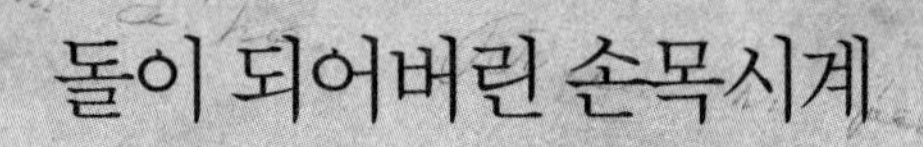

돌이 되어버린 손목시계

1

폐점 무렵, 들이친 석양에 가게 안의 모든 것이 붉게 물들어 보이는 시간이었다. 벽에 걸린 몇 개의 괘종시계가 시간을 알리기 직전 추를 움직이기 위해 끼릭끼릭 하고 작은 기계음을 낸다. 그것이 귀에 와 닿았을 때 도어벨과 함께 손님이 들어왔다.

그와 동시에 가게 안의 시계가 일제히 울렸기 때문에 손님은 움찔하며 카운터 안쪽에 있던 슈지에게 시선을 고정시켰다.

"어서 오세요. 수리 맡기시려고요?"

모든 소리가 가라앉기를 기다려 슈지는 입을 열었다.

"아아……, 네."

고개를 끄덕인 중년의 남자는 작업복 차림에 모자를 깊게 눌러쓰고 있었다.

"저기, 쇼윈도의 간판을…… 봤는데."

요즘은 좀처럼 들을 수 없는 오래된 시계 소리에 휩싸여 암갈색의 톤을 띤 빛이 시야를 뒤덮자 그의 마음이 현실에서 벗어나

버린 것인지도 모른다. 멍한 얼굴로 그렇게 중얼거렸다.

"'추억의 시時 수리합니다'라는 거 말인가요? 추억을 수리하고 싶으신가 봐요."

"앗! 가능한가요?"

"아뇨. 전 평범한 시계사인걸요."

제정신이 돌아온 듯 그 사람은 가볍게 고개를 저었다.

"그렇겠죠……. 아, 저도 시계를 수리하기 위해 왔습니다."

손목시계를 호주머니에서 꺼내 테이블에 내려놓는다. 그것을 들어 슈지는 자세히 보았다. 확실히 시간이 맞지 않는다. 초침은 움직이고 있었지만 분침이 작동하지 않는 듯하다.

"그 간판은 할아버지가 그렇게 놔둔 거라서 그냥 저도 그렇게 두고 있습니다."

"할아버님이라면 혹시 전 주인 말씀인가요?"

"네. 지금은 제가 이어받았습니다. 할아버지 가게에 오신 적이 있으셨나요?"

"딱 한 번이요. 예전에는 이 근처에서 살았죠. 이사 간 지 제법 오래되긴 했습니다만."

"그때도 이 시계 수리 때문이었나요?"

그는 그 질문에 잠깐 긴장한 듯 보였다.

"네. 아버지 거예요. 어렸을 적 돌아가셨는데 어머니가 보관하시던 걸 수리해서 써볼까 생각했었죠. 하지만 그때는 기계식인 걸 몰랐어요. 건전지가 다됐다고 생각했는데 가게 주인께서 기계식이라고 가르쳐주셨습니다."

"좋은 시계입니다."

슈지가 그렇게 말하자 그는 긴장을 풀며 미소 지었다. 성미가 까다로웠던 할아버지에게 시계를 잘 간수하지 못했다고 혼나기라도 했었나 하고 생각했을 정도로 그는 할아버지 이야기가 나오자 긴장한 듯 보였다. 하지만 젊은 손자밖에 없다는 것을 알았기 때문인지 점점 말이 많아졌다.

"문 닫은 가게가 상당히 많아져서 아직도 여기가 영업을 할지 불안했는데 와보길 잘했네요. 바깥 모습은 변하지 않았어요. 간판을 보지 못하면 시계방이라는 것을 알 수 없어서 전에 왔을 때도 몇 번인가 그냥 지나쳤는데, 오늘도 그럴 뻔해서 왠지 다시 옛날로 돌아간 듯한 기분이 들었습니다. 하지만 가게 안은 약간 변한 것 같은데요?"

"이제는 수리밖에 하지 않아서 상품이 없습니다."

"아아, 그래서 그렇군요. 전에는 자명종 시계나 쇼케이스가 있었는데."

그리운 마음이 드는지 그는 주위를 둘러보았다. 그러고 나서 이번에는 슈지와 시계를 걱정스러운 듯 번갈아 쳐다보았다.

"오늘이 어머니 제삿날인데, 생전에 제가 이 시계를 차고 있는 모습을 좋아하셨는지라 성묘 갈 때마다 늘 차고 갑니다. 그런데 실수로 떨어뜨려서 그만……. 프레임 한쪽 구석에 상처만 난 줄 알았는데 상태도 좀 이상한 것 같아요."

"소중한 시계군요. 상태를 조사해봐야 견적도 낼 수 있으니까 일단 맡겨주세요."

슈지가 내민 보관증에 그는 이름과 주소를 기입했다. 이름은 니이미인 모양이었다. 현재 주소는 약간 멀긴 했지만 갑자기 상태가 나빠진 시계를 서둘러 의사에게 보이고 싶은 심정이었을 테니 그리 이상한 일도 아니었다.

"원래대로 되면 좋겠는데."

원래대로 해주고 싶다. 물론 슈지는 그렇게 생각하면서 고개를 끄덕였다.

어디에선가 풍경 소리가 들린다. 공방의 조명을 끄는 것으로 하루의 작업을 마친 슈지가 거실의 청소창문을 열었을 때 문득 들려온 것이 그 맑은 음색이었다. 부드러운 고음에 푹 빠져 잠시 창가에 머물렀다.

낮에 추적추적 내리던 비는 밤이 되어 그친 모양이었다. 습기를 머금은 공기는 끈적거렸지만 불어오는 바람이 있는 만큼 그리 후텁지근하지는 않았다.

비가 한 번 올 때마다 여름이 가까워지고 있을 것이다. 어린 시절 학교가 쉬면 할아버지의 가게를 자주 찾아왔다. 여기에서 여름을 보낸 적도 많아서 풍경 소리와 함께 그때의 광경이 되살아났다.

밤의 정적은 옛날과 다름이 없다. 어린 시절의 기억을 잘라내 눈앞의 풍경과 슬쩍 바꿔치기한대도 눈치채지 못할 것이다. 시끌벅적하던 상가는 완전히 쓸쓸하게 바뀌었지만 가게가 모두 문을 닫은 시간에는 옛날부터 이런 분위기였다.

풍경 소리에 희미하게 나뭇잎 흔들리는 소리가 포개져 집 안의 시계들이 일제히 울렸다. 이것도 할아버지가 있던 시절과 다름이 없다. 이런 오래된 시계들에 둘러싸여 있으면 쉽게 과거로 돌아갈 수 있을 것 같은 기분이 든다.

이제는 더 이상 과거로 돌아가 바로잡고 싶다는 생각은 하지 않지만 만날 수 없는 사람을 만나고 싶은 그런 기분이 든다. 혼자 있으면 더욱 그렇다. 동시에 슈지는 또 한 명의 만나고 싶은 사람을 떠올리고 있다.

그이는 만날 수 없는 사람이 아니다. 오히려 언제든지 만날 수 있는 사람이지만, 문득 얼굴이 보고 싶어진다. 오래된 시계의 소리를 들으면서 과거뿐만 아니라 현재와 미래를 생각하게 만들어주는 사람이 떠오를 때, 상실감은 따뜻한 모포에 감싸이듯 안도감으로 뒤바뀐다.

슈지는 한숨을 내쉬었다. 시계 소리가 멈추는 것과 동시에 현관 초인종이 울려 천천히 고개를 움직였다. 방금 전까지 주위에 가득했던 평온한 공기를 흩뜨리듯 초인종 소리가 반복되었다.

이런 식으로 몇 번이나 끈질기게 울려대는 손님은 다이치밖에 없다. 가게 입구이기도 한 현관문을 열자 역시나 사무에 차림의 다이치가 여어, 하며 한 손을 들었다.

"우유 안 마실래?"

다이치는 종이팩을 눈앞으로 내밀었다.

"웬 우유야?"

"목욕하고 왔거든."

평소와 다름없이 마치 자신의 집인듯 안으로 들어온 다이치는 거실 의자에 털썩 앉았다. 염색한 머리는 젖어 있었고, 어깨에 수건을 걸친 모습으로 보아 틀림없이 목욕을 마치고 온 것이다. 신사 사무실에는 욕실이 없기 때문에 다이치는 공중목욕탕을 이용한다. 돌아가는 길에 들렀을 것이다.

"목욕탕 우유가 언제부터 이런 종이팩으로 변한 거야. 병이 아니면 단숨에 마실 수가 없잖아."

투덜거리면서 자신의 우유팩에 빨대를 꽂아 넣는다.

"병이었던 시절을 알고 있다는 듯 말하네."

"모르지만 옛날에는 어디든 병이었다고 들었어. 그나저나 상가에 목욕탕이 없어지니까 불편하다. 다리 건너편까지 15분이

나 걸어가야만 하잖아."

"목욕탕? 상가에 목욕탕이 있었어?"

"있었어. 쇼와昭和(일본 히로히토 천황 시대인 1926년부터 1989년까지의 연호)가 끝날 무렵까지는."

"그때는 네가 태어나지도 않았을 때잖아."

헤이세이平成(일본이 1989년 1월 8일부터 쓰고 있는 연호) 시대에 태어났으면서 마치 자신의 기억 속에 있는 듯 다이치는 말했다.

"신사 뒤쪽에 있었어. 부동산 가게 옆. 지금은 마을 집회소지만."

그러고 보니 마을에서 운영하는 회관이 있다. 신사의 친척인 다이치니까 이 근방에 대해 온갖 말을 다 들었다 해도 이상할 건 없을지도 모르지만 이따금 그가 상가의 노인들만큼 이곳에 대해 잘 알고 있구나, 생각할 때가 있다.

"아참. 그 회관 옆, 신사의 돌담이 오랫동안 그대로 남아 있잖아? 거기에서 이런 걸 발견했어. 굉장하지?"

그렇게 말하며 다이치가 품에서 꺼낸 것은 골프공 정도 크기의 돌이었다.

"암모나이트 화석이야. 그 근방을 좀 더 조사해보면 공룡 뼈 같은 게 나오지 않을까?"

다이치는 즐거운 듯 어깨에 걸친 수건으로 돌의 표면을 닦았지만 슈지에게는 화석처럼 보이지 않았다. 얼룩덜룩한 돌의 색깔이 약간 소용돌이치듯 보일 뿐이다. 우연의 산물일 것이다. 그렇지만 저렇게 좋아하는데 굳이 찬물을 끼얹을 필요가 없을 것 같아 그냥 입을 다물었다.

"맞다. 아카리 씨 봤어."

다이치는 언제나 머릿속에 떠오르는 대로 화제를 바꾼다.

"어디에서?"

"상가 입구. 술에 취해 가로등에 안겨 있었어. 일행이 있어서 말을 걸지는 못했지만."

신경이 쓰인다. 슈지는 우유팩을 내려놓고 일어섰다. 상가의 도로로 나와 올려다본 대각선 건너 헤어살롱 유이의 창은 아직 어두웠다. 상가 입구에서 봤다고 했으니까 천천히 걸어온다 해도 얼추 도착할 시간이다. 아카리가 오리라 예상되는 방향으로 걸음을 옮기려는데 가로등 옆에 누군가가 보였다.

"아! 슈 짱."

환하게 웃으며 손을 흔든 것은 아카리였다. 아무렇게나 묶은 머리가 펄쩍펄쩍 뛰어오른다. 태평하게 즐거운 듯 웃을 때 그녀는 갑자기 어린아이 같은 분위기가 되는데 슈지는 그게 좋았다. 그런 식으로 웃으며 서둘러 이쪽을 향하는 발걸음은 반듯해서 취한 것처럼 보이지는 않았지만 다녀왔습니다, 하고 갑자기 안기는 것을 보면 분명 취해 있다.

그런 아카리 뒤에 남자가 한 명 서 있었다. 다이치가 말했던

'일행'이라는 사람인 듯했다.

"선배가 바래다줬어. 고맙습니다."

꾸벅, 하고 그 '선배'에게 고개를 숙인 아카리는 이다 시계방으로 들어갔다. 슈지는 홀로 남아 아카리의 선배와 마주할 수밖에 없었다.

"수고스럽게 해드려 죄송합니다."

호리호리하고 키가 큰 남자였다. 회사원 같은 무난한 양복을 입고 있는 걸 보면 미용사 선배는 아닌 듯하다.

"아아, 아니에요. 그녀는 상가 바로 앞에서 택시를 세우고 이제 됐다고 말했지만 왠지 위태로워 보여서 따라왔습니다. 이 길, 일방통행이라 택시가 꽤 도는 것 같네요."

"네. 불편하죠. 아, 택시비 드릴게요."

"아뇨. 괜찮습니다. 방향이 같아서 함께 타고 온 것뿐인데요. 타고 온 택시가 기다려서 전 이만."

그렇게 말하면서 그는 여전히 슈지를 물끄러미 바라보고 있었다. 그리고 다시 입을 열었다.

"니시나…… 씨의 남자 친구시죠?"

아카리를 가까운 사람처럼 부를 뻔한 것을 애써 고친 듯 들렸다.

"네."

"아무튼 엄청 마셨어요."

"네."

"제가 마시게 한 건 아니에요. 주위 사람들이 주문한 것을 모르고 마셨는데. 아마 알코올이 들어간 거였나 봐요."

"그런가요."

더 할 말이 없었는지 돌아서던 그가 문득 다시 발걸음을 멈춘 것은 시계방 쇼윈도가 눈에 들어왔기 때문일 것이다. 그는 가로등 불빛을 반사하는 금속 간판을 가만히 바라보았다.

'추억의 시時 수리합니다'

거기에 시선을 고정한 채 슈지에게 물었다.

"시계를 고치시나요? 니시나 씨가 아무리 낡은 시계라도 움직이게 만들 수 있는 시계방이 동네에 있다고 말했는데, 그게 당신이군요?"

"휴우, 그런 모양이네요."

"제 시계도 고쳐줄 수 없을까요?"

그러고 나서 천천히 돌아서 슈지를 보더니 마치 도발하듯 웃음을 지어 보냈다.

2

미팅은 아니었다. 같은 미용실에서 근무하는 동료의 권유에 아는 사람도 제법 있을 거라는 모임에 따라갔다. 하야세 미키라는 동료는 누가 됐든 금방 친해지는 싹싹한 사람으로, 손님과 친구가 되는 일도 많고 교우 관계도 넓다. 술집에 모인 사람들 중에는 남자도 몇 명 있었다. 친구가 다른 친구를 부르고 하는 식으로 자연스럽게 모이게 된 모양이었다.

우연히 그 자리에 합석한 사람 중 하나가 아카리의 고등학교 선배 나카지마 히로키였다. 모두들 왠지 히로키 선배, 하고 이름으로 불렀던.

이 동네에서 고등학교 시절의 지인을 만나리라고는 생각지도 못했던 아카리는 물론 상대방도 꽤 놀랐다. 듣고 보니 그는 올해부터 이쪽 지사로 전근해왔다고 한다. 중학교 3학년 가을 무렵까지 쓰쿠모 강이 보이는 학교를 다녀서, 이렇다 할 명소는 없지만 그립던 고향 마을에서의 생활을 즐기고 있는 듯했다. '쓰쿠모 신사 거리 상가'에 대해서는 기억에 없다고 했지만 제방에서 신사의 도리이가 보였던 건 알고 있었다.

그날 모인 모두는 독신에 나이가 비슷하기도 해서 화기애애하고 왁자한 분위기였다. 그렇지만 아카리는 술을 사양할 생각이었다. 건배용 맥주만 마시고 그 뒤에는 주스를 마셨다. 그러다가 약간 이상한 맛의 콜라를 마셨던 것 같다. 첫 잔째 마신 맥주 때문에 미각이 둔감해진 모양이라고 생각했다.

게다가 반가운 선배가 있었다는 것도 긴장이 풀리게 된 계기였다. 히로키 선배는 약간 경박해 보이기는 하지만 밝은 성격으로 주위를 즐겁게 해주는 사람이었다. 그 자리의 분위기에 휩쓸며 모두들 계속해서 술을 마셨으니까 누군가가 주문한 술을 착각하여 입에 대고 만 게 아닐까. 아무튼 2차 가라오케에 갔을 때부터 기억이 없다.

그래서 어떻게 슈지의 집에 있고, 그의 방에서 눈을 떴는지 알 수 없었다. 슈지의 티셔츠와 반바지를 걸치고 있고, 자신의 옷은 옷걸이에 걸려 있었다. 스스로 벗었는지는 잘 모르겠지만 꼼꼼하게 옷걸이에 걸린 걸 보면 슈지가 해주었음이 틀림없다.

평소의 전혀 여성스럽지 못한 속옷을 봤을지도 모른다고 생각하자 머리를 쥐어뜯고 싶은 한편, 그나마 진심으로 안심한 것은 낯선 남자의 방이 아니었다는 점이었다.

아무튼 아카리는 서둘러 옷을 갈아입고 조용히 1층으로 내려갔다. 주방에 있던 슈지가 발소리에 돌아보았다.

"안녕……."

지금의 자신은 최악의 모습이다. 좋아하는 사람 앞에 설 만한 상태가 아니다. 머리는 엉망이고 얼굴빛도 안 좋고. 눈도 마주칠 수가 없어서 고개를 숙일 수밖에 없다. 그래도 그가 평소처럼 씨익 미소 짓고 있다는 것은 목소리의 톤으로 알 수 있었다.

"안녕. 커피 마실래?"

고개를 끄덕이며 식탁 의자를 끌어당기자 재빨리 잔이 테이블에 놓였다.

"내가 어떻게 여기에?"

그것은 슈지도 잘 모르는지 고개를 갸웃거렸다. 아카리가 쳐들어왔다는 것만은 확실히 알 수 있었다.

"알아서 2층에 올라가더니 옷 갈아입고 잤어."

그는 대수롭지 않게 말했지만 제법 오래 사귄 커플이 아니면 가벼이 흘려들을 수 없는 상황이다. 자신들은 아직 거기까지 도달하지는 않았다고 생각한다.

"갈아입은 옷은…… 빌려준 거야?"

"응. 빌려달라고 했거든."

"그, 그랬구나. 미안."

"정말 아무것도 기억나지 않아? 비교적 평소처럼 말하고 행동했는데. 여기에는 선배라는 사람이 바래다줬고."

"앗."

물론 그것도 기억나지 않는다. 아카리는 커피 잔을 든 채 굳어버렸다. 그렇다면 슈지는 화가 나 있을지도 모른다. 보통의 경우, 취한 여자 친구를 다른 남자가 바래다주면 기분 나쁠 것이다. 눈치를 보았지만 불 앞에서 프라이팬을 쥐고 있는 그는 아카리에게 등을 돌리고 있었기 때문에 표정은 알 수가 없었다.

"고등학교 때 선배야. 우연히 미용실 미키 짱의 친구에 친구와 연결돼서 술자리에 왔대. ……정말 못 말린다, 나. 바보 같아."

자기혐오가 몰려와 테이블에 머리를 박았다.

"별로 신경 쓰는 것 같지 않던데. 집이 같은 방향이라고 했어."

그게 아니라 슈지에게 더 이상 변명의 여지가 없어서였다. 다시 한 번, 잠든 곳이 슈지의 집이라서 다행이라고 생각했다. 선배를 일방적으로 경계하는 것은 실례지만 필름이 끊긴 아카리가 그를 집까지 끌어들였다면 여러모로 문제가 생겼을 것이다.

"저기, 그리고 또 내가 이상한 짓이나 말은 안 했겠지?"

쭈뼛쭈뼛 물어보자

"……아니, 별로."

묘하게 한 박자가 늦었다.

"방금 잠깐 생각했지?"

"생각하지 않았어. 밥은 어떻게 할래? 먹을 수 있겠어?"

얼버무리는 것만 같았지만 억지로 캐묻는 것도 무서워졌다.

"으응, 지금은 좀 그래. 커피 잘 마셨어. 샤워하고 싶으니 그만 돌아갈래."

그런 것은 억지로라도 머리를 맑게 하고 나서 물어봐야 할 문제다. 아카리는 도망치듯 일어섰다.

다행히 쉬는 날이었다. 점심때가 지나 겨우 평소처럼 기운을 되찾은 아카리는 역 앞으로 물건을 사러 나갔다. 그리고 돌아오는 길에 횡단보도에서 신호를 기다리고 있는데 교차로에 멈춰 있던 차 안에서 누군가가 손을 흔들었다. 하얀 밴에서 몸을 밖으로 내밀고 있는 것은 짧은 머리의 젊은 여성이었다.

"사키 씨!"

상가에 있는 빵집, 하라 베이커리의 새 신부였다. 부부는 다른 곳에 새로운 가게를 열었지만 본가의 베이커리가 있는 상가에 자주 찾아온다. 오르골과 관련된 사연으로 사키 씨와 알게 된 아카리는 그 이후에도 사이좋게 지내고 있다.

"쇼핑 갔다 오세요? 괜찮으시면 타고 가실래요?"

"그래도 돼요?"

"지금 막 하라 베이커리에 가던 참이었어요."

마침 산 물건들이 무겁게 느껴지고 있었다. 고맙게 올라타자 사키 씨가 차를 움직였다. 역 앞의 카페에 빵을 배달하는 중이었다고 했다.

"가게는 잘되는 모양이네요."

"작은 가게지만 둘이 먹고 살 정도는 돼요."

"하지만 크루아상이 맛있다고 소문이 자자한 것 같던데요? 마을 소식지에 실린 거 봤어요."

"그건 좀 기쁘던데요."

"저도 사키 씨네 크루아상 좋아해요. 또 사러 갈게요."

"고마워요. 아, 맞다. 얼마 안 되지만 가져가세요."

흘낏 돌아본 뒷좌석에 빵집 이름이 인쇄된 종이봉투가 놓여 있었다.

"상가에서 시식 행사를 해볼까 싶어서 가져왔어요. 슈지 씨와 먹어봐주지 않을래요?"

"괜찮아요?"

"네. 꼭이요."

강 옆의 도로로 나가자 중학생들이 제방 위를 달리고 있는 모습이 눈에 들어왔다. 동아리 활동일 것이다. 구령도 씩씩하다. 옆에서 함께 달리는 하얀 자전거와 하얀 셔츠들이 구름 낀 하늘 아래서도 시원스럽게 보여 곧 찾아올 여름을 예감하게 만든다.

"건강해 보이네요. 이젠 제법 더운데 힘들지 않나."

"나오유키 씨도 자주 달리던데요. 한여름에도 강변은 바람이 시원해서 그나마 낫다면서요."

나오유키 씨는 사키 씨의 남편이다. 하라 베이커리의 아들이라 어린 시절부터 줄곧 이 상가에서 살았다. 천변을 달릴 수 있는 범위 내의 중학교에 다녔을 것이다.

걸어서 30분 정도 걸리는 거리도 차로 가면 순식간이다. 제방 옆길을 따라가다가 신사 근방에서 세워달라고 말하고 아카리는 인사한 후 차에서 내렸다.

좋은 냄새가 나는 빵 봉투를 들고 있으니 행복한 기분이 든다. 오늘 아침의 격렬했던 자기혐오도 잊을 수 있을 것 같았다. 빵을 들고 슈지의 집으로 가면 칠칠치 못한 모습을 보이고 말았던 그 실수를 만회할 수 있을 것처럼 생각하기까지 했으니 희한한 일이다.

발걸음도 가볍게 아카리는 신사의 경내를 통과했다. 그런 그녀를 불러 세우는 목소리가 있었다.

"아카리 씨! 잠깐 와봐."

다이치였다. 돌계단 밑에 주저앉아 있는지 흘낏 보이는 염색 머리보다 높이 한 손을 들고 그녀에게 손짓하고 있다. 다가가자 다이치는 아카리에게도 앉으라고 재촉했다. 어쩔 수 없이 돌담 위에 짐을 놓고 앉아, 어린아이들이 비밀을 공유하듯 다이치와 얼굴을 마주했다. 그렇게 하지 않으면 그가 두 손으로 소중하게 감싸고 있는 것을 볼 수 없었기 때문이다.

"이거를 발견했어."

새하얀 돌 같은 것이었다.

"화석이야. 신종 나사조개 아닐까? 이런 거 본 적 없지?"

그것에는 요철이 있고 나사조개에서도 볼 수 없는 문양이 새겨져 있었다. 어딘가에서 본 것 같기도 하다. 처음 보는 화석의 형태였지만 만약 신종이라면?

"어제는 암모나이트를 발견했는데 같은 장소에서 이번에는 이거야. 더 다양한 화석이 있을 게 틀림없어. 대단한 발견 아니야? 아카리 씨도 발굴해보지 않을래?"

"아니, 난 바빠서."

다이치의 놀이에 같이 어울려줄 여유는 없다.

"선배와 술 마실 시간은 있는데 말이지?"

일어서려던 아카리는 자신도 모르게 동작을 멈추고 돌아보았다.

"어떻게 알았어?"

"나도 어젯밤 슈네 집에 있었으니까."

술 취한 추태를 다이치한테까지 보여줬다니 최악이다.

"그 사람이 전 애인이야?"

"아니야! 동아리 선배였을 뿐이야."

"그나저나 선배라는 그 사람, 슈를 너무 막무가내로 밀어붙이던데. 어쩔 셈인 건지."

놀라서 아카리는 다시 다이치 옆에 몸을 숙였다.

"막무가내? 그게 무슨 말이야?"

"뭐야, 못 들었어? 슈는 아무리 오래된 시계라도 고칠 수 있다고 아카리 씨가 선배한테 말했다며. 그래서 어제 그 사람이 슈한테 수리를 의뢰했어. 만약 못 고치면 아카리 씨가 공짜로 머리 잘라주겠다고 약속했다는 둥 무지 도전적이던데."

잠깐만, 하고 말하며 아카리는 머리를 감싸 쥐었다. 생각나지는 않지만 그렇게 말했을지도 모른다. 아니, 말한 것이다. 그렇지 않다면 히로키 선배가 슈지가 시계사라는 것을 알 리가 없다.

그나저나 공짜로 머리를 잘라주다니 왜 그런 약속을 해버린 걸까. 사적으로 머리를 잘라주는 것은 특별한 사람뿐이라고 슈지에게 이야기했던 적이 있다. 그가 그 말을 기억하고 있다면 선배의 머리를 잘라주겠다는 약속은 그냥 흘려들을 수 없는 것이다.

"그래서 슈 짱은?"

"받아들였어."

기억하고 있었다. 자신들의 마음이 통한 것도 아카리가 슈지의 머리를 잘라준 게 계기가 되었다. 그래서 더욱 선배의 억지를 받아들였음에 틀림없다.

"그럼 혹시 화를 내거나 하진 않았어……? 내가 이상한 약속을 했다고."

"슈, 기분 나빠 보였어?"

"음, 잘 모르겠어. 평소처럼 다정했어. 하지만 보통의 경우에는 화가 나지 않을까? 취해서 남자가 바래다주질 않나, 머리를 잘라주겠다고 약속하지를 않나."

"나 같았으면 말도 안 했어."

단호하게 말해서 울적해진다.

"하지만 막무가내였다는 게 무슨 뜻이야? 슈 짱은 부품이 없는 시계도 다 고칠 수 있잖아?"

너무 쉽게 생각하는군, 하고 말하듯이 다이치는 미간에 주름을 모으고 집게손가락을 좌우로 흔들었다.

"당장 오늘 아침에 그 사람이 찾아와서 시계를 맡기고 갔대. 아까 슈가 그 시계를 보여줬는데 그렇게 오래된 건 본 적이 없어. 화석 같았어. 대체 몇 억 년 전의 시계인지 원."

3

그런 말도 안 되는, 믿을 수 없는 이야기에 아카리는 서둘러 신사에서 나와 쇼핑 봉투를 집에 던져 넣고 이다 시계방으로 달려갔다.

"슈 짱. 시계의 화석이 있다는 게 정말이야?"

공방에서 가게로 나온 슈지는 숨을 헐떡이는 아카리를 멀뚱이 보다가 갑자기 웃음을 터뜨렸다.

"아아, 화석. 화석이라."

그렇게 말하면서도 재미있는 표현이라고 생각했는지 웃음을 참지 못한다.

"다이치 군이 한 말이야."

보통은 그런 말을 곧이곧대로 받아들이지 않는다. 이제야 그 사실을 깨달았지만 이미 늦었다. 슈지는 좀처럼 웃음을 그치지 못하고 손짓하여 아카리를 공방으로 불러들였다.

"하긴. 화석인지도 모르지."

서랍을 열고 꺼낸 것을 그는 손 위에 올려놓고 아카리 쪽으로 내밀었다. 우와, 하고 아카리는 자신도 모르게 소리쳤다. 쥔 주먹 정도 되는 돌이었지만 틀림없이 그것은 시계였다. 그것도 손목시계였다. 문자판이나 분침, 초침이 가느다랗게 보인다. 프레임 부분이 일부 빠져 있지만 형태는 확실했고, 심지어 태엽 꼭지도 있었다.

"……화석이 아니잖아."

아무리 생각해도 사람이 돌에 조각을 한 것이었다.

"글쎄, 나카지마 씨가 중학생 때 풀밭에 떨어뜨린 것을 사흘 후에 발견했더니 돌이 되어 있었다고 말했어."

"에에에? 설마."

"화석이란 건 만들어지는 데 몇 만 년에서 몇 억 년이 걸려. 과연 사흘 만에 화석이 될 수 있을까."

"될 리가 없지."

화석이라는 말을 듣고 달려온 주제에 아카리는 냉정한 말투로 단언했다. 그게 이상했는지 슈지는 또 웃었다.

"그러니까 몇 만 년이나 전에 어떻게 이런 디자인이 있었겠어. 이런 건 백화점에서도 흔히 볼 수 없는 모양이잖아?"

애당초 아득한 그 옛날에 시계 따위가 존재했을 리 없다는 사실과는 상관없이 그것은 아카리가 상상했던 것보다 훨씬 더 새로운 유형의 시계였다.

문자판 안에 세 개의 원이 있고 각각에 눈금과 바늘이 달려 있다. 복잡한 계기計器처럼 멋지다. 아카리는 그것들이 어떤 역할을 수행하는지 잘 몰랐지만 남자들이 많이 차고 다니는 종류의 시계라는 것만은 알 수 있었다.

크로노그래프chronograph야, 하고 슈지는 말했다.

"뭐?"

"스톱워치 기능을 갖춘 시계. 태엽 꼭지와 다른 버튼 두 개가 있지? 이게 스타트 버튼. 이건 리셋 버튼. 바늘이 스타트와 동시에 움직여. 작은 원은 30분 적산계와 12시간 적산계 그리고 초침."

일단 그 기계적인 디자인이 스톱워치로 작동한다는 것만 이해했다.

"오메가의 '스피드 마스터speed master'. 좋은 시계야."

슈지는 그 돌이 마치 안쪽에 정교한 기능을 갖추고 있기라도 하듯 신중하게 천이 깔린 쟁반 위에 내려놓았다. 하지만 메이커까지 알 수 있을 정도로 잘 깎아 만든 돌조각이다.

하지만 아무리 생각해도 '오래된 시계'는 아니었다.

"이런 걸 고칠 수 있을 리가 없어. 히로키 선배에게 돌려주고 올래. 잘 이야기해서 머리를 잘라줄 수는 없다고 사과하고 올게."

아카리가 돌을 집으려는데 슈지가 제지했다.

"아니. 내가 받아들인 일이야. 그는 이제 이다 시계방의 손님이지. 그러니까 작동시킬 수 없다면 내가 사과할래."

"……왜 받아들인 거야? 내가 선배를 머리를 잘라주겠다는 약속을 해서?"

"음……. 그건 뭐, 잘라주지 않으면 좋겠다고 생각하긴 했어."

한숨과 함께 뱉어낸 말에는 약간의 화가 배어 있었다. 역시 화가 났다는 걸 알고 아카리는 고개를 숙였다.

"미안해. 기억이 안 나. 선배가 고치고 싶은 게 평범한 시계일 거라고 생각했는지도 모르지. 그래서 약속해도 괜찮을 거라고……. 하지만 저기, 히로키 선배는 이따금 짓궂은 장난을 심하게 치긴 하지만 그렇게 막무가내인 사람은 아니야."

"히로키 선배라……. 그렇게 부르는구나."

내 발등을 내가 찍었다.

"모두들 그렇게 불러. 가볍고 제멋대로이긴 하지만 악의는 없어서 친밀감을 담아 이름으로 부르고 싶어지는 그런 사람이라서."

"흐음."

말하고 나서 눈치챘다. 아아, 또 쓸데없는 소리를 했다. 땅속으로 들어가고 싶다.

"미안. 어이없지. 슈 짱이 화난 것도 무리가 아니라는 건 알고 있어."

"화? 아니야. 질투하는 거야."

"에, 질투라고?"

"당연하잖아. 보통 사람이라면."

아카리의 멍한 얼굴을 보며 슈지는 팔짱을 끼었다.

"어제 잔뜩 취한 너를 보니 더욱 더 용서할 수 없게 됐어."

역시 뭔가 심각한 짓을 한 것이다. 식은땀이 흐르는 걸 느끼면서 아카리는 다시 고개를 숙였다.

"미안. 정말 나……."

무조건 사과하자 싶어 두 손을 맞잡았지만,

"술이 들어가면 무지 귀여워."

"헉."

예상치 못한 말에 몸이 굳어버렸다.

"뭐가 그리 즐거운지 웃기도 하고, 평소보다 더 애교스러운 것 같기도 하고. 그 선배 앞에서도 귀여웠겠구나, 생각하면."

화를 내는 건지 농담하는 건지 혼란스럽다. 아카리는 서둘러 고개를 저었다.

"그건 아니야."

"기억 못하는데?"

"그게…… 취했어도 여기로 돌아왔으니까. 슈 짱의 집이라서 안심하고 잤다고나 할까? 밖에서는 좀 더 조신하게 행동했을 거야. 아무튼 슈 짱과 있다는 걸 알아서 무방비해진 거라는 뜻이지."

그런 아카리를 그는 가만히 들여다보았다.

"맨 정신으로 애교 보여주면 용서할게."

어떻게? 애당초 아카리에게는 자신이 애교를 부렸는지 어떤지 자각도, 기억도 없는 것이다.

재촉하듯 앞에서 기다리는 그를 흘낏 보다가 자연스럽게 눈이 마주쳤다. 서로 바라보며, 애교를 위해서는 일단 키스부터 해야 하지 않을까 고민하고 있는데 그쪽에서 먼저 입술을 포개어 왔다.

머릿속이 '좋아'로 가득해진다. 그 마음이 전부 슈지에게 전해지고 말 것 같다. 그럼 애교가 되는 게 아닐까.

서로에게 좀 더 가까워지려는 아카리와 슈지 사이에서 뭔가가 바스락, 하고 소리를 냈다.

"그거 뭐야?"

비로소 아카리는 자신이 팔에 걸고 있던 것이 생각났다. 사키 씨에게 받은 빵 봉투가 팔에 눌려 찌그러져 있었다.

"어머. 사키 씨가 준 소중한 빵이! 다 찌그러졌을지도 모르겠다."

벌린 봉투를 슈지가 들여다봤다.

"괜찮은 것 같아. 마침 잘됐다. 차하고 먹자."

크루아상 외에 커스터드를 넣은 머핀과 초콜릿을 반죽하여 넣은 과자, 빵 등도 들어 있었다. 커피를 끓여 거실에서 달콤한 빵을 입에 넣자 아침부터 침울해 있던 기분이 말끔히 개이듯 사라졌다.

질투했다던 슈지를 힐끔거리며 그가 머그컵을 들어 올리는 모습을 관찰한다. 부드러운 옆얼굴이 좋다. 말이나 태도도 겉치레가 없어서 좋다. 게다가 슈지는 정말 신비한 사람이다. 어떻게 그리 아무렇지 않게 질투하고 있다는 말을 할 수 있을까. 하지만 자신의 마음을 분명히 전해줘서 아카리는 이렇게 안심할 수 있다. 그가 더 이상 화나지 않았다는 것을 알 수 있다. 하지만 아카리 쪽은 자신의 마음을 잘 전하고 있다고는 할 수 없을지 모른다.

선배에 대해 좀 더 자세히 이야기하는 편이 좋을까. 아니면 쓸데없는 짓일까. 선뜻 알 수가 없어서 말을 꺼낼 시기를 놓쳤다.

"돌 시계. 받아들인 이유는 따로 있어."

불쑥 슈지가 말했다.

"그가 쇼윈도의 간판을 물끄러미 보고 있더라고. 떨어뜨린 시계 대신 돌 시계를 주웠다는 게 사실이라면 떨어뜨린 것도 '스피드 마스터'였을 거야. 왜 그런 일이 벌어진 건지 그 역시 알 수 없었을 테니 돌 시계를 잃어버린 시계 대신 가지고 있었겠지. 그것을 원래대로 작동하게 만들었으면 좋겠다고 했으니까, 시계와 관련해 뭔가 후회되는 일이 있었을지도 모르겠다 생각했거든."

시계는 아니더라도 시계의 형태를 한 것이라면 무시할 수 없었을 것이다. 글자가 떨어져 나간 간판까지 그대로, 그는 할아버지의 가게를 이어받았다. 시계를 고침으로써 소유자와 시계가 걸어온 시간을 수리한다고 생각한다. 그래서 만약 히로키 선배가 잃어버린 시계가 돌이 되었다고, 수리만 하면 작동할 거라고 생각하고 있다면, 굳이 거절하지 못하고 수리를 받아들이자고 생각했을 것이다.

"저 돌 조각은 누가 무엇 때문에 만든 거지."

팔꿈치를 괴며 아카리는 중얼거렸다.

"그 선배가 저런 조각 같은 걸 하는 사람이야?"

"적어도 나는 그런 말 못 들어봤어. 원래 선배는 중학교에서 육상을 했대. 그 후 집안 사정으로 이사해서 내가 다닌 현립 고등학교에 입학한 것 같은데, 비교적 유명한 선수였나 봐. 몇 번이나 육상부에 들어오라는 제안이 있었지만 뿌리치고 우리 배구부에 들어왔다고 들었어. 그래서인지 운동선수답게 섬세한 작업은 못할 것 같은 느낌이야."

"아카리 짱, 정말 배구부였어?"

정말이냐니. 내가 배구를 하면 안 되나. 일단 그의 머릿속에서는 아카리를 배구와 결부시키기가 힘든 모양이었다.

슈지의 고등학교 생활은 어땠을까. 시계부 같은 건 없었을 테고. 이런 생각을 하면서도 묻기를 망설였던 것은 고등학교 시절부터 사귀던 마유코 씨를 그가 다시 떠올릴지도 몰랐기 때문이다. 설령 떠올린다 해도 이제는 더 이상 가슴 아플 일은 없을 테지만, 그래도 아카리 쪽이 이상하게 의식해버리면 슈지도 당황스러울 것이다.

그냥 아무렇지 않게 물어보면 될 텐데 고민하는 자신이 싫어진다. 그런 마음을 아는지 모르는지, 슈지는 여전히 선배의 시계에 관심을 보였다.

"육상 종목은?"

"글쎄."

"장거리……인가. 그렇다면 크로노그래프와 아주 관계없는 것도 아니지."

"그런가. 시간 기록을 재는 거니까."

하지만 선배는 육상을 그만둬버렸다. 그리고 돌이 된 크로노그래프를 가지고 있다. 결코 작동하지 않는 바늘과 달릴 일 없는 자신을 똑같은 신세라고 생각했을지도 모르겠다.

그런 생각을 하고 있는데 가게의 도어벨이 울렸다. 손님인가 싶어 아카리는 머그컵을 내려놓았지만 슈지는 일어서려 하지 않았다. 이상하게 생각하고 있는데 발소리를 내며 거실로 들어온 것은 다이치였다.

"뭐야. 쉬는 중이었나."

"슈 짱. 도어벨 소리로 다이치 군인 걸 알았어?"

"응. 손님보다 난폭하게 문을 열거든."

"어? 맛있어 보이는 거 먹고 있네."

"다이치 군 것도 있어."

그는 크루아상을 집고 선 채로 한 입 덥석 물었다. 그러면서 사무에 품속에서 즐거운 듯 꺼낸 것은 또 새하얀 돌덩어리였다.

"나사조개 화석에 이어 이번에는 이거야. 신종 지네."

아까의 화석 같은 것과 함께 테이블에 내려놓은 것은 아카리에게는 빗처럼 보였다. 아카리가 일할 때 사용하는 스테인리스로 된 가느다란 빗과 비슷했다.

"빗이잖아?"

슈지도 그렇게 말했다.

"에이, 빗이 그런 옛날에 있었을 리 없잖아."

시계를 화석이라고 주장한 주제에.

어이없어 하며 아카리는 다른 하나인 나사조개 화석 쪽으로 눈길을 주었다. 역시 나사조개라기보다 다른 뭔가와 비슷했던 것이다. 뭘까.

"앗! 크루아상!"

"뭐?"

슈지와 다이치가 동시에 외쳤다.

"자자, 잘 봐. 이거 크루아상 아니야?"

받아온 크루아상 중 하나를 돌 옆에 나란히 놓자 소용돌이 모양의 그 모습이 흡사했다.

"정말이네. 크루아상이야."

"그럴 리 없는데."

다이치는 두 손으로 들어 비교해보다가 반박할 말이 없는 듯 침묵했다.

“이거, 점토로 만든 거잖아? 꾹꾹 눌러 형태를 만들었어. 밀가루를 사용한 건 아닐 테고, 장난감 중에 수지나 밀랍으로 만든 크루아상도 있잖아.”

과연 자세히 보니 다이치의 화석은 마른 점토 같았다. 그렇다면 간단히 모양을 만들 수도 있고, 자연스럽게 화석 같은 모양이 되기도 한다.

“누군가가 장난삼아 이것을 만든 후 신사 돌담 사이에 놔두었을 거야.”

돌 시계도 그런 장난일까. 하지만 그것은 흉내 내서 만든 게 아니라 진짜 돌에 새겨져 있었다. 장난삼아 그렇게까지 열심히 조각했으리라고는 도저히 생각할 수 없다. 한편 다이치는 뭔가가 머릿속에서 딱 들어맞는 듯 소리쳤다.

“점토? 아앗, 그러고 보니 초등학생들이 모여 경내에서 뭔가를 만들었어! 제길. 대발견이라고 생각해서 매일 돌담 밑의 잡초를 뽑고 청소한 내 노력은 누가 보상해줄 건데!”

“신사가 깨끗해졌으니까 신께서도 기뻐하실 거야.”

아카리가 위로했지만 다이치는 곧추선 머리칼을 쥐어뜯었다.

“쓰쿠모 씨한테 한방 먹었네. 최근 청소하지 않고 땡땡이쳐서 그런가.”

아무리 그래도 신사의 신이 청소를 시키기 위해 초등학생에게 점토 화석을 만들게 하지는 않았을 것이다.

"그나저나 다이치 군, 화석에 흥미가 있었구나. 왠지 의외인데. 신과 새전에만 흥미가 있는 줄 알았는데."

"화석도 돈이 되잖아."

"그래?"

아카리는 그에 대한 대답을 구하듯 슈지를 보았다.

"맞아. 희귀한 건 비싸게 팔 수 있을지도 모르지."

"그럼 내 건 고가에 팔 수 있어."

"점토 화석을?"

"아니. 오래전에 진짜 화석을 받았거든. 그것도 살아 있는 화석으로."

"살아 있는 화석이라는 말은 의미가 좀 다른데……."

"아무튼 나한테 그 화석을 준 사람이 말했어. 쓰쿠모 신사의 화석은 살아 있으니까 지금은 돌처럼 보여도 때가 되면 탈피할 거라고."

아무리 생각해도 그 사람은 다이치를 놀린 게 틀림없다.

"이거야."

하지만 다이치는 아직도 믿고 있는 듯 허리에 차고 있던 돈주머니에서 의기양양하게 뭔가를 꺼냈다. 목걸이로 만들어 주렁주렁 걸고 있는 금속들처럼 소중한 잡동사니, 아니 보물을 늘 가지고 다니는 모양이다.

"매미 유충?"

들여다보던 슈지가 말했듯이 아카리에게도 그렇게 보였다. 매미가 언제부터 존재했는지, 화석이 되었다 해도 이상할 게 없는 것인지 아카리는 몰랐으므로 그게 진짜인지 아닌지 선뜻 판단하기 힘들었다. 점토가 아닌 돌인 것은 확실했지만 정교한 조각처럼 보이기도 한다. 히로키 선배의 시계처럼.

"모르는 사람한테 받은 거야?"

"그래. 이 근처에서 전당포를 찾고 있던 사람이었는데 신사에서 놀고 있던 나한테 말을 걸더라고."

그 사람이 새전을 바치려다가 호주머니에서 화석이 떨어졌으므로 다이치가 주워주었다고 한다.

"이거. 어디에서 발견했어요?"

다이치가 묻자.

"저기 돌담 사이에서."

"그럼 쓰쿠모 씨 건데. 마음대로 가져가면 안 돼요."

신사의 영역에 있는 것은 모두 신의 것이라고 다이치는 말했지만 새전은 물론이고 여러 가지 신의 것을 그는 태연히 자신의 것으로 삼고 있다. 아무튼 그 사람은 다이치가 강력히 주장했으므로 화석을 그에게 건네준 모양이었다.

그렇다면 받았다기보다 빼앗은 게 아닐까. 상대가 어린아이니까 그 사람이 져준 것이다.

"이거. 매미 유충인가? 죽었어요?"

"살아 있어. 때가 오면 하늘로 날아오를 거야. ……맞다. 쓰쿠모 씨의 화석이니까."

그 사람은 신사 앞에서 오랫동안 합장을 한 후 돌아갔다고 다이치는 말했다.

"그래서 다이치 군은 그 사람이 한 말을 믿어?"

"탈피 이야기? 당연하지. 몇 만 년 후가 될지는 모르겠지만 이건 언젠가 새로운 뭔가가 될 거야."

"몇 만 년? 그럼 확인할 수 없잖아."

"그게 뭐? 아카리 씨는 화석이 생기는 걸 본 적 있어?"

"없지만 화석에는 과학적인 근거가……."

"그중에는 하나 정도 갑자기 돌로 변한 화석도 있을지 모르잖아. 신의 변덕 따위 어차피 확인할 수도 없고."

늘 그렇지만 다이치와 이야기하고 있으면 점점 자신의 상식이 옳은 것인지 의문이 들게 된다. 어쩌면 이 세상은 하나의 진실로 이루어져 있는 게 아닐지도 모른다는 기분마저 든다.

그렇다면 3일 만에 화석이 된 시계가 있다 해도 이상할 건 없나.

"그러고 보니 옛날에 태양과 달의 화석이 발견된 적이 있었지."

불쑥 그렇게 말하며 슈지가 아카리의 묘한 기분에 부채질을 한다.

"18세기쯤이었을 거야. 그 무렵 아직 유럽에서는 많은 사람들이 세계의 모든 것을 신이 7일 만에 만들었다고 믿고 있었지만, 그 한편에서는 화석 연구가 시작되고 있었어. 이제는 사라지고 없는 생물이 화석으로 발견되기도 했지. 그렇다면 신이 세계를 현재의 형태로 창조했다는 이야기와 모순돼. 그런 논쟁 중에 독일의 베링거라는 학자가 태양과 달의 화석을 발견했어."

"말도 안 돼."

"그게 말이지, 화석은 신의 변덕이라고 믿던 사람들에게 달이나 별의 화석은 그야말로 신의 존재를 증명하는 것이나 다름없었어. 달이나 별의 화석은 있을 수 없으니까. 하지만 훗날 그것들은 라이벌 학자가 그를 놀리려고 만든 것임이 밝혀졌어."

"뭐야. 가짜였던 거야."

다이치는 한심하다는 듯 투덜거렸다.

결국 태양의 화석을 발견한 학자는 망신을 당했다. 그러나 슈지는 그 이야기를 어리석은 사람의 일화라고 생각하지 않는 듯했다. 왠지 즐거운 듯 미소를 짓는다.

"재미있지. 인간은 신밖에 만들 수 없는 것까지도 모방해버린 거야."

시계를 만드는 일은 신비를 향해 가려는 시계사들의 꿈같은 것이라고 언젠가 말했었다. 그래서 그는 실수한 학자를 비웃거나 다이치의 고집을 부정하지 않는 것이다. 심지어 돌이 되었다는 시계의 수리를 의뢰하자 그것을 받아들였다.

아카리는 그런 슈지가 좋았다. 모든 것을 긍정하며 따뜻하게 보듬어 안는 그런 점이 좋다.

"그래서 기적도 일으킬 수 있을지 몰라."

"기적?"

"그래. 지금 우리는 시계의 화석 같은 게 있을 리 없다고 생각하지만, 시계가 있는 이상 아주 먼 미래에는 시계 화석이 존재할지도 모른다는 기적."

"그럼 그때 화석을 발견한 사람은 옛날에 이런 물체가 있었구나 생각하겠네."

다이치가 중얼거렸다. 약간 이상한 이 대학생이 슈지를 좋아하는 이유를 알 수 있다. 슈지는 다이치를 재미있다고 생각한다.

일상에서 아주 살짝만 시선을 돌려 신비한 것을 신비함 그대로 받아들이는 일도 그리 나쁘지는 않은 것 같다. 사흘 만에 시계가 돌이 되었다고 히로키 선배가 말한 것도 그에게는 그것이 진실이었기 때문이다.

몇 만 년 후의 세계에서 히로키 선배의 사라졌던 시계가 돌아왔다. 화석이 된 후에도 그의 시간을 기록하기 위해 돌아온 크로노그래프. 그것 자체가 이미 기적이라면 그 시계가 다시 작동하는 기적도 가능하지 않을까.

"아카리 짱. 시계는 반드시 움직이게 될 거야. 그의 머리를 잘라줄 필요는 없어."

느닷없이 슈지는 단호하게 말했다. 그래서 고칠 수 없을지도 모른다는 의심은 전혀 들지 않았다.

4

다음 날 아카리가 출근하자 미키가 다가와 괜찮았느냐고 물어왔다. 아카리가 히로키 선배와 다시 만나게 된 그 자리의 주선자였던 그녀는 아카리가 취했던 게 걱정이 되었던 모양이다.

괜찮았다고 대답했지만 미키는 여전히 걱정스러운 표정을 지으며 같이 점심 먹으러 나가자고 말했다.

점심 식사는 미용실 바로 옆 카페에서 먹는 경우가 많았다. 카페였지만 점심 정식 메뉴가 있었기 때문이다. 평소처럼 그곳으로 들어가자마자 미키가 말을 꺼냈다.

"내가 아카리 짱을 데려다주려고 했는데 도중에 히로키 씨가 맡게 되어서 조금 걱정이 됐거든. 아카리 짱과 아는 사이라고는 했지만 그리 친한 것도 아닌 것 같아서. 겉보기와 달리 진지해서 별 문제는 없을 거라고 생각했지만 취한 아카리 짱과 둘만 보내는 건 실수 아니었나 싶었지."

도중까지 미키가 같이 있었다는 것조차 기억하지 못하는 아카리였지만 일단 집에 잘 들어갔다고 말해주었다.

"히로키 씨가 아카리 짱한테 할 말이 있다고 해서 오늘 여기에서 점심 먹을 거라고 가르쳐줬는데, 괜찮지?"

그날의 메뉴를 먹으면서 미키는 조심스럽게 아카리 눈치를 살폈다.

"응. 괜찮아."

"그와 무슨 일 있었어?"

"앗. 아니. 그런데 할 말이 뭐지."

아카리가 놀라면서 부정했지만 미키는 뭔가 석연치 않은 듯했다.

"그래? 그럼 다행이지만 왠지 심각해보여서. 아, 온 모양이다."

동시에 가게 문이 열리고 히로키 선배가 들어오는 게 보였다. 아카리와 미키를 발견하고 한 손을 들어보인 후 다가왔다.

"이 근처에 일이 있었어요?"

미키가 물었다. 4인용 테이블이었는데도 히로키 선배는 주저없이 아카리 옆에 앉았다.

"응. 영업 때문에 근처 왔다가 미키 짱한테 문자 보냈던 거야. 미안. 소중한 점심시간을 빼앗아서."

다가온 여종업원에게 아이스커피만을 주문하고 물을 단숨에 들이켜며 한숨을 돌린다. 아카리는 지난 번 바래다줘서 고맙다고 인사를 했지만 그는 건성으로 고개를 끄덕이며 단숨에 말했다.

"실은 말이야, 니시나의 남자 친구한테 이상한 걸 부탁하고 말았어. 없었던 일로 해줬으면 해서."

"시계 수리 말인가요?"

"정말 아카리 짱의 남자 친구한테 부탁한 거예요? 못 고치면 아카리 짱이 히로키 씨 머리를 잘라주기로 한 거?"

그 약속을 했을 때 미키도 같이 있었던 모양이다. 술집에서 흔히 하는 가벼운 내기였을 게 틀림없었지만 히로키 선배에게 그 시계와 관련된 사연은 그리 가벼운 것은 아닐 것이다. 그래서 이렇게 없었던 일로 해달라며 찾아온 거다.

"이제 없었던 걸로 해도 돼. 맡긴 것은 조만간 찾으러 가겠다고 전해줘."

"하지만 선배."

"쓸데없는 말도 이것저것 했어. 니시나는 자주 얼굴부터 넘어진다거나 가슴에 공을 맞고 쓰러지지나 않을까 생각했지만, 그런 적 없이 비교적 여자인 척하지 않아서 잘못 봤구나 생각했었다는 말도 했어. 밸런타인데이 때 내게 초콜릿을 주었다는 이야기도."

"아카리 짱, 정말이야?"

"그건 동아리 여자아이들이 전부 다 준 거잖아요."

"틀린 말 한 건 아니잖아?"

히로키 선배는 웃음을 터뜨렸지만 틀림없이 오해를 살 만한 이야기다.

"그런데 무슨 동아리였어?"

미키가 고개를 갸웃거렸다.

"배구부."

"아, 그래서 손이 아닌 가슴이구나. 얼굴로 공을 받는 실수는 흔한데 가슴이라."

미키가 갸웃거리며 하는 말을 들으면서 아카리는 어제 슈지도 그랬던 것을 떠올렸다.

설마 그 역시 비슷한 생각을 했던 것일까. 머리를 싸매고 싶어진다.

"뭐, 그때로 다시 돌아갈 수도 없는데 어른스럽지 못하게 네 남자 친구한테 억지를 부렸어. 그래서 그도 더 고집스럽게 받아들인 게 아닐까 싶어. 그러니까 이제 됐어."

분명 고치겠다고 슈지는 말했다. 게다가 그가 받아들인 것은 괜한 고집이 아니라 히로키 선배가 시계와 관련된 어떤 후회를 품고 있다고 생각했기 때문이다.

"그게 선배가 육상을 그만둔 것과 관계가 있나요?"

아이스커피를 향해 뻗던 손을 멈추고 그는 갑자기 당황한 표정으로 아카리를 보았다.

"……죄송해요. 쓸데없는 참견을 했나 봐요. 하지만 아무래도 신경이 쓰여서."

서둘러 고개를 돌린 선배는 화난 것 같기도 했다.

"추억을 수리한다고 남자 친구 시계방에 쓰여 있더군. 원래 '시時' 뒤에 '계計' 자가 있었을 테지만. 시계가 작동된다고 해서 과거를 바꿀 수 있는 건 아니야."

히로키 선배는 아이스커피를 단숨에 비운 뒤 호주머니에서 꺼낸 돈을 테이블에 놓고 일어섰다.

"그럼 그렇게 말해주는 걸로 알게."

말을 마친 그는 순식간에 가게를 나갔다.

"미키 짱 미안. 잠깐만 기다려줘."

아카리는 재빨리 일어나 그의 뒤를 쫓아갔다. 이대로 보내면 안 된다고 생각했던 것이다.

히로키 선배는 이다 시계방의 간판을 보고 돌 시계를 슈지에게 맡겼음에 틀림없다. 아무리 아카리와 내기 비슷한 약속을 했다고 하지만 그것은 술자리에서의 농담이었다. 돌을 시계방에 가지고 가서 작동하게 만들어달라니, 정상적인 성인이라면 그러지 않는다. 그렇게 한 것은 '추억을 수리한다'는 말에 간절히 매달리고 싶은 마음이 있기 때문이다.

"히로키 선배. 생각난 게 있어요."

신호 대기 중인 히로키 선배를 쫓아가 아카리는 입을 열었다.

중학교 시절의 선배에 대해서는 아무것도 모른다. 하지만 한 가지 떠오른 게 있었다.

"시내에서 고교 육상 전국대회가 열린 적이 있었어요. 동아리 활동을 마치고 돌아가는 길에 다른 현에서 온 고등학생들이 선배에게 말을 걸었던 게 기억나요."

햄버거 가게로 몇 명이 들어왔을 때였다. 히로키? 하고 친밀한 목소리로 말을 걸어온 그들이 선배의 중학교 동창생들인 줄은 짐작했다. 그들의 대화 내용으로 보건대 육상부원이리라는 것도. 히로키 선배는 놀란 듯 바라보았다.

오랜만이다. 잘 지냈어? 하고 밝게 말한 그들은 옛 동료와의 재회를 진심으로 기뻐하는 듯했다.

"히로키. 어떻게 된 거야? 선수 명단에 네 이름이 없던데."

"여기에서 청춘을 즐기고 있지. 너희가 너무 열심히 하니까, 달리기만 하다가 고교 생활 다 끝나버릴 것 같잖아."

여전하다며 모두들 웃었다. 중학교 때부터 그는 지금과 변함없이, 농담으로 주위 사람을 웃기면서도 동료로 인정받을 만큼 동아리 활동에 열심이었을 것이다. 그런 분위기를 아카리는 느꼈다.

"그나저나 갑자기 전학 가서 놀랐어. 그래도 장거리 달리기는 하지? 달리는 거 그만두지 않았지?"

그렇게 말한 사람 쪽을 선배는 복잡한 표정으로 바라보았다.

"넌 계속하고 있나 보네."

히로키 선배의 중얼거림에 그 소년은 씨익 웃었다.

"좋아하니까 쉽게 그만둘 수는 없지. 히로키도 그렇잖아? 우리 둘 다 그게 특기라고나 할까, 달리 할 만한 것도 없고. 올해는 선발되지 못했지만 내년에는 꼭 뽑힐 거야."

"그런가. 열심히 해."

"……저기, 나는 그때 일 이제 신경 쓰지 않으니까 너도 잊어버려. 만나서 반가웠다. 나중에 또 같이 달리자."

스스럼없는 말투여서 그 자리에 있던 아카리처럼 배구부 아이들, 심지어 다른 학교 육상부 소년들조차 '그때 일'은 사소한 일일 거라고 생각했다. 사실 아카리도 다시 생각나기 전까지는 별일 아니라고 생각했다.

하지만 지금은 상상이 가능하다. 그 일과 선배가 육상을 그만둔 것은 관련이 있다.

"그 후 선배는 볼일이 생겼다며 혼자 돌아가버렸죠."

신호가 바뀌었다. 그는 묵묵히 걸어갔다. 아카리는 그 뒤를 따라갔다. 역으로 가고 있는지 공원을 가로지르듯 걸어갔지만 아카리를 돌려 보내려고는 하지 않았다.

이윽고 멈춰 서서 포기했다는 듯 아카리 쪽으로 돌아서며, 아직도 기억하고 있네! 하고 웃어 보였다.

"그랬지. 그때는 깜짝 놀랐어. 그 녀석한테 그런 말을 들을 줄은 생각지도 못했거든. 이젠 신경 쓰지 않는다고? 그러니까 신경 쓰지 말라고? 그 자식. 내 시계를 부수려고 했을 만큼 열 받아 있었으면서 말이야."

돌에 새겨진 것과 같은 시계일까. 그때의 소년은 왜 선배의 시계를 부수려 했을까.

"중3 여름이었어. 그 자식이 다쳐서 더 이상 장거리 달리기는 무리일 거라는 진단을 받은 건 나 때문이었지. 동아리 활동이 끝나고 음료수를 사러 가는 그 녀석한테 자전거를 빌려줬어. 한쪽 브레이크가 망가졌는데 그 사실을 깜박 잊고 말해주지 않았지. 그런 것도 모르고 언덕길에서 내달리던 그 녀석은 뛰쳐나온 어린아이를 피하려다가 담벼락에……."

분수의 물방울이 바람과 함께 쏟아져 내렸다. 구름 사이를 뚫고 나온 햇빛에 반사되어 선배의 뺨에 떨어진 물방울이 눈물처럼 빛난다.

"그 녀석, 그렇게 된 걸 내가 속으로 좋아한다고 생각했을걸. 장거리 달리기의 라이벌이기도 했으니까."

"그래서 그가 선배의 시계를?"

산책길에서 조깅을 즐기는 사람들이 옆을 지나간다. 그런 사람들로부터 시선을 비끼듯 고개를 숙인 채 선배는 말을 이었다.

"중학교 1학년 때 현 대회에서 우승하고 받은 크로노그래프였어. 친구들에게 자랑하던 게 거슬렸겠지. 문병 갔을 때 그 녀석은 그걸 보여달라고 했고, 다시 돌려주려다가 손에서 미끄러진 듯 바닥에 떨어뜨렸어."

비겼네, 하고 그 친구는 말했던 모양이다. 시계가 부서지면 넌 달릴 수 없을걸?

다리를 다친 그처럼? 아니, 시계가 부서져도 달릴 수는 있다. 그런데 왜 달릴 수 없을 거라고 했는지 아카리는 의아했다.

선배는 천천히 걸었지만 이번에는 아카리에게서 도망치기 위해서가 아니라 벤치에 앉기 위해서였다.

"그 후 다른 친구가 나한테 말했어. 진심으로 달리라고. 진심을 다하면 그 녀석도 알 것이다, 라이벌이기도 한 네가 그 녀석 몫까지 열심히 하면 언젠가 상처를 극복하려고 생각할 것이다, 이렇게 격려해주었지."

아카리도 벤치에 앉았다. 선배는 하늘을 올려다보고 있었다.

"하지만 결국 나는 더 이상 달리지 못했어. 시계가 없으면 달릴 수 없다, 그런 짓만이 내 자존심을 건드릴 수 있다는 걸 그 녀석은 눈치채고 있었어. 그 무렵의 나는 기록이 좋지 못해서 주전에서 제외돼 있었고, 그만두고 싶다고 투덜대던 참이었지. 차라리 다치기라도 하면 그만둘 수 있지 않을까, 하고 농담처럼 말하기도 했어. 내가 노력하는 것보다 그 녀석이 다침으로써 주전 자리를 되찾을 수 있을지도 모른다고 잠깐이나마 생각했을 정도로 바닥이었지. 그래서 더욱 나를 용서할 수 없었을 거야. 그런 상태에서 내가 달려봤자 그 녀석에게 힘이 될 리가 없지. …… 그리고 그 녀석과는 더 만나지 못한 채 전학했어."

바람이 불어 구름을 움직이자 햇살이 갑자기 사라졌다. 분수 근처에서 벗어났지만 곧 비가 올 것 같았다.

"분명 그 후 녀석은 피나는 노력을 했을 거야. 물리치료를 계속 받으며 육상을 했고, 부상을 극복했을 테지. 다행이라고는 생각했지만 하필 그때 우연히 만나서."

선배는 줄곧 담담히 말하고 있었다. 애써 감정을 억누르고 있었기 때문이다. 하지만 아카리가 눈치챌 정도로 점점 더 자포자기의 말투가 되었다.

"그렇게 만나서 깨달았어. 나는 일부러 브레이크 고장을 가르쳐주지 않았다, 죄책감도 없었고, 반성도 하지 않았다, 오히려 그 녀석의 부상을 좌절한 내 마음의 위로로 삼았다, 그 녀석은 더 이상 달릴 수 없게 되었으니까 나도 달리지 않겠다, 그래서 그 녀석의 마음이 풀린다면 그렇게 할 수밖에 없다고, 자신에게 변명하면서 내가 육상을 그만둔 것에 대한 변명까지 덧붙였어. 물귀신처럼 끌고 들어가려 했지. 정말 한심한 이야기지? 그래서 그 녀석이 육상을 계속한다는 걸 알고 충격을 받았어. 좌절한 것은 나뿐이었다는 걸 알고 말이야."

귀찮은 듯 히로키 선배는 벤치에서 일어섰다.

아카리는 그대로 앉아 있었다. 그가 이야기를 마치려 한다는 것을 알았기 때문이다.

"좋아했기 때문에 스스로 그만두는 것이나 계속 지기만 하는 것 중 어느 쪽인가를 선택해야 하는 것이 두려웠어. 내 자전거에 탄 그를 바라보면서 만약 저 녀석이 다치기라도 하면 그만둘 수 있는 변명이 될 거라고 생각했을지도 모르지. 아니, 그렇게 생각했었다는 걸 그 녀석과 다시 만났을 때 알았어. 아무리 신경 쓰지 말라고 해도 이미 내게는 육상을 계속할 자격이 사라졌어."

'추억의 시時 수리합니다'

아카리는 그 말의 도움을 받았다. 이다 시계방의 간판을 보고 뭔가 마음에 걸리는 게 있는 사람이라면 고치고 싶은 과거가 있는 것이다. 히로키 선배도 그것을 보고 어떻게든 상처를 수습한 후 앞으로 나아가고 싶다고 생각했을 것이다.

그럴 수 있는 계기가 돌로 변한 시계에 있다면 굳이 수리를 취소하고 싶지 않을 것이다.

"선배 시계는 틀림없이 작동하게 될 거예요."

아카리는 한 걸음 앞서 걸어가는 히로키 선배의 등에 대고 말했다.

"정말 그는 어떤 시계든 고칠 수 있거든요."

믿을 수 없는지 히로키 선배는 가볍게 고개를 저으며 걸어갔다.

친구가 부순 시계를 선배는 버린 걸까. 하지만 어떻게 된 일인지 그는 돌 시계를 주웠고 줄곧 그것을 가지고 있었다.

버린 시계가 정말 돌이 됐는지 아닌지 그것과는 상관없이 슈지는 그 시계를 고칠 수 있다고 말했다. 그가 그렇게 말했으니까 선배도 믿었으면 싶었다.

5

일을 마치고 미용실에서 나왔는데도 밖은 아직 석양의 샛노란 빛에 감싸여 있었다. 귀가를 서두르며 아카리는 제방 위를 걸어갔다. 개를 산책시키는 사람과 엇갈려 지나며 강의 맞은편으로 시선을 주자 동아리 활동을 마치고 돌아가는 듯한 중학생들의 모습이 보였다. 모스그린색 조끼는 근방에서 볼 수 있는 교복 가운데 하나였다. 자주 제방 위를 달리는, 운동부 활동이 왕성한 중학교의 교복이라는 걸 아카리는 알고 있었다.

히로키 선배가 다니던 곳도 저 중학교였을까. 그렇든 아니든 아카리는 상상해보았다. 선배도 중학생 시절, 모스그린색 교복을 입고 저렇게 친구들과 사이좋게 강가를 걸어갔을 것이라고.

시계 수리를 취소하고 싶다고 선배가 말을 한 지 일주일이 넘었다. 그가 슈지에게 그 말을 전했는지 전하지 않았는지는 알 수 없었지만 전했다면 슈지가 뭔가 말을 전해주었을 것이다. 전하지 않았다면 시계를 고치고 싶은 마음이 아직 남아 있다는 뜻일 것이다.

멍하니 교복 차림의 남자아이들을 바라보고 있는 동안 아카리는 강 건너 아이들 속에 히로키 선배가 있는 듯한 착각이 들었다. 그중에서도 키가 큰 남자아이의 움직임이 한층 더 눈에 띈다. 역시 히로키 선배다. 모두를 즐겁게 해주려는 마음이 누구보다 커서 그가 있으면 사람들은 잘 웃는다.

그만이 자전거를 끌고 가고 있었다. 혼자만 자전거로 통학하는 것일까. 그렇다. 선배는 친구에게 자전거를 빌려줬다고 하지 않았던가. 다른 학생은 분명 전차나 버스로 다녔을 것이다.

이윽고 선배는 모두에게 손을 흔든 뒤 혼자 다리 쪽으로 방향을 바꾼다. 자전거를 탈 생각도 하지 않은 채 그것을 밀면서 다리를 건넌다. 브레이크가 망가져서 탈 수 없는 것일까. 다리를 건너 강 이쪽 편으로 걸어오는 그는 친구와 어울릴 때와는 사뭇 다르게 발걸음이 무겁다. 입술을 굳게 다물고 마음속의 뭔가를 한껏 억누르고 있는 듯하다. 갑자기 난간 옆에 멈춰 서더니 진지한 모습으로 강물 위를 바라본다.

오른손에 뭔가를 쥐고 있었다. 강을 향해 팔을 들어올린다. 석양에 반사되어 반짝, 하고 빛나는 그것은 금속이었다.

시계.

재빨리 아카리는 소리쳤다.

"버리지 마!"

하지만 시계는 그의 손을 떠났다. 석양빛을 반사하면서 다리 아래쪽에 있는 강둑으로 떨어진다. 제방 위에서 아카리는 그것을 눈으로 좇다가 풀밭으로 떨어진 순간, 깡 하는 가벼운 소리와 함께 두세 번 튕겨 오른 금속제의 물건을 보았다.

시계가 아니었다. 빈 깡통이었다. 서둘러 다리 위로 시선을 돌렸다가 남자아이와 눈이 마주쳤다. 모스그린색 교복을 입은 낯선 소년이었다. 아카리가 깡통 버린 것을 나무란다고 생각했는지 혀를 차며 서둘러 자전거에 올라탄 후 도망치듯 가버렸다.

"아카리 씨. 뭐하는 거야? 쓰레기 청소?"

풀밭으로 들어가 빈 깡통을 줍고 있는데 목소리가 들렸다. 강둑 위에서 다이치가 이쪽을 내려다보고 있었다. 아무것도 아니야, 하고 말하면서 길 위로 올라온 아카리는 자판기 옆에 놓인 쓰레기통에 빈 깡통을 버렸다.

"버리지 말라고 한 게 그거야?"

"……들었어?"

"그렇게 큰 목소리는 멀리에서도 들려."

부끄러웠다. 주위에 사람이 별로 없었던 것은 다행이었지만 다이치가 들었다는 게 문제다. 분명 슈지에게 이야기할 것이다.

"그게 말이지, 중요한 걸 버리는 게 아닐까 생각해서 그랬을 뿐이야."

"그 중학생과 아는 사이야?"

"모르는데."

알 수 없다는 표정으로 다이치는 어깨를 한번 으쓱였다.

"맞다. 혹시 수상한 남자가 지나가지 않았어?"

"수상한 남자?"

"그래. 화석 도둑. 신사 돌담에서 쓰쿠모 씨 화석을 훔치려고 했어. 이쪽으로 도망쳤는데."

"도둑이라니, 화석에 주인이라도 있다는 거야?"

"신사는 내 관할이니까 내 거지."

"신을 모시는 곳에 관할이 어디 있어……?"

"그렇긴 하지만 쓰쿠모 씨는 신경 쓰지 않으니까 내 거야."

그렇게 강조하며 다이치는 다시 날카로운 눈빛으로 주변을 살핀다.

"난 저쪽을 찾아볼 테니까 아카리 씨는 그쪽을 찾아봐."

그는 아카리가 돕는 게 당연하다는 듯 말하고는 강둑 쪽을 노려보면서 걸어갔다. 아카리는 당연히 무시하고 돌아갈 생각이었다. 하지만 막 떠나려던 그때 자연스레 자동판매기 뒤쪽으로 시선을 보냈다가 쪼그려 앉아 있는 사람과 눈이 마주쳤다.

"……도둑?"

아카리가 중얼거리는 것과 동시에 거기 있던 남자가 튕기듯 달려갔다. 반사적으로 아카리는 뒤를 쫓았다. 남자는 천변의 강둑을 달려 내려가 아래쪽 길을 가로지르며 골목 안으로 들어갔다.

이 근방의 골목은 옛날식 구획으로 되어 있어 좁고 복잡하다. 익숙한 사람이 아니면 같은 곳을 빙글빙글 돌거나 막다른 골목과 만나 나가지 못하는 경우가 생긴다. 뒤를 쫓던 아카리는 이내 막다른 골목으로 남자를 몰아넣고 지나가지 못하도록 가로막고 섰다.

"도둑 아닙니다."

남자는 쭈뼛쭈뼛 그렇게 말했다.

"아까 그 청년이 갑자기 쫓아온 것뿐이에요."

까무잡잡한 얼굴의 중년 남자였다. 작은 체구에 처진 눈썹이 허약한 인상을 주었지만 마디가 굵은 손은 두툼했고 다부진 몸매를 하고 있었다. 아카리 같은 여자쯤은 간단히 밀치고 도망칠 수 있을 텐데 여자가 혼자 가로막고 서 있는 것만으로도 미안한 듯 움츠러든다. 도둑이라니, 다이치가 멋대로 꾸며낸 말일 게 뻔했는데 거기에 편승하고 말았다.

"아……. 저도 무심코 그가 시키는 대로 쫓아온 것일 뿐이에요. 죄송합니다."

무슨 짓인가 싶어서 고개를 숙였다. 설령 이 사람이 신사의 돌담에서 화석을 발견했다고 해도 도둑으로 몰 이유는 전혀 없지 않은가.

서둘러 길을 터주려던 아카리의 어깨 위로 누군가가 손을 올렸다. 다이치인가 싶어서 몸을 돌리자 거기에 슈지가 있었다.

"니이미 씨. 강가 쪽으로 가면 다이치와 마주칠지도 모릅니다. 약간 착각이 심한 녀석이어서요. 상가 쪽으로 빠져나가시는 편이 좋을 것 같습니다."

니이미라고 불린 그는 갑자기 두 사람에게 쫓기느라 아직도 어안이 벙벙한 모습이었지만 슈지의 얼굴을 보고 겨우 안심했는지 힘없는 미소를 지으며 고개를 끄덕였다.

"슈 짱. 다이치 군 만났어?"

"아까 신사 옆을 지나가는데 다이치가 화석 도둑이야, 하고 소리치며 니이미 씨를 쫓아가는 걸 봤어."

"응? 그럼 이분은 슈 짱 아는 분?"

"손님이야."

"그랬구나."

"오늘 수리비 견적이 나와서 오셨어."

"네. 계약금을 드리고 돌아가는 참이었습니다."

그리고 가는 도중 우연히 신사 돌담에서 다이치와 마주친 모양이었다.

셋이서 상가 쪽 골목으로 걸어갔다. 슈지가 골목을 안내하며 앞서 가자 니이미 씨가 뒤를 따랐다.

"신사에 있던 그 사무에를 입은 청년 말인데요. 그에게 혹시 형이 있나요?"

걸으면서 니이미 씨가 물었다.

"그게 벌써 10년이나 전의 일인데, 작은 남자아이와 함께 신사에 있던 사람과 아주 닮아서요. 지금의 그 정도 되는 나이에 사무에를 입고 있어서 신사 관계자 같았는데."

"형은…… 글쎄요. 들어본 적은 없는데 친척이라면 비슷한 사람이 있을지도 모르죠. 예전에도 친척 가운데 누군가가 신사 일을 도왔다는 말은 들었습니다."

"그런가요."

하고 납득한 듯 고개를 끄덕였지만 여전히 다이치가 신경 쓰이는지 다시 물었다.

"그분은 화석을 좋아하나 봐요."

"어린아이처럼 그저 신기한 걸 좋아하는 겁니다. 옛날에 매미 화석을 받은 적이 있다던가. 이 모퉁이 건너편이 상가입니다."

슈지가 가리키자 생각에 잠겨 있던 니이미 씨가 퍼뜩 놀라 얼굴을 들었다.

"정말이네요. 역은 어느 쪽일까요."

"오른쪽입니다."

모퉁이에서 멈춰 선 니이미 씨는 진지한 눈빛으로 슈지를 다시 돌아보았다.

"이다 씨. 아까 했던 이야기 말인데요. 당신 말대로 할까 싶습니다."

그리고 공손히 인사를 했다.

"부디 잘 부탁드립니다."

단순한 수리 의뢰가 아니라 마치 딸을 시집보내기라도 하는 듯 애틋한 말투였다.

"네. 반드시 원래대로 될 테니까 안심하세요."

슈지도 마치 시계를 행복하게 해주겠다고 말하는 신랑처럼 힘주어 말한다.

슈지가 시계를 행복하게 해줄 생각으로 가게를 연 것은 틀림없다. 자신과 인연이 있어서 받아들인 시계가 주인과 오랜 시간을 함께 새겨가기를 바란다. 가능하다면 평생 그 사람의 시간을 새겨가면 좋겠다고 생각한다.

그게 돌에 조각된 시계라 할지라도.

옅은 오렌지색이었던 하늘은 회색에서 감색으로 변해가고 있었다. 상가의 가로등은 이미 켜져 있었지만 아직 그 빛을 실감할 만큼 어둡지는 않다.

멀어지는 니이미 씨의 뒷모습은 약간 비스듬했다. 어깨에 건 가방이 무거워 보인다. 묵직한 가방 주머니에 무엇인가 들어 있는 모양이다. 어쩌면 신사의 화석이…….

"맞다. 아카리 짱. 나카지마 씨의 스피드 마스터 거의 다 고쳤어.”

정신을 차린 아카리는 서둘러 말도 안 되는 망상을 몰아냈다. 선배의 시계 쪽이 훨씬 신경 쓰이던 문제여서 곧바로 머릿속을 정리했다.

“선배가 이제 고치지 않아도 된다고 하지 않았어?”

“아니? 그런 연락은 없었는데.”

그렇다면 확실하게 취소하지는 않은 것이다. 아니면 아카리에게 뜻을 전했으니까 다 없던 일로 됐으리라 생각하고 있는 것일까.

“찾으러 오지 않을지도 모르는데. 괜히 고친 거 아닐까.”

하지만 슈지는 낙천적으로 웃었다.

“올 거야, 분명.”

그로부터 얼마 안 되어 슈지는 히로키 선배의 시계 수리가 끝났다고 아카리에게 말했다. 신사의 숲이 갑자기 매미 소리로 가득한 어느 날이었다.

땅속에서 잠자고 있던 매미의 유충들은 언제 일제히 기어 나와 나무로 올라갔을까. 돌처럼 오랫동안 잠들어 있다가 때가 꽉 찬 순간 눈을 뜨고 나무에서 나무로 날아다니는 것이다. 출근하기 위해 신사 안쪽 길을 관통하려다가 너무나 소란스러워서 아카리는 걸음을 멈추고 귀를 기울였다.

아침 일찍 슈지는 히로키 선배에게 메일을 보낸 모양이었다. 선배가 찾으러 와주기를 바라며 오랜만에 아카리는 신사 앞에서 합장을 했다.

"아, 정말! 일찍부터 시끄러워서 잠을 못 자겠네. 장마가 끝나자마자 이래."

낯익은 목소리에 돌아보자 신사 옆에 다이치가 철퍽 앉아 있었다.

"앞으로 여름 내내 이 지경일 테니, 지긋지긋하다."

투덜거리면서 차양 맞은편으로 엿보이는, 오랜만에 맑게 갠 파란 하늘을 올려다본다.

"그냥 일찍 일어나면 되잖아. 여름방학 숙제도 해야 할 거고."

"숙제? 나는 초등학생이 아니야."

대학생도 숙제는 있을 것이다. 이미 여름방학에 들어갔는지, 평소 땡땡이만 치는 듯 보이는 다이치의 생활을 통해서는 알 수 없었지만.

"심심해. 이젠 화석 찾기도 할 수 없고."

"그래? 왜?"

묵묵히 그가 내민 작은 돌은 예전에 보여줬던 매미 유충의 화석으로 얇은 판 모양의 그 돌은 깨끗하게 둘로 갈라져 있었다.

"화석들이 땅에서 나와 날아가버렸거든."

"크루아상도?"

"그건 가짜 화석이었잖아. 나한테 남은 건 가짜뿐이야."

하지만 그것은 다이치의 주머니에 여전히 소중하게 간직되어 있다. 비록 가짜일지라도 그는 여전히 화석 찾기를 즐기고 있는 것이다.

"그럼 이거는 유충이 아니라 빈 껍질?"

"그래."

화석 놀이는 이제 끝난 걸까. 약간 쓸쓸한 듯, 하지만 입가를 살짝 들어 올리며 그는 눈을 가늘게 떴다.

만약 다이치의 말처럼 땅 밑에 있던 화석이 지상으로, 그리고 다시 높은 나무 위로 올라갈 때가 됐다면 히로키 선배의 시계도 15년의 시간을 지나 마침내 탈피한 것인지도 모른다.

돌의 껍질을 벗어던지고 반짝반짝 빛나는 시계가 되어 작동했다. 그런 상상을 하는 아카리의 눈앞에 나타난 것은 상상했던 대로 은색으로 빛나는 손목시계였다.

초침이 움직이고 있었다. 조용한 곳에서 귀를 갖다 대면 안에서 진동하는 템포바퀴tempo wheel(균형바퀴라고도 부르는 손목시계 부품으로, 속도를 조절하는 톱니바퀴를 말한다)의 가벼운 리듬이 들려올 것이다.

"탈피했어."

자신도 모르게 아카리가 그렇게 말하자, 탈피했다고? 하며 불쾌하게 소리친 것은 그 자리에 있던 히로키 선배였다.

수리가 끝났다고 슈지가 연락한 날, 일을 마치고 집으로 돌아가는 길에 선배는 시계방에 나타났다. 마침 아카리도 시계를 보여달라고 찾아온 참이었다.

손님용 소파에 앉은 선배는 비로드가 깔린 쟁반 위의 스피드 마스터로 얼굴을 가져가 자세히 보려고 했다. 선뜻 손에 쥐지 못하는 것은 탈피라는 말을 들어서일까.

"마음껏 보세요. 당신 시계니까요."

"내 거라고요? 어디서 중고 스피드 마스터를 구해온 거 아닌가요?"

"잘 봐주세요. 눈에 익지 않나요?"

"그래요. 같아 보여요. 같은 디자인이니까."

"하지만 돌에 색이 있지는 않았습니다. 문자판이나 프레임의 색깔은 같나요?"

거기에 있는 시계의 문자판은 짙은 파란색이었다. 틀림없이 그것은 돌 조각을 봐서는 알 수 없는 것이었다. 그래서 아카리는 막연히 새하얀색일 것이라고 생각하고 있었다.

"이 색깔이 맞긴 하지만 그렇다고 돌이 다시 시계가 되었다는 말을 믿으라고요?"

자신이 돌로 변한 시계를 수리해달라고 의뢰했으면서 그런 식으로 말했다. 물론 아카리와 슈지를 살짝 놀릴 생각으로 그랬을 뿐이니까 고쳤다면서 눈앞에 시계를 내놓아봤자 믿을 수 없는 건 당연하지만.

슈지는 묵묵히 선배가 맡긴 돌을 테이블 위에 놓았다.

"뭐예요. 역시 돌 그대로잖아요. 이게 시계가 되었다면 돌이 남아 있는 건 이상하죠."

"이건 빈 껍질이니까요."

태연한 슈지의 대답에 이번에는 선배가 침묵한다.

"맡기신 돌 시계와 똑같은 타입의 중고 시계를 구해오는 건 가능합니다. 하지만 돌의 바깥쪽 프레임 부분에 상처 자국이 있죠? 맡기셨을 때도 있던 상처입니다만 탈피한 시계 쪽도 같은 곳에 상처가 있습니다."

돌과 시계를 찬찬히 비교해보던 그는 놀란 듯했지만 고개를 들었을 때는 의심스럽다는 듯 한쪽 눈썹을 추켜올리고 있었다.

"당신이 중고 시계를 구해서 같은 곳에 상처를 만들어놓은 거 아닌가요? 시리얼 번호가 일치하지 않는 이상 같은 시계라고 믿을 수 없어요."

"안타깝게도 돌 쪽은 번호가 있어야 할 곳이 메워져 있어서 확인할 수가 없어요. 물론 의심은 얼마든지 할 수 있습니다. 하지만 믿을 수도 있지 않을까요. 이건 당신이 줄곧 되찾고 싶어

하던 시계입니다."

"내가 줄곧 바라던?"

"15년이나 돌 시계를 간직하고 있었잖아요?"

선배는 복잡한 표정을 지었다. 찡그린 눈썹은 화가 났다기보다 슬퍼 보였다. 쟁반에 놓인 시계로 조심스럽게 손을 뻗는다.

드디어 손바닥 위에 시계를 올려놓고 눈을 감았다. 묵직한 무게를 확인하는 걸까. 아니면 시계의 희미한 진동을 느끼려는 걸까. 이윽고 눈을 뜨더니 불쑥 중얼거렸다.

"움직이고 있네."

초침은 확실히 시간을 새기고 있었다. 옆에 달린 버튼을 누르자 크로노그래프의 바늘이 정확히 움직였다.

"돌이 되기 전까지 시계는 작동하고 있었어요. 망가진 게 아니었어요."

슈지는 마치 알고 있었느냐고 묻듯 그렇게 말했다.

"……그래요. 이 녀석은 망가졌을 거라고 생각했어요. 나 대신 망가지려고 했을 테지만, 여전히 작동하고 있었죠."

친구가 바닥에 떨어뜨렸지만 상처다운 상처는 없었다고 선배는 말했다. 두께가 제법 되는 프레임에도, 표면의 유리에도 이상이 없었다. 버튼을 누르면 크로노그래프는 스타트했다.

선배는 그런 시계에 화가 났던 것이다.

브레이크가 망가진 자전거로 자신이 먼저 다쳤더라면 좋았을

걸, 하고 생각했다. 친구 쪽이 훨씬 좋은 선수가 됐을 것이다. 자신은 더 달려봤자 맨날 지기만 할 뿐이다. 그런데 시계는 아직도 움직이고 있다. 달리면 된다. 지금이 기회다. 라이벌이 없으니까 다시 주전이 될 수 있다.

그만두고 싶은 마음과 달리 작동하는 시계. 일찍이 그는 시계와 하나였다. 그것이 새기는 1분 1초에 의지하여 기록을 단축해 가는 것이 즐거웠고 상쾌했다. 시계는 히로키 선배에게 달리는 기쁨을 알게 해주었다.

하지만 기록이 단축되지 않으면서 시곗바늘을 확인하는 게 고통으로 변했다. 왜 아직도 작동하고 있는 거지? 왜 상처가 없냐고? 달리지 못하게 돼도 상관없는데.

망가져버렸으면 좋겠어.

그리고 돌아가는 길에 쓰쿠모 강에 걸려 있는 다리에서 그는 시계를 내버렸다. 강둑 아래 풀밭으로 떨어진 시계가 이번에야말로 진짜 부서졌는지 확인하지도 않고 몸을 돌려 그 자리에서 떠나버렸던 것이다.

"하지만 그날 밤에 갑자기 불안이 밀려왔어. 소중한 동료가 없어진 것 같아서 안절부절 못했지. 목욕을 할 때나 잘 때는 떨어져 있었지만 늘 손닿는 곳에 있었던 게 이제는 없다는 생각 때문에."

육상을 그만둔다는 건 이런 것이구나 하고 깨달았다. 자신의 일부가 소멸되고 텅 비어버린 것 같았다. 고통으로부터 도망칠 수 있기는커녕 앞으로 뭘 하면 좋을지 알 수 없었다. 자신이 몰두할 수 있는 것, 즐길 수 있는 것, 가슴 설렐 수 있는 것, 그런 것들을 찾아내지 못하면 어떡하나 하는 불안만이 잔뜩 밀려들었다.

다음 날 육상부 친구들이 히로키 선배를 걱정하여 모였다. 전날, 선배와 함께 부상당한 친구에게 문병 갔던 동료가 그 자리에서 있었던 일을 전한 것이다. 동료들은 모두 히로키 선배 때문이 아니라고, 다친 친구가 다시 동아리로 복귀할 수 있을 때까지 모두 격려해주자고 말해주었다.

"그래. 내가 잘못한 게 아니야. 일부러 브레이크에 대해 잠자코 있었던 건 아니라고. 아무튼 다시 한 번 주전이 될 기회가 생긴 이번에야말로 힘을 낼 수 있을지도 몰라."

히로키 선배는 버린 시계를 찾으려고 강가로 갔다. 시계를 찾는다면 다시 달려도 된다는 계시일 것이라고 믿고 싶었다. 떨어졌는데도 부서지지 않은 시계가 그에게 잘못이 없음을 증명해줄 거라고 믿고 싶었다.

일부러 그런 게 아니다. 그러니까 내 잘못이 아니었다.

하지만 시계는 찾을 수 없었다.

일부러 그런 게 아니다. 정말 그래?

찾으면서 그는 이대로 시계를 찾지 못하면 악의적으로 다치게 했다는 것을 인정해야만 할 것만 같은 기분이 들기 시작했다.

선배 잘못이 아니라는 것에 대한 증거가 떨어지고도 부서지지 않은 시계라면, 그것을 찾지 못한 이상 그의 잘못이 된다.

"그 녀석이 다치면 좋겠다고 생각해서 브레이크에 대해 말하지 않았다는 걸 인정하고 싶지 않아서 필사적으로 찾았어."

선배는 다음 날에도 계속 시계를 찾았다. 또 다음 날에도. 그러다 찾은 게 돌이 된 스피드 마스터였다.

"난 알 수 없어졌어. 내게 악의가 있었는지 없었는지. 하지만 그런 것보다 하나 확실해진 게 있었어. 시계가 내 기록을 재는 걸 영원히 거부했다. 그게 결론이라고 생각했지."

그렇게 해서 그는 달리기를 그만두었다. 그해 가을, 아버지의 사정으로 급히 이사하게 되었고, 새로운 곳에서 고등학교에 입학하여 그 사고를 아는 사람은 주변에 없게 됐지만 육상부에 들어갈 생각은 하지 않았다.

"의도적으로 그랬던 건 아니라고 생각해요. 당신은 아마 가벼운 기분으로 자전거를 빌려줬겠죠. 늘 그랬듯 말이에요."

묵묵히 이야기를 듣고 있던 슈지가 그렇게 말했다.

"늘?"

반문한 것은 아카리였다. 선배는 당황한 기색으로 슈지를 가만히 바라보았다.

"나카지마 씨, 자전거로 통학했죠? 육상부에서 그런 사람이 당신뿐이었는지 아닌지는 모릅니다. 다만 당신은 자전거를 자주 동료들에게 빌려줬겠죠. 동아리 활동 후 간식을 사러 가는 다른 사람에게 빌려준 게 처음은 아니었을 테고, 강가에서의 러닝이나 연습 때 반주伴走(마라톤이나 역전경주 등, 경주자가 아닌 사람이 경주자의 옆에서 함께 달리는 것. 주로 자전거를 이용한다)하는 사람에게 빌려주는 경우도 있지 않았나요? 브레이크 고장은 한쪽뿐이어서 위험하다고는 하지만 수리하지 않은 채 타고 다녔겠죠. 그 자전거를 동아리 친구들 몇 명은 자주 사용했을 겁니다. 아마 당신 주변 사람들은 브레이크를 주의해서 타야만 한다는 것을 알고 있었으리라 생각해요."

제방에서의 러닝과 자전거 반주. 아카리는 히로키 선배처럼 보였던 '자전거 학생'을 떠올렸다. 슈지도 강가에서 달리는 중고생을 자주 봤을 것이다. 그리고 자전거를 빌리고 빌려주는 게 흔한 일이라는 생각에 이르렀을 것이다.

15년 전 히로키 선배도 자신의 자전거를 반주하는 사람에게 빌려줬을지도 모른다. 한 번이 아닌 여러 번이나. 브레이크 고장이 주변 친구들의 암묵적 이해 상태가 되어 있었다면 굳이 말할 필요를 느끼지 않았다 해도 이상할 게 없다.

"다친 친구가 당신의 자전거를 빌린 것은 처음이었을 테죠. 브레이크에 대해 몰랐던 건지, 알고 있었지만 그저 잊었던 건지는 모릅니다. 어쨌든 일부러 말하지 않았던 건 아니었어요. 다만 다치기라도 하면 그만둘 수 있다고 농담 삼아 이야기했던 자신에 대한 혐오감과 친구의 부상을 육상 포기에 대한 변명으로 삼은 죄책감 때문에 모두 자신이 잘못한 것처럼 느껴왔던 거지요."

선배는 꼼짝도 하지 않고 가만히 슈지를 바라보고만 있었다.

"아카리 짱에게 사정 이야기를 들었어요. 죄송합니다."

이윽고 힘이 빠진 듯 선배는 한숨을 내쉬었다.

"……내게는 일부러 한 것이나 다름없는 비겁한 짓이었어요. 그 녀석이 다친 사고에 편승한 것도, 그 녀석을 내 좌절의 변명으로 삼은 것도."

"선배. 이제는 자신을 용서해도 된다고 생각해요. 좌절 같은 거 하지 않았으면 해요. 늘 달리기에서 벗어나지 못했잖아요. 선배는 육상을 그만둔 적이 없어요."

아카리의 주장에 그는 이상하다는 표정을 지어 보였다.

"그래서 돌 시계를 버리지 않았던 거예요."

달리던 자신을 잊지 못했기 때문이다. 상당히 오랫동안 그는 괴로워해왔다. 더 이상 괴로워하지 않았으면 좋겠다.

"언젠가 또 작동할지 모른다고, 누구보다 선배 자신이 믿고 있었잖아요?"

시계와 똑같이 생긴 돌로 손을 뻗어 그는 소중한 것이라도 되는 듯 슬쩍 어루만졌다.

"이상하게도 왠지 무서웠어. 그래서 버리면 안 될 것 같은 기분이 들었어."

돌은 선배의 시계를 통째로 봉인했다. 15년 동안 그것은 작동하지도 않았고 망가지지도 않았다. 시계와 함께 선배 역시 멈추고 있었지만 두 번 다시 달리지 못하게 된 것은 아니다.

"있을 수 없는 일이지만 떨어뜨린 시계와 같은 형태를 한 돌이 같은 장소에서 발견되었다는 이상한 일이 벌어졌기 때문에 그 반대의 상황도 있을 수 있지 않을까, 만약 이것이 원래의 시계로 돌아간다면 내 잘못이 용서되는 건 바로 그때가 아닐까 하고 생각했던 거지……."

"그럼 선배는 이제 용서받은 거예요. 시계가 원래대로 돌아왔잖아요."

아카리는 열심히 말했다.

"또 달려주세요. 이 동네로 돌아왔고, 돌이 다시 시계로 돌아왔으니까 모든 게 원래대로 됐어요."

"니시나는 착하구나."

숙이고 있던 고개를 든 선배가 그런 말을 했다.

"제가요?"

"몰랐어. 옛날에는 같은 운동부 동료 정도로만 생각했고 다 같이 왁자지껄 떠들면서도 둘이서만 이야기한 적은 별로 없었잖아. 몰랐었다는 게 왠지 아깝네."

하하하, 하고 웃음을 터뜨리는 그의 마지막 말은 옛날부터 자주했던 농담인 걸 아카리는 알고 있었지만 슈지의 반응이 신경 쓰여 무심코 쓴웃음을 짓고 말았다.

"맞다. 수리비는 얼마죠?"

"필요 없습니다. 시계는 돌에서 탈피한 거지, 시계사가 수리한 게 아니거든요."

"하지만."

"아직도 의심스러운가요? 돌이 된 시계가 되살아났다는 게."

"그건 아니지만."

곤혹스러워하면서 선배는 고개를 갸웃거렸다.

역시 무료는 안 된다고 우기는 그의 뜻을 완강하게 거절하며 슈지는 마지막으로 선배를 납득시켰다.

원래대로 돌아온 스피드 마스터를 손목에 차고 가만히 바라보는 선배는 자신감을 되찾은 듯 씩씩해 보였다.

"돌의 프레임 부분에 난 상처는 내 부주의 때문이었어."

문득 그런 말을 중얼거렸다.

"이쪽으로 이사 왔을 때 살짝 부딪혔던 상처인데, 시계 쪽에도 같은 곳에 상처가 있다니 신기한 일이야."

"신기한 게 아닙니다. 같은 것이니까요."

여전히 확신하듯 말하는 슈지에게 항복했다는 듯 그는 두 손을 들었다.

"네. 믿을게요. 의심하는 것보다 그러는 편이 훨씬 좋겠죠."

문 앞에서 돌아다본 선배는 다시 한 번 슈지에게 고맙다고 말했다.

“시계가 돌이 되어 결국 나는 구원받은 건지도 몰라요. 그때 시계를 찾았든 못 찾았든 진정한 의미에서 커다란 좌절을 겪었을지도 모르죠. 그때의 일과 내 마음을 솔직하게 바라볼 수 있을 만큼의 시간을 돌이 줬어요.”

가게를 떠나던 선배는 이다 시계방의 쇼윈도를 흘낏 보다가 등을 똑바로 펴고 하늘을 올려다보며 걸어갔다.

배웅하면서 아카리는 중얼거렸다.

“15년은 길지만 선배에게는 자신을 용서하기 위한 시간이 필요했을 거야. 어떤 시계든 수리할 수 있다는 말을 듣고 맡겨볼 생각을 비로소 하게 됐던 건가.”

“화석은 흐르는 시간이 쌓이고 쌓여서 생겨난 거잖아. 돌 시계도 그에게서 시간을 쌓고 또 쌓다가 마침내 기회가 무르익어 본 모습을 나타낸 걸 거야.”

우연히 슈지가 돌과 같은 모델의 스피드 마스터를 손에 넣있을 때 선배는 진심으로 자신의 껍질을 깨고 싶다고 생각하게 됐다. 두 계기가 잘 겹쳐져 돌이 된 시간에게 재생의 때가 찾아왔을 것이다.

허물을 벗고 여름 하늘로 날아오르는 매미처럼.

6

이다 시계방의 도어벨을 울리며 작은 체구의 남자가 슬쩍 안으로 들어왔다. 공방에서 가게로 나간 슈지는 남자에게 인사하며 카운터 안에 있는 서랍을 열었다.

"맡기신 시계입니다. 확인해주시겠어요?"

테이블에 놓인 것은 돌 시계였다. 남자는 고개를 끄덕이며 의자에 앉았다.

"멀리서 몇 번이나 오시게 해서 죄송합니다. 오늘은 퇴근하고 돌아가는 길이신가요?"

"아뇨. 차로 한 시간 정도인 걸요. 일 때문에 시내의 절을 방문한 참이었으니 마침 잘됐죠."

처음 가게를 방문했을 때도 그랬지만 니이미 씨는 작업복 차림이었다. 가슴 쪽 주머니에는 근무처 이름이 자수로 새겨 있다. '야마모토 석재점'이었다.

"맞다. 이거, 수리비입니다."

"고맙습니다."

슈지가 영수증을 쓰고 있는 동안 니이미는 자신의 손에 돌아온 시계를 사랑스러운 듯 바라보았다.

"그리웠다. 잘 돌아왔어."

니이미 씨는 돌에 조각된 시계에 대고 그렇게 말을 건넸다.

"이렇게 보니 내가 조각했지만 상당히 잘 만들었네요. 진짜와 똑같이 생겼죠?"

"네. 시계의 화석이라고 말해도 믿을 수 있을 정도예요. 솜씨가 좋으십니다."

"옛날부터 조각을 좋아했어요."

"화석도 좋아하시잖아요?"

돌 안에 시계가 파묻혀 있는 듯한 조각은 분명히 화석을 흉내 낸 것이다.

"화석을 발굴하는 일을 하고 싶었던 적도 있었습니다만 아무래도 제가 좋아하는 형태를 조각해버릴 것 같아서요."

부끄러운 듯 머리를 긁적이고 나서 그는 두 손을 무릎 위에 올렸다.

"이걸로 마침내 효도를 할 수 있을 것 같습니다. 제가 한 짓을 만약 어머니가 아셨으면 결코 기뻐하지 않으셨을 거예요. 그리고 그대로 가만있었으면 돌아가신 이머니에게 사과할 방법도 없이 저는 계속 거짓말을 하는 기분이었을 겁니다."

"어머니를 위해서였던가요?"

니이미 씨의 사정을 슈지는 잘 몰랐다. 다만 그가 15년 전 막다른 궁지에 몰린 상황에서 주운 시계를 팔았으리라는 것은 예상할 수 있었다.

"네. 어머니가 병들어 입원과 치료에 돈이 필요했는데 당시 저는 실업 상태였어요."

그때 그는 중학생이 쓰쿠모 강 다리 위에서 뭔가를 내던지는 것을 보았다. 소년의 다 때려 부술 듯한 괴로운 표정이 신경 쓰여 그게 떨어진 강둑 위를 확인해보자 시계가 있었다.

손목시계 같은 건 잡화점 같은 곳에서 사는 실용적인 물건 정도면 충분하다고 생각하던 그인지라, 그쪽 분야에 대해 자세히 알지는 못했지만 주운 시계가 고가라는 것 정도는 알아볼 수 있었다.

무성한 풀이 쿠션이 됐는지 시계는 외관상 눈에 띄는 상처 없이 깨끗했지만 작동하지는 않았다. 적어도 그는 그렇게 생각했다.

"어려 보이는데 상당히 값비싼 시계를 가지고 다니다가 쉽게 버렸다, 부유한 집안의 아이일 테고 내버린 것이니 상관없지 않을까, 그렇게 생각해서 시계를 호주머니에 넣었어요. 팔면 얼마 정도 돈이 될 거라고 생각했죠."

다음 날 그는 전당포가 없을까 하고 상가로 향했다. 하지만 시계방밖에 없었다. 어쩌면 작동하도록 고쳐놓는 편이 팔더라도 값을 더 쳐줄 것이다. 그렇게 생각한 그는 이다 시계방의 문을 열고 들어섰다.

"전지가 다 된 모양이라고, 움직이지 않는 초침을 가리키며 주인에게 보여주었죠. 그때 저는 전지만 갈면 괜찮아질 테니, 그 정도면 싼 편이라고 착각하고 있었어요."

당시의 주인이었던 슈지의 할아버지는 시계를 제대로 보지도 않고 말했다.

"전지가 다된 게 아니에요. 이건 쿼츠 시계quartz clock(전지를 통해 수정 진자를 진동시켜 시간을 재는 시계. 일반적으로 건전지를 이용해 가는 시계는, 쿼츠 방식으로 작동한다)가 아니라 기계식 시계입니다."

그리고 니이미가 초침이라고 생각했던 가느다란 바늘을 가리키며 말했다.

"스톱워치의 바늘과 같은 것으로 평소에는 멈춰 있는 상태입니다. 이 인다이얼 즉, 작은 원 안에 있는 바늘이 초침인데요, 움직이지 않는 건 태엽을 감아주지 않았기 때문일 거예요. 감아주면 잘 작동할 겁니다."

"역시 판단을 잘못했어요. 제가 주인이 아닌 건 한눈에 알았겠죠. 훔친 물건이라고 생각할지도 모른다 싶어서 식은땀이 흘렀습니다."

그런 니이미 씨의 상태를 눈치챘는지는 모르겠지만 슈지의 할아버지는 아무렇지 않게 그 시계에 대해 말했다고 한다.

"상당히 깨끗하네요. 매일 확실히 손때를 묻히며 열심히 사용하셨어요. 그러면 시계도 주인과 친해지려 합니다. 똑같은 시계는 세상에 얼마든지 있지만 자신과 친한 시계는 유일무이한 것이에요. 희미한 소리의 차이, 태엽 꼭지의 매끄러운 움직임, 그런 작은 특징 같은 것이 이 시계에만 있는 개성으로 여겨져 정이 샘솟죠. 설령 망가진다 해도 쉽게 버릴 수 없게 됩니다."

정신을 차리고 보니 니이미 씨는 도망치듯 가게에서 나와 있었다.

어느샌가 강가의 제방을 걷고 있었다. 그리고 그는 퍼뜩 놀랐다. 다리 아래 강둑에 모스그린색 교복을 입은 중학생이 있었다. 필사적으로 뭔가를 찾고 있는 듯했다. 시계다. 저 소년은 시계를 버린 아이다.

돌려줘야 한다. 호주머니에 넣은 손은 그의 시계를 만지고 있었다. 그러나 니이미 씨는 걸음을 멈출 수 없었다. 소년이 쪼그려 앉아 있는 강둑 위를 재빨리 지나갔다.

"시계는 돌려주지 못했습니다. 그 대신 돌에 조각을 새겨 다리 밑에 놓아두었죠. 그것을 보면 시계를 찾는 걸 포기하지 않을까 생각했어요. 누군가 가져가며 장난삼아 돌을 놓아두고 갔다고 포기해주지 않을까 하고요. 안 그러면 그가 계속 찾을 것만 같아서요. 아마 이다 씨의 이야기를 들었기 때문일 겁니다."

니이미 씨는 때때로 돌에 새긴 '작품'을 아이들에게 주기도 하고 공원 모래밭이나 풀숲에 슬쩍 놓아두기도 했다. 살짝 장난스러운 마음도 있었지만 발견한 아이가 화석에 흥미를 가지면 좋겠다고 생각해서 그랬다고 한다. 그래서 시계를 돌에 조각한다는 것도 그에게는 자연스러운 발상이었던 것이다.

그 후 니이미는 일상에 치어 살며 팔아치운 시계에 대해서는 잊었다. 어머니의 간병 때문에 밤낮 없이 일했고 겨우 석재 가게에서 안정된 자리를 얻었지만 여전히 생활은 힘들었다.

시계에 대해 다시 떠올린 것은 몇 년 전, 어머니가 돌아가시기 직전이었다. 어머니는 문득 그에게 돌 시계 이야기를 했다. 강둑에 놓고 오기 전에 밤새워 마무리한 조각을 어머니에게 보여주었다. 꽤 잘 만들었기 때문이었다. 그것을 어머니는 기억하고 있었던 모양이었다.

"그래, 그 시계 조각. 잘 만들었어. 네 아버지가 가지고 있던 시계와 비슷했지. 소중히 여겼던 건데 그만 팔았단다. 유품으로 받아뒀더라면 네가 썼을 텐데."

니이미 씨의 아버지는 일찍 돌아가셨다. 아버지에 대해서는 희미하게나마 기억하고 있었지만 시계에 대해서는 안타깝게도 기억이 없었다.

"그런 시계가 갖고 싶었니? 어렸을 때 장난감도 별로 사주지 못했기 때문에 넌 고무지우개를 파서 미니카를 만들었지. 네가 갖고 싶어 하는 걸 사주지 못해서 미안하구나."

한창 일할 나이의 아들인데도 어머니는 여전히 어린아이처럼 느끼고 있었던 모양이었다.

"좋아하는 것이든 갖고 싶은 것이든 다 가지고 있었어요. 조각을 하는 게 즐거워서 상상한 대로 다 만들 수 있었죠. 그밖에는 특별히 갖고 싶은 것도 없었어요. 하지만 그때 진짜 시계를 어머니에게 보여주고 싶어졌어요. 열심히 일했고 얼마 되지는 않았지만 저축도 했죠. 갖고 싶은 걸 살 수 있을 정도는 됐어요. 그때는 이미 일찌감치 돌아가신 아버지의 나이를 넘겼을 때였죠. 한 사람 몫을 할 수 있는 어엿한 어른이 되었으니까 안심하라고 말씀드리고 싶었습니다."

그래서 그는 중고로 스피드 마스터를 샀다. 어머니에게 보여준 돌 조각과 같은, 15년 전에 그가 팔았던 것과 같은 모델이었다.

"하지만 어엿한 어른이 할 일은 아니었어요. 주운 시계를 팔아치웠는데 어머니 앞에서 같은 시계를 차고 자랑한다는 게 말이 안 되잖아요."

니이미 씨의 어머니는 아무것도 모른 채 시계를 찬 아들을 자랑스럽게 바라보다가 숨을 거두었다.

어머니의 죽음을 계기로 니이미 씨는 교외로 이사했지만 제삿날 성묘를 해야 할 때는 쓰쿠모 강이 흐르는 이 마을로 돌아왔다. 무덤 앞에서는 시계를 찼다. 올해도 그렇게 하고 돌아가는 길에 신사 앞을 지나쳤다. 뜬금없이 참배를 해야겠다는 생각이 들어 데미즈야手水舍(일본의 신사나 사찰의 경내에 있는, 참배자가 손이나 입을 씻는 장소)에서 시계를 풀다가 실수로 떨어뜨렸고, 그 후로 시계의 상태가 이상해졌다.

"그때 이 동네에 시계방이 있다는 것이 기억났어요. 그 노인이 저를 기억할 리가 없다고 생각하며 시계를 가지고 왔던 겁니다."

슈지도 흔한 수리 의뢰라 생각하고 시계를 맡았다.

"신사의 신이 제게 기회를 준 건지도 모릅니다. 그때 소년에게 돌려주지 못했던 시계를 다시 돌려줄 기회 말입니다."

그러나 슈지는 생각했다. 옛날 부끄러움을 느꼈던 가게에 다시 들어가기가 어쩔 수 없이 망설여졌을 것이다. 그러나 니이미 씨가 다시 한 번 들어가기로 작정한 것은 쇼윈도의 간판에 마음이 움직였기 때문이다. 수리는 어디에 부탁해도 별다르지 않았을 것이다. 오히려 집이나 직장 근처에서 하는 편이 더 편리하다.

그 역시 주운 시계를 팔아치운 걸 완전히 잊고 있었던 것은 아니다. 마음 어딘가에 죄책감이 있었기 때문에 간판의 문구를 보고 과거의 시계방 문을 다시 열었다.

그 후 히로키 선배의 돌 시계를 맡았을 때 슈지는 직감했다. 이것을 새긴 것은 니이미 씨가 아닐까 하고.

석재 가게에서 근무하는 그는 돌을 다루는 일에 익숙해서 똑같이 조각할 수 있을지도 모른다. 무엇보다 15년 전에 가게에 온 적이 있었다고 했다. 기계식을 전지가 다됐다고 생각한 것은 자신의 시계가 아니었기 때문이다. 어렸을 적 돌아가신 아버지의 유품을 자신이 사용해볼까 했다고 니이미 씨는 말했지만 그가 가지고 온 스피드 마스터의 제조년도는 그리 오래전이 아니다.

"돌 시계를 보여주셨을 때는 놀랐어요. 하지만 시계를 돌려줄 생각이 없느냐고 제안받고는 솔직히 곤혹스러웠습니다. 중고로 제가 산 것은 15년 전에 팔아치운 소년의 시계와 똑같지는 않을 거예요. 게다가 제게는 어머니와의 추억이 있는 시계입니다. 돌을 가지고 있던 청년에게는 그때 시계를 팔고 받은 돈을 돌려주면 되지 않을까, 그렇게도 생각했어요."

하지만 그는 결국 시계를 교환하는 데 동의했다.

"지난번 화석 도둑으로 몰렸던 때입니다만 다리 옆에서 모스그린색 교복을 입은 남학생이 강둑을 향해 뭔가를 던지는 걸 봤습니다. 흔히 볼 수 있는 교복이었고, 어린아이가 뭔가를 강에 내던지는 것도 흔한 광경이어서 무심코 봤죠. 그런데 다음 순간 누군가가 소리쳤어요. 버리지 마! 하고요. 그때 눈앞으로 15년 전의 광경이 떠올랐습니다. 시계를 버린 남자아이가 먼저 떠올랐고, 이어서 버린 것을 후회하는지 필사적으로 찾던 모습이 떠올랐습니다. 그는 제가 사과라고도 할 수 없는 가벼운 마음으로 놓아둔 돌을 지금까지 가지고 있었어요. 그게 사라진 시계와 자신을 연결하는 유일한 것인지도 모르기 때문에요. 그 정도로 잃고 싶지 않은 물건이었구나, 하고 깨달았죠."

처음에는 부끄러워하는 모습이었던 니이미 씨였지만 가슴속에 담고 있던 것을 다 이야기한 뒤에는 후련한 표정으로 돌 시계를 소중히 가방에 넣었다.

"다음 제삿날에는 이 돌을 가지고 갈 겁니다. 그러는 편을 어머니도 훨씬 더 기뻐해주실 거예요."

그가 만든 것. 그것은 그의 재능 자체이므로 어머니는 중고 손목시계보다 잘 만든 조각 쪽이 그를 더 행복하게 해준다는 걸 알고 있었다. 그녀가 죽는 순간 시계에 대해 말한 것은 사실 세밀한 시계의 조각을, 아들의 작품을 다시 한 번 보고 싶었기 때문인지도 모른다.

"흐음, 그 돌 조각을 니이미 씨가 만든 거였구나."

슈지가 그간의 경위를 다 이야기했을 때 아카리는 천천히 그렇게 말했다. 아카리가 근무하는 미용실 근처에서 만나서 식사하러 가던 참이었다.

"니이미 씨도, 그 어머니도, 그리고 선배도 두 시계에게 도움을 받은 건가."

"그러면 다행이고."

마치 두 사람은 바꿔치기한 시계로 인해 힘들었던 시간을 서로 나눠가진 것 같다. 각자가 자신의 어리석음과 죄책감에 시달리면서도 결정적으로 망가지는 일 없이 구원을 받았다.

"하지만 대단하다, 슈 짱. 히로키 선배의 시계를 고치겠다고 했을 때는 니이미 씨가 시계와 돌을 바꿔치기한 사람이란 걸 알고 있었다는 거잖아."

"응. 니이미 씨가 자신의 스피드 마스터를 내줄지는 확신할 수 없었지만."

니이미 씨가 그런 결심을 하게, 버리지 마! 하고 소리친 것은 아카리일지도 모른다고 슈지는 문득 생각했다. 나카지마 히로키의 이야기를 듣고 다리 위에서 뭔가를 던지는 중학생에게서 당시의 광경이 중첩되어 보였다면 아카리일지 모른다. 그때 그녀가 니이미 씨 가까이에 있었던 것은 확실하다.

"왜, 왜?"

가만히 보고 있으니 깜짝 놀란 표정을 짓는다. 최근 별것 아닌 일에 잘 놀라는 그녀가 신기하면서도 재미있다.

"맛있네, 여기 피자."

하지만 슈지가 웃자 금방 웃는 얼굴이 된다.

"다행이다. 미키 짱에게 좋은 가게 없는지 물어봤거든."

여자 단체 손님이 특히 많은, 화덕이 있는 피자 가게에서 각자의 것을 먹었다. 인기 있는 가게인 듯 짧게 줄도 섰지만 그럴 만한 가치가 있는 것 같다. 이런 가게는 아무래도 남자만 들어오기가 뭐해서 친한 여자가 없으면 올 기회가 없다. 그런 가게 안에서 테이블에 장식된 마블핑크색 초를 바라보고 있다니, 슈지는 자신의 일상이 바뀌었음을 새삼 느꼈다.

아카리와 만나고 변했다. 일도, 상가도. 크게 변하지는 않았지만 시시했던 일들을 즐겁게, 그리고 화려하게 느끼게 된 것 같다.

"저기, 시계와 돌 조각은 똑같은 부분에 상처가 있었잖아? 돌 쪽은 히로키 선배가 이사할 때 그렇게 된 거라고 했지만 시계 쪽 상처는 언제부터 있었던 거야?"

"쓰쿠모 신사의 데미즈야에서 떨어졌을 때였대. 그때 상태가 안 좋아져서 상가 시계방을 떠올렸던 거지."

"그럼 같은 부분의 상처는 우연의 장난이었네……."

슈지는 그 우연을 필연처럼 느꼈다.

"그건 테두리에 새겨진 시리얼 넘버 같은 게 아닐까 싶어."

"시리얼 넘버? 하나하나마다 다른 번호가 붙어 있는 그거?"

"그래. 나카지마 씨가 주운 시계의 시리얼 넘버는 이제 알 수 없고, 돌에는 당연히 번호 같은 거 없었어. 하지만 같은 시계라는 걸 시계 스스로 전하고 싶었는지도 몰라."

니이미 씨가 판 시계와 산 중고 시계가 우연히 같은 것일 가능성은 높지 않다. 하지만 돌 조각이 진짜 시계의 분신 같은 거라면 한쪽에 상처가 생겼을 때 다른 한쪽에도 생겼을지 모른다고 믿고 싶어진다.

"진실을 아는 건 시계뿐이야. 어쩌면 자신이 사실 누구의 시계인지 주장하고 싶었던 건지도 모르지."

그렇게 주장하듯이, 그리고 주인 품으로 돌아갈 기회를 놓치지 않겠다는 듯이 시계는, 신사의 데미즈야에서 니이미 씨의 손으로부터 미끄러져 떨어졌다. 이런 상상을 해본다. 진실은 알 수 없기 때문에 충분히 가능한 이런 상상과 관계된 사람들이 아주 조금이라도 더 행복할 수 있다면 굳이 진실이 아니어도 괜찮다고 슈지는 생각한다. 아카리도 마찬가지 심정일 것이다.

식사를 마치고 밖으로 나오자 습한 공기가 폐 속으로 흘러들었다. 밤이 됐는데도 그다지 시원하지 않은 듯했다. 그래도 장마가 물러간 거리의 선명한 네온 불빛 속에서 많은 사람들이 오가고 있었다. 상가와는 다른, 현 내에서도 가장 번화한 거리는 평일인데도 마치 축제라도 벌어진 듯했다.

"어디 갈까?"

슈지가 묻자 아카리는 잠깐 생각해보다가 대답했다.

"음, 와인 사서 돌아갈까. 역 근처의 술 전문 판매점에서 싸고 괜찮은 거 살 수 있어."

그리고 그녀는 선수를 치듯 덧붙였다.

"술도 약하면서, 하고 생각했지? 하지만 아주 조금 맛이나 분위기를 즐기는 건 좋아하는데. 안 돼?"

"괜찮아. 필름이 끊긴 아카리 짱은 재미있으니까."

"어, 아니야. 이젠 그렇게 되기 전에 절제할 거야."

아카리는 완전히 꼬리를 내린 모습이다.

"음, 그건 좀 안타깝네."

"그렇게 말한다면……. 하지만 내가 뭘 했는지 기억 안 나는 건 싫어."

신호 대기로 멈춰 서자 그 짧은 동안에도 사람들이 모여 선다. 길거리에 흐르는 음악, 이야기 소리, 발소리, 낯선 사람과 부딪힐 것만 같은 거리, 북적거리는 장소도 가끔은 괜찮지만 조용한 상가가 더 기분 좋은 건 왜일까.

상가인데, 북적거려야 하는데, 슈지는 지금의 상가도 좋아한다. 적막하지만 눈에 보이지 않는 부드러운 공기가 흐르고 있는 상가가 사랑스럽다. 이렇게 생각하게 된 것은 아마 아카리 때문일 것이다.

"특별히 엄청 놀랄 만한 짓은 하지 않았어."

불안해진 아카리는 슈지를 가만히 본다. 정말일까, 하고 생각하는 듯하다.

"엄청? 그럼, 약간 놀랄 만한 짓은?"

"뭐, 갑자기 옷을 갈아입었을 때는……."

"악! 이제 그만!"

인파 속에서 무심코 소리치고 만 아카리는 서둘러 입을 막았다.

"즐거운 것 같네, 니시나."

하고 등 뒤에서 갑자기 남자 목소리가 끼어들었다. 돌아보자 나카지마 히로키가 씨익 웃고 있었다. 신호 대기하는 동안 이쪽을 보고 등 뒤로 다가온 모양이다.

"서, 선배……. 미키 짱도?"

아카리한테서 자주 들었던 미키라는 동료가 슈지를 보고 인사했다.

"혹시 아카리 짱 남자 친구? 처음 뵙겠습니다."

"안녕하세요."

"지금 늘 가던 가게로 다들 모일 텐데. 두 사람도 갈래? 맞다. 이다 씨, 지난번 사례 겸해서 내가 쏠게요."

"선배. 방해하지 말아주세요."

슈지가 대답하기도 전에 먼저 아카리가 말했다.

"보면 모르시겠어요? 데이트 중이라고요."

그녀는 아마도 슈지가 불쾌한 기분이 들지 않게 하려 무던히 애쓰고 있는 듯하다. 예전에 그가 질투했다고 말했기 때문일 것이다. 이제는 히로키의 능청스러운 말투도 신경 쓰이지 않았지만 아카리가 열심히 노력하는 게 기분 좋기도 해서 슈지는 그냥 입 다물기로 했다.

"차갑네. 지난번에는 부드러웠는데."

부드럽지 않았어요, 하고 아카리는 의미를 알 수 없는 부정을 했다.

신호가 바뀌는 것과 동시에 주위 사람들의 움직임에 떠밀리듯 네 사람도 횡단보도로 발을 들여놓았다.

"저기, 그러고 보니 그때 내기는 어떻게 됐어?"

미키가 말한 내기는 슈지가 시계를 고치지 못하면 아카리가 히로키의 머리를 잘라준다는 그것이다.

"시계는 고쳤어. 봐, 이거."

히로키는 손목에 차고 있는 스피드 마스터를 보여주었다. 원래는 돌이었다는 사실을 모르는 미키는 순순히 와, 그렇구나, 하며 납득했다.

"내가, 남자 친구가 시계를 고치지 못하면 아카리 짱이 히로키 씨 머리를 잘라주라고 마음대로 정했을 때 아카리 짱, 묘하게 어두운 표정을 짓더라고. 무리한 요구였나 하고 신경 쓰고 있었는데, 이젠 다 괜찮아진 거지?"

"뭐, 그런 셈이지."

히로키가 웃자 모두들 자연스럽게 웃다가, 횡단보도를 다 건넌 길 끝에서 좌우로 나뉘었다.

다시 둘이 되어 걸으면서 아카리는 안심하듯 크게 한숨을 내쉬었다.

"내가 먼저 말을 꺼낸 건 아니었네."

"신경 쓰였어?"

"그게, 슈 짱한테만 머리 잘라주는 거라고 내가 먼저 말했으면서……. 나 스스로도 특별한 일이라고 생각했던 건데, 그런 약속을 했나 싶어서 내가 너무 한심했거든."

풀이 죽은 그녀의 머리에 가볍게 손을 올렸다.

"기분 좋게 취했으니까 자신이 하고 싶지 않은 걸 말했을 리 없어."

좋아하는 사람을 만지는 기분이 좋아서, 고양이한테 그러듯 쓰다듬어본다. 걸음을 멈춘 아카리가 문득 기대듯 그의 어깨에 머리를 갖다 댔다.

"하지만 앞으로는 조심할게. 슈 짱과 어떤 이야기를 했고 어떻게 시간을 보냈는지 기억하지 못하는 건 너무하니까."

어깨를 감싸 안자 그녀 쪽도 팔을 휘감는다.

"나 지금 행복한 것 같아."

"피자에 술이라도 들어 있었나?"

"음, 마르게리타 피자였는데?"

아카리는 혼자 쿡쿡, 하고 웃었다. 약간은 그녀도 애교를 부릴 수 있게 된 것일까. 그렇다면 좋겠다고 생각했다.

"슈 짱과 있으면 조금씩 다른 내가 되는 것 같아. 부드러워지기도 하고, 솔직해지기도 하고. 왠지 신기해."

슈지도 지금까지와는 다른 자신을 의식했다. 여기에 왔을 때는 느리면서도 졸린 상가에 녹아들어 자신 역시 큰 변화 없이 매일 똑같은 날들을 반복해갈 거라고 생각했다.

누군가와 고통을 나눠 가지며 가벼운 마음으로 살아가는 일은 상상도 하지 못했다. 즐겁고 기분 좋은 일을 나누면서 좀 더 마음이 부드러워진 것 같다.

"빨리 돌아가자. 와인 사서."

얼굴을 들어 슈지를 보며 아카리는 크게 끄덕였다.

멈춰버린 괘종시계의 비밀

1

눈을 떴을 때 그녀는 병실에 있었다. 무슨 일이 벌어진 건지 전혀 알 수 없었지만 곧바로 딸이 떠올랐다. 두리번거리며 딸을 찾았다.

반쯤 젖혀진 커튼 너머를 바라보았다. 옆 침대에서는 낯선 노부인이 자고 있었다. 서둘러 몸을 일으키자 두통이 느껴졌지만 개의치 않고 다른 침대도 확인해보았다.

어디에도 없었다. 딸의 모습이 없다. 어린 딸에게서 눈을 뗀 적이 한 번도 없었다. 언제나 옆에 있었는데.

"어디 있는 거지?"

힘이 빠져 그녀는 바닥에 주저앉았다.

"괜찮으세요? 너무 무리하시면 안 돼요. 사고를 당해서……."

간호사인 듯한 여자가 다가와 그녀를 일으키려 했다.

"사고……. 제 딸은요……? 나만 당했으면 좋았을 텐데."

"걱정 마세요. 따님도 무사합니다."

놀란 그녀가 눈물 젖은 눈으로 올려다보자 간호사는 위로하듯 생긋 웃었다.

“아직 의식은 없지만 별 문제는 없을 거예요.”

간호사의 도움을 받아 옆 병실로 가보니 안내된 침대에 젊은 여자가 누워 있었다. 머리가 길고 옅은 화장을 하고 있다. 편안한 숨소리를 내는 걸로 봐서 아프지는 않은 것 같았다. 어린아이가 아닌 것이 처음엔 낯설었지만 사고 때문에 혼란스러운 모양이라고 고쳐 생각했다.

세면대 앞 거울에 자신의 모습을 비춰보니 할머니라 불려도 좋을 나이였다. 그렇다. 벌써 이렇게 시간이 지난 것이다. 딸이 완전히 다 컸다 해도 이상할 건 없다.

“다행이다. 살아 있어서.”

딸의 이름을 부르면서 머리를 쓰다듬으려고 손을 뻗었을 때 자신의 손에 붕대가 감겨 있는 걸 깨달았다. 다행히 여기만 다치고 끝난 것 같다. 예전 사고 때는 얼마 동안 팔에 깁스를 했었던 사실이 떠오른다. 그렇다. 전에도 사고를 당했다. 벌써 한참 전에.

더 생각하려고 하니 두통이 생겼다. 서둘러 생각하는 걸 그만두었다.

“안심했죠?”

“네. 아까는 이 아이가 어렸을 때 꿈을 꿨어요. 그때도 전…… 사고를 당했었죠.”

"그런가요. 이번에도 운이 좋으신 거 같아요. 맞다, 어머니. 이름과 주소를 써주실 수 있겠어요?"

간호사에게 용지를 건네받고 고개를 끄덕이며 의자에 앉았다. 하지만 펜을 든 손이 움직이지 않았다.

이름. 딸의 이름은 안다. 하지만 내 이름은 뭐였지.

갑자기 하늘에 구름이 끼어 불타는 듯한 햇살을 가로막는가 싶더니 바람이 불어와 강가의 풀들을 뒤흔들었다. 강의 흐름과는 반대되는 방향으로 풀의 물결이 흘러간다. 강둑 위에 앉아 있는 여자의 긴 머리도 마구 흩날렸다.

소나기가 올 것 같아서 아카리는 종종걸음으로 제방 옆길을 걸어갔다. 그러다가 깅엄체크무늬 블라우스에 캔버스 재질의 토트백을 어깨에 멘 그 사람을 최근 몇 번인가 보았다는 사실을 깨달았다.

최근에도 둑 위에서 강을 바라보고 있었다. 뭔가가 거기에 있나 생각했지만 강은 평소와 다름없이 느리게 흐르고 있었고 그리 특별한 것도 없는 듯했다.

이상하다고는 생각했지만 물어볼 정도로 궁금한 것은 아니었다. 다만 금방이라도 비가 내릴 것 같은데 널찍한 고수부지나 제방 옆길에는 비를 피할 만한 곳이 없다는 사실을 그녀가 알고 있는지 신경이 쓰였다.

어둑해진 하늘 어딘가에서 낮게 공기를 흔들며 천둥이 쳤다. 그러자 그녀는 급히 일어나 역이 있는 방향으로 걸어갔다. 그와는 반대로, 집을 향해 걸어가고 있는 아카리와 엇갈리며 그녀는 걸음의 속도를 빨리했다.

저 걸음이라면 비가 내리기 전 천변에서 벗어날 수 있을 것이다. 아카리 자신도 빨리 집에 도착하려고 서두르는데 또 다시 천둥이 어딘가에서 신음하는 듯한 소리를 냈다.

신사 부지를 통과했다. 신사 옆에서 이야기 소리가 들려 흘낏 바라보자 다이치가 그루터기에 앉아 있었다. 금줄이 감긴 신목神木인데도 그는 늘 태연히 그루터기 위로 기어올라가는 것이다.

예전에 벼락을 맞아 부러진 신목의 그루터기는 걸터앉은 다이치의 발이 약간만 지면에서 떠 있을 정도의 높이였다. 그런 그의 발밑에 개가 얌전히 앉아 있었다. 새하얀 털의 중형 개였다.

"이건 어때?"

다이치는 개를 내려다보면서 녹슨 볼트를 내밀었다. 개는 가만히 그것을 보며 작게 꼬리를 흔들었다.

"아닌가. ……그럼 이거."

이번에는 행거의 걸쇠처럼 보였다.

뭘 하고 있는 걸까. 개를 상대로 이야기하고 있다니. 여전히 엉뚱한 짓을 한다.

그 개는 목걸이를 하고 있지 않았지만 목 주변에 갈색 얼룩이 있었고, 그것은 마치 나비넥타이 같은 모양이었다.

"오늘의 수확은 이것뿐이야. 또 찾아볼게."

다이치의 말을 알아들었는지 개는 천천히 일어나 빙글 몸을 돌려 떠나갔다. 가벼운 발걸음이었다.

"다이치 군. 신목에 올라가는 건 그만두지?"

아카리가 말을 건네자 돌아다본 그는 잘못했다는 기색도 없이 씨익 웃는다.

"봤구나. 슈한테는 말하지 마."

아카리가 말한다 해도 슈지는 설교 같은 건 하지 않을 테고, 다이치 역시 그가 무슨 말을 하든 혼났다고는 생각하지 않을 텐데.

"왜 말하면 안 되는데?"

"들개가 어슬렁거리고 있다면 상가 회장으로서 가만 놔둘 수가 없잖아. 하지만 저 개는 영리하고 사람에게 해도 끼치지 않아. 잠깐 동안 그냥 놔두고 싶어."

개에 대해 비밀로 하고 싶은 모양이다.

"들개인데?"

"길을 잃었을 거야."

"그럼 주인이 보건소에 신고했을지도 모르잖아."

"하지 않았어."

"어떻게 알아?"

"죽었거든."

문득 먼 곳을 보듯 다이치는 눈을 가늘게 떴다.

"그리고 저 녀석은 없어진 물건을 찾아야만 하는 모양이야."

주인이 죽었다는 둥 개가 잃어버린 물건을 찾는다는 둥 평소와 다름없는 다이치의 상상이겠지. 그보다 아카리는 더욱 다가온 천둥소리가 신경이 쓰인다.

"소나기가 올 것 같아. 다이치 군은 벼락 싫어하잖아. 빨리 사무실 안으로 들어가는 편이 좋겠어."

예전에 다이치는 멀리서 친 천둥에도 몹시 겁을 먹었다. 그런데 지금은 어떻게 된 일인지 태연하다. 아카리가 재촉해도 허둥대지 않는다.

"저건 이쪽으로 오지 않아."

다이치는 자신만만하게 말했다.

"쓰쿠모 씨가 그렇게 말했어."

"벼락은 늘 인사하러 왔잖아?"

"얼마 전에 강 옆에 떨어졌지. 요란하게 인사한 거라서 당분간 이쪽으로는 안 와."

최근 강에 번개가 떨어졌다는 이야기는 슈지에게 들었다. 아카리는 일하는 도중이라 아무 소리도 듣지 못했지만 그 이야기가 머리에 남아 있었기 때문에 천변에서 벼락과 소나기를 만나고 싶지 않아 서둘렀던 것이다.

그러나 아무리 벼락을 싫어하는 다이치가 여유만만이라 해도 그런 이야기로는 아카리를 안심시킬 수 없었다.

"이 신목도 벼락 맞았잖아? 그것도 요란한 인사였어? 신은 자주 화내지 않으셔?"

"그때는 벼락이 계산 착오를 일으킨 거야. 그래서 얼마 동안 쓰쿠모 씨에게 고개를 들 수 없었지."

다이치는 이런 일본 옛날이야기 같은 의인화를 좋아하는 것 같다. 또 시작했다고 생각하면서 흐음, 하고 늘 그렇듯 애매한 반응을 하는 아카리에게 다이치는 진지한 표정으로 덧붙였다.

"비는 조금이지만 내릴 거야. 아카리 씨야말로 비 맞고 싶지 않으면 빨리 돌아가는 편이 좋아."

후둑, 하고 떨어진 빗방울이 어깨에 닿는다.

"어머, 떨어지는 것 같다. 그럼 또 보자, 다이치 군."

후두둑, 하고 금방이라도 쏟아질 것 같았지만 비는 더 이상 거세게 내리지는 않았다.

결국 다이치가 말한 대로 검은 구름은 쓰쿠모 신사 부근은 피해가듯 지나갔는지 집에 도착한 아카리가 빨래를 걷을 때쯤에는 어두웠던 하늘이 밝기를 되찾기 시작하고 있었다.

"슈지 군 가게는 비었던데. 아카리 짱하고 먹으라고 수박 가져왔는데."

헤어살롱 유이의 초인종을 누르며 나타난 요코 씨는 그물망에 든 수박 한 통을 아카리에게 내밀었다. 짙은 초록색에 검은 줄이 선명하다. 속의 빨간색을 상상하자 왠지 그리운 마음까지 들었다.

"와, 통째 보는 수박은 오랜만이에요! 요즘은 수박을 다 잘라서 팔잖아요."

"가족 수가 적어졌으니까. 한두 명으로는 한 통을 다 먹을 수 없고. 하지만 이걸 쪼개지 않으면 수박을 먹었다고 할 수가 없지."

과거 살롱 자리에 있는 빨간 대기용 소파에 앉은 요코 씨는 최근 살이 쪄서 부드러운 분위기를 풍긴다. 평소의 꽁지머리가 그녀를 쾌활하게 보이게 만드는 머리 모양이라고 생각했지만 이상하게 지금은 귀밑머리가 더 사랑스럽다. 언뜻 보기에도 행복한 듯 미소 지으며 아카리가 내온 보리차를 마신다.

"슈지 군은 출장?"

"네. 좀 멀리에서 수리 의뢰가 들어왔나 봐요."

"혼자 다 먹어버려도 돼."

"아뇨. 한 통을 어떻게 다."

"주스로 만들면 되지."

"아, 그것도 맛있겠네요. 하지만 혼자 먹을 수는 없으니까 내일이라도 슈 짱에게 가지고 갈게요. 다이치 군도 먹고 싶어 할 것 같은데요."

"다이치 군이라니?"

"쓰쿠모 신사 사무실에서 사는 대학생이에요. 신사 관계자의 친척이라던데, 경내 청소 같은 걸 하죠. 슈 짱하고 친해요."

"흠, 그 사무실에 사람이 있었구나."

상가 사람들은 모두 다이치에 대해 잘 알고 있을 것 같았기 때문에 살짝 의외였다. 하지만 생각해보니 그가 슈지 이외의 주민과 이야기하는 것을 본 적이 없었던 것도 같다.

"그러고 보니 다모쓰가 말한 적이 있어. 어렸을 때 신관 견습생 같은 사무에를 입은 젊은 형이 같이 놀아준 적이 있었다고."

그 무렵 거기 있었던 것은 다이치가 아니었을 것이다. 사무에는 옛날부터 정해져 있던 옷일까.

"그나저나 벼락이 심하지 않아서 다행이었어. 근처에 떨어지면 깜짝 놀라거든."

비는 이제 그쳤다. 천둥도 어디로 갔는지 들리지 않는다. 새빨간 수박색 태양이 지붕들 속으로 숨어들려는 게 창문 너머로 얼핏 보인다.

"얼마 전 강가에 떨어졌다면서요?"

"그래! 그래서 전기밥솥이 이상해졌어. 뭐, 밥솥이야 다시 사면 되지만 다친 사람이 있다고 해서 약간 놀랐지."

"낙뢰로 다친 사람이 있었어요?"

"그날 구급차가 상가를 통과해서, 본 사람들은 신경 쓰였을걸. 나는 술집 아주머니가 나중에 가르쳐줘서 알았지만 말이야. 천변에 모녀가 쓰러져 있었나 봐. 번개는 조금 멀리 있어도 떨어지면 땅을 타고 전해지니까."

"정말요? 역시 넓은 곳은 위험하군요."

"그러고 보니 근처에 개도 있었다던데. 두 사람이 기르던 개인지는 모르겠지만 말이야. 흰 개가 강에 빠지는 것을 봤다는 사람이 있었는데 어떻게 됐으려나."

낙뢰와 사라진 흰 개. 아카리의 마음속에서 문득 다이치가 말했던 길 잃은 개가 떠올랐다. 주인이 죽었다던가 했던 개. 설마 벼락을 맞은 모녀가 죽거나 한 건 아닐까.

"저기, 그 다친 사람은 살았나요?"

서둘러 물어보자 요코 씨는 고개를 갸웃거렸다.

"글쎄, 사람들이 도와주러 갔으니 살지 않았을까. 술집 아주머니도 거기까지는 말하지 않았어."

"그런가요."

왠지 모르게 신경이 쓰인다. 다이치와 함께 있던 개가 낙뢰 때문에 강에 빠져서 길을 잃은 신세가 됐다면 모녀의 집으로 되돌려 보내줘야 하지 않을까. 그렇지 않으면 늦든 이르든 언젠가는 들개로 처리되고 말 것이다. 개가 뭔가를 잃어버려서 그것을 찾지 않으면 돌아가지 않을 거라던 다이치의 말은 그렇다 치고 모녀가 무사한지, 다른 가족이 더 있는지도 확인해서……. 거기까지 생각하다가 아카리는 가볍게 고개를 흔들었다.

멋대로 이런저런 상상을 하고 마는 건 다이치의 영향임이 틀림없다. 아무 관계도 없는 일을 상상으로 연결시켜버린다. 이러면 옛날이야기를 해대는 다이치나 다름없다.

"개는 무사했을까요."

"아마 보통의 경우에는 헤엄을 쳤을 테지만 글쎄, 어떨까."

낙뢰 때문에 정신을 잃었을지도 모른다. 아카리는 멍하니 그런 생각을 했다. 왠지 강가에 앉아 있던 여자의 깅엄체크무늬 블라우스가 떠올랐다.

잃어버린 뭔가가 강물 위를 흘러오지나 않을까 기대하듯 그녀의 시선이 가만히 거기에 고정되어 있었기 때문일까. 그것 역시 제멋대로의 상상이라고 생각하면서 아카리는 손가락으로 수박을 두드려보았다. 속이 꽉 찬 좋은 소리가 났다.

2

다음 날 미용실 일을 마친 아카리는 밤이 되자 수박을 들고 대각선 너머에 있는 이다 시계방으로 향했다. 슬레이트 지붕의 이 서양식 주택에는 길거리에서 약간 안으로 들어간 입구로 이어지는 짧은 돌계단이 있다. 아카리는 그 계단을 따라가다가 정원수 옆에 주저앉아 있는 사람을 보고 비명을 지를 뻔했다.

"앗, 죄송합니다. 놀라게 할 생각은 없었어요."

그 사람은 서둘러 그렇게 말했다. 간신히 비명을 참고 수박도 떨어뜨리지 않은 아카리는 일어선 그 사람을 자세히 보려 했다.

젊은 여자였다. 풍성한 웨이브의 머리를 등까지 늘어뜨리고 파스텔색으로 손톱을 칠했다.

"아아…… 네. 그런데 가게에 볼일이 있으세요?"

"저기, 가게에 아무도 없던데요."

이상하다는 듯 아카리를 보며 그렇게 말한 그녀는 여기를 슈지 혼자 운영하는 시계방이라는 걸 알고 있는 듯하다.

"네. 그냥 와봤는데."

아마 아카리보다 몇 살쯤 연상일 테지만 어려 보이는 이마의 넓이라든가 부드러워 보이는 여성스러운 인상 때문에 지켜주고 싶게 만드는 분위기였다.

"죄송합니다."

왠지 사과하면서 고개를 든 그녀를 보고 아카리는 깨달았다. 강둑에서 보았던 사람이다. 복장은 달랐지만 풍성한 긴 머리나 뒤로 돌린 손에 들고 있는 캔버스 토트백을 보니 틀림없었다.

"영업시간은 이제 끝났을 것 같은데요."

그렇게 말한 아카리가 새삼스레 눈에 들어온 듯 그녀는 묘하게 고개를 갸웃거렸다. 커다란 수박을 손에 들고 반바지에 대충 신발을 신은 아카리가, 해변이라면 몰라도 밤의 적막한 상가에서는 기묘하게 보일 것이다.

"가게에 왔다기보다 이다 씨에게 확인하고 싶은 게 있어서 만나러 왔어요. 하지만 외출하신 것 같네요."

"앗, 외출? 정말이요?"

애써 수박을 들고 왔는데, 하며 아카리는 확인하기 위해 문으로 다가갔다. 현관 초인종을 눌렀지만 정말 대답이 없다. 가게에는 이미 커튼을 쳐놓았지만 공방에 불이 켜져 있는 것을 확인하고 문손잡이를 잡아당겨보니 잠겨 있지는 않았다.

문을 열고 안을 들여다보았다. 안쪽의 공방으로 이어지는 유리문이 약간 열려 있고, 거기에서 나온 빛이 가게 쪽까지 비추고 있다.

"슈 짱. 없어?"

안으로 들어가 공방을 들여다봤지만 그의 모습은 없었다. 살림집 쪽에 있으려나. 하지만 있다면 초인종 소리를 들었을 것이다. 문 잠그는 걸 깜빡하고 잠깐 근처에 나갔는지도 모른다.

"문이 열려 있는 걸로 봐서 금방 돌아올 것 같긴 해요."

아카리는 문 밖에 서 있는 여자를 돌아보며 말했다.

"저기, 죄송합니다……. 그냥 여기서 기다리면 안 될까요."

그렇게 말한 그녀는 아까도 정원수 옆에 앉아서 기다리고 있었던 것이다.

"네. 뭐 잠깐 정도라면. 저도 기다려보려고요."

왠지 다급해 보여서 나중에 다시 오라고 말하는 것도 마음에 걸렸다. 확인하고 싶은 게 있다고 했다. 시계 수리는 아닌 모양이다.

가게 불을 켜고 공방 문을 닫으려던 아카리는 작업용 책상 위로 시선을 주었다. 시계와 그 부품이나 공구들 사이 어울리지 않는 것이 있었다.

팔찌. 처음에는 그렇게 보였다. 은색의 섬세한 세공이 된 팔찌는 파란색 에나멜로 장식되어 있었다. 자세히 보니 거기에는 작은 시계가 달려 있었다.

여성용 시계였다. 물론 그런 시계를 수리하는 경우도 있을 것이다. 소유주가 어떤 사람일까 생각했던 것은 여자 물건을 이 공방에서 본 적이 좀처럼 없기도 했지만, 아카리와는 인연이 없어 보이는 우아한 시계였기 때문이었다.

눈에 띈 것은 그것이 좋아 보였기 때문이다. 고급스러운 데다가 적당히 고풍스러워서 유행과 상관없이 차고 다닌 듯했다. 아담한 핸드백과 밝은색의 펌프스에 잘 어울릴 것 같다. 그런 생각을 하다 보니, 주인 없는 가게에 마음대로 들어가서는 안 된다고 믿고 있는 듯 문 옆에 고집스레 서 있는 여자에게 눈길이 머문다.

좋다고는 생각했지만 아카리와는 어울리지 않는다. 하지만 그녀라면 어울릴 것 같다.

"꺄악."

그때 그녀가 작게 비명을 질렀다.

"왜 그러세요?"

"뭐, 뭔가 저기에 있어요."

"네?"

바스락거리며 나뭇가지와 잎이 움직였다. 어두워서 잘 보이지 않는다. 아카리는 재빨리 수박을 들어 올렸다.

"저리 가, 변태!"

수박은 그물째 날아가 키 작은 덤불 속으로 푹, 하고 빠졌다. 그와 동시에 개 울음과 비슷한 소리가 들렸지만 뭔가가 뛰쳐나올 기미는 없었다. 반대쪽으로 도망쳐버렸을지도 모른다. 슬쩍 다가가보자 나뭇가지에 걸린 그물 안에서 수박이 보기 좋게 둘로 쪼개져 있을 뿐 수상한 그림자는 보이지 않았다.

"흐음, 그래서 수박이 쪼개진 거구나."

슈지는 갈라진 수박의 상처를 확인하듯 바로 위에서 들여다보았다.

"하지만 이 정도라면 먹을 수 있겠어. 땅바닥에 떨어져 깨지지 않은 게 다행이야."

그런 일이 있고 나서 얼마 지나지 않아 돌아온 슈지는 아카리와 긴 머리의 여자를 거실로 들어오게 하여 차를 막 끓여주고 난 참이었다.

"죄송해요. 마음대로 기다려서. 게다가 수박 물이 집 앞을 지저분하게 만들었네요."

한바탕 소동이 벌어졌으므로 자신의 집 앞에서 무슨 일이 벌어졌나 싶어서 놀랐을 것이다.

"다이치가 또 무슨 일 저질렀구나 생각했어. 미리 말해두었는데. 갈 때 현관문은 잠그고 부엌문으로 나가라고. 그 녀석은 정말 말을 안 듣거든."

다이치가 문 잠그는 걸 잊어버린 모양이었다. 슈지는 긴 머리의 여자를 보며 새삼스레 입을 열었다.

"기시모토 씨. 이제 몸은 괜찮으세요?"

그제야 아카리는 그녀의 이름이 기시모토 사야라는 것을 알게 되었다. 슈지는 물론 그녀를 알고 있는 듯했지만 몸 상태를 묻는 걸 이상하게 생각하면서도 아카리는 잠자코 듣고 있었다.

"네. 이렇다 할 상처도 없고."

사고라도 당한 걸까.

"이다 씨. 제가 지난 주 당신과 만나기로 약속을 했었죠? 연락도 없이 약속을 어겨서 죄송해요. 곤란한 문제가 생겨서요."

"아아, 그래도 입원해서 일을 쉬고 있다는 말을 들었기 때문에 곧 연락하실 거라고 생각하고 있었어요. 그런데 곤란한 문제라뇨?"

"제가 왜 이다 씨와 만나기로 했는지 모르겠어요."

"만나기로 한 이유 말인가요?"

슈지가 곤란한 듯 우물거렸다. 그런 슈지의 모습은 처음이라서 아카리는 신기하게 생각했다.

"손목시계를 고쳐달라고 했던 건 기억나요. 그런데 휴대전화가 부서져서 문자 메시지는 거의 없고, 사람들과 만나기로 한 날짜만 사무용 수첩에 적혀 있네요."

"그건 약속이 기억나지 않는다는 뜻인가요?"

"벼락을 맞았기 때문인지 드문드문 기억이 사라졌어요."

"아앗, 벼락이라면 혹시 지난번 쓰쿠모 강가에서?"

아카리는 자신도 모르게 끼어들었다. 그녀가 슈지와의 약속을 기억해내지 못하는 것보다 낙뢰의 당사자를 직접 보고 있다는 게 더 신경이 쓰였다.

"쓰러진 사람이 있어서 구급차가 실어갔다고 들었어요."

"네. 정신을 잃었던가 봐요. 그 앞뒤 사정이 생각나지를 않아요. 그밖에도 여러 가지가 기억에서 사라졌고 일에도 지장이 있는 데다가 이다 씨한테도 괜히 폐를 끼치는 게 아닐까 싶어서요."

"아, 아뇨. 제 쪽은……. 급한 용건도 아니니까 안정을 찾으신 후 다시 이야기하는 편이 좋지 않을까 싶은데요."

"그렇군요. 지금은 아직 저 스스로도 머릿속이 혼란스러워요. 그렇게 해주시면 고맙겠네요."

"사고를 당하면 일시적으로 기억이 사라지는 경우도 흔하다고 들었습니다. 그러니 너무 고민하지 않는 편이 좋지 않을까요."

네, 하고 그녀는 고개를 끄덕였지만 불안하지 않을 리가 없다.

"그러고 보니 어머니도 함께 계셨다고 하지 않았나요?"

물어보면서 아카리는 사야 씨가 모녀 중 어머니 쪽일 가능성도 생각해보았지만 역시 딸이 맞을 것 같았다.

"네. 전 그나마 괜찮지만, ……그분은 쓰러질 때 다친 것 같아요. 게다가 거의 아무것도 생각이 나지 않아서 아직도 입원하고 있습니다."

"그거 큰일이네요."

휴우, 하고 사야 씨는 왠지 남 일 이야기하는 듯한 표정을 지었다. 기억이 누락되었기 때문일까.

"저기, 개를 기르고 계셨나요?"

그것도 생각나서 아카리는 물어보았다. 하지만 그녀에게는 진심으로 생각지도 못한 질문이었던 모양이다. 휘둥그레 뜬 눈을 몇 번인가 깜박였다.

"개요? 기른 적 없어요. ……집에는 개를 기른 흔적도 없고 기억이 사라진 것도 아니에요."

그렇다면 옆에 있었다는 개는 들개였을까. 어쨌든 그녀는 당시 개가 옆에 있었다는 것도 기억하지 못하는 듯했다.

"아카리 짱, 무슨 개?"

슈지도 이상하게 생각한 모양이다.

"그게, 요코 씨한테 벼락 이야기를 들었는데 모녀 옆에 하얀 개가 있었고, 벼락의 충격 때문에 강에 빠지는 것을 본 사람이 있나 봐."

"그럼…… 근처에 개가 있었나 보네요. 괜찮으려나. 그대로 강물에 떠내려갔다면 주인이 찾고 있을 텐데."

동네에서는 개가 사라졌다는 이야기는 듣지 못했다며 슈지는 어딘지 모르게 불안해 보이는 사야 씨를 달래주었다.

하지만 그녀는 왠지 개 이야기가 신경 쓰이는 듯 서둘러 일어서려 했다.

"죄송해요. 갑자기 찾아와서."

그러는 바람에 가방에서 뭔가가 떨어졌다. 열쇠였다. 아카리가 주워주자 죄송하다고 다시 사과를 하며 그녀는 역시 불안한 표정을 지었다.

"상당히 오래된 것 같네요."

슈지가 열쇠를 보며 그렇게 말했다. 확실히 그 열쇠는 낡아서 거무튀튀해 있었다. 게다가 언뜻 보면 열쇠라기보다 금속 조각 같았다. 손으로 쥐는 부분이 날개를 펼친 나비와 비슷한 모양을 하고 있었고, 장식적인 문양이 새겨져 있었다. 그에 비해 열쇠 부분은 극히 단순해 보였다. 열쇠와 비슷한 장식품처럼 보이기도 했지만 키홀더가 달려 있었다.

"실은 이거…… 현재 저의 상태로는 도무지 기억나지 않는 물건이에요. 어디 열쇠인지, 무슨 열쇠인지도 모르겠어요. 그런데 상당히 소중한 것 같긴 해요."

"그 키홀더는 기시모토 씨가 달아놓은 건가요?"

슈지는 그게 신경이 쓰이는 모양이었다.

"전 이걸 쥔 채 쓰러져 있었던가 봐요. 그때도 키홀더는 달려 있었던 모양이고, 이건 아마 제가 달았을 거예요."

그 키홀더는 회중시계를 배합한 디자인이었다. 차분한 색깔의 칠보 장식 같았다.

"멋진 키홀더네요. 문자판의 하트와 클로버는 이상한 나라의 앨리스에서 나오는 이미지 같아요. 이렇게 멋진 키홀더를 달 정도로 중요한 열쇠인가 봐요."

그녀가 기억을 되찾을 계기가 되길 바라는 심정으로 아카리는 자신도 모르게 몸을 앞으로 내밀었다.

"중요한 것인지 확실치 않아요. 사용했던 기억도 없고요. 이 키홀더는 제가 가지고 있는 것 중 하나일 거예요."

"키홀더를 수집하세요?"

"아뇨. 수집하지는 않지만 제가 만든 거라서 비슷한 게 몇 개 더 있어요."

"직접 만든 건가요? 솜씨가 좋으신데요."

아카리는 감탄하며 키홀더를 자세히 봤지만 슈지는 그녀가 이런 걸 만드는 사람인 걸 알고 있었는지 묵묵히 고개를 끄덕였다.

"대체 무슨 열쇠일까요. 평범한 문 열쇠 같은 건 아니에요. 옛날 자물쇠 같은 데 쓰는 건가. 이걸 사용해 열면 그곳에 뭐가 있을까요. ……죄송합니다. 이다 씨가 그걸 알고 있을 리 없는데. 그런데도 전 이다 씨에게 물어보면 알게 될 것 같은 기분이 들어요."

사야 씨는 깊이 한숨을 내쉬었다.

"사라진 추억을 되찾아줄 수 있을 것 같은……."

사야 씨는 이다 시계방에 오기로 약속을 했기 때문이라기보다 아마 시계방 간판에 이끌려 여기로 왔을 것이다.

"무슨 열쇠인지 짚이는 구석이 아주 없는 것도 아닙니다만."

슈지가 그렇게 말하자, 놀란 사야 씨는 물론 아카리도 퍼뜩 고개를 들며 바싹 다가갔다.

"하지만 그 열쇠에 맞는 게 어디에 있는지 몰라서 당장은 기시모토 씨에게 도움이 안 될 겁니다."

"무슨 열쇠인데요? 오래된 체스트chest(뚜껑이 달린 큰 상자)의 서랍? 아니면 캐비닛? 창문 열쇠인가요?"

하지만 슈지는 전혀 생각지도 못한 대답을 했다.

"지난 주 당신이 무엇 때문에 여기 왔는지 생각해내신다면 무슨 열쇠인지 말씀드릴게요."

슈지는 기시모토 사야 씨가 보석 디자이너라는 사실을 그녀가 돌아가고 나서 아카리에게 알려주었다. 그래서 키홀더도 만든 모양이었다.

"원래 은 세공이 특기인 것 같은데 칠보나 에나멜도 사용해. 기성품 시계에 팔찌를 붙이는 가공을 의뢰받은 적이 몇 번 있었거든. 그런 상품도 취급하나 봐."

그제야 비로소 여러 가지가 이해됐다.

"팔찌 스타일의 드레스 워치dress watch(예장용 손목시계)? 공방에 있던 것도 그거지? 팔찌 부분에 특히 공이 들어가서 무척이나 예뻤어."

"아아, 그래. 그건 그녀가 직접 사용하는 시계인데 수리 중이었어."

그 수리와는 별개로 그녀는 여기에 올 필요가 있었다. 어떤 용건이었을까.

"그녀가 강가에 나와 있는 걸 몇 번이나 봤어. 뭔가를 기억해 내려고 그랬던 거였구나. 하지만 슈 짱이 아는 사람이었다니, 의외였어."

"낙뢰에 대한 말은 나도 놀랐어."

기억이 빠져나가고 열쇠 하나만 남았다. 그 열쇠로 열 수 있는 기억을 손에 넣고 싶어서 그녀는 매일같이 강가에 나타난 것이다. 무서운 생각이 드는 곳이라 해도 거기에서 잃은 것을 찾고 싶었던 것이다.

"열쇠에 대해 가르쳐주지 않아도 괜찮아?"

"응. 그거, 사야 씨의 물건이 아닌 것 같아."

"어? 왜?"

"아카리 짱은 만약 스푼에 키홀더가 달려 있으면 그걸 열쇠라고 생각해?"

슈지는 티스푼을 들었다.

"그렇게 생각하지 않지."

그래, 하고 그는 말했지만 아카리는 의미를 알 수 없었다.

"아무튼 잊고 있다는 건, 잊고 싶었다는 뜻일지도 몰라."

"그럼 슈 짱 가게에 와야 했던 그 볼일이라는 것도 잊고 싶었던 거?"

"그럴지도 모르지."

그래서 그런 엉뚱한 소리를 한 거구나.

"……'추억의 시時 수리합니다'라는 간판 문구에 도움을 받고 싶어 하는 것 같던데."

"톱니바퀴는 하나만으로는 움직이지 않아."

슈지는 불쑥 그렇게 중얼거리고 깨진 수박을 테이블에 올려놓았다.

"여러 가지가 서로 맞물려 앞으로 나아가는 것이 사람이라면 저 간판도 톱니바퀴 중 하나라고 생각해."

"이 수박도?"

방금 전에 깨진 수박은 더할 나위 없이 달았다. 깨지기는 했지만 작게 잘라 파는 것보다 역시 신선했다.

먹을 수 있어서 다행이라고 생각한 것과 동시에 정원수 옆에 숨어 있던 것처럼 보였던 그림자가 다시 떠올랐다.

신사에 있던 길 잃은 개였을까. 주인을 잃은 그 개는 어떤 톱니바퀴에서 무엇을 움직였던 것일까. 수박을 입으로 가져가면서 아카리는 그런 생각을 하고 있었다.

3

새하얀 개가 시야를 가로질러 반사적으로 돌아보았다. 빙글

말린 꼬리가 골목으로 들어간다. 신경이 쓰여 아카리는 골목으로 걸음을 옮겼다.

좁은 길을 지나 신사의 돌담을 돌아간 곳에 하얀 건물이 보였다. 집회 등에 사용되는 마을 회관이다. 그 옆에 오래된 단층짜리 점포에 '사노 부동산'이라는 페인트 글씨가 적힌 간판이 걸려 있다.

모퉁이를 돌았을 때부터 개의 모습은 보이지 않았다. 회관 건물을 에워싸고 있는 정원수에 가려 보이지 않는 것일까. 일단 회관 쪽을 향해 걸어간 아카리는 길 위에 물을 뿌리는 사노 씨를 보고 멈춰 서서 인사했다.

"안녕하세요. 더운 날씨네요."

턱수염을 기른 신선 같은 노인은 아카리 집의 주인이기도 하다. 부동산 사무실에 있는 경우가 드물어서 얼굴을 마주칠 일은 손에 꼽을 정도였다.

"아아, 유이 씨. 무슨 일이야? 또 목욕탕이 망가졌어?"

지난번 목욕탕에서 물이 새서 그것을 고쳤었다. 그렇다 해도 사노 씨와는 통화만 했을 뿐, 수리하러 온 것은 전문가였다.

"아뇨. 목욕탕은 이제 괜찮아요. 그런데 방금 개 못 보셨어요? 새하얗고 꼬리를 둥글게 만 개인데."

"보지 못했는데."

선뜻 그는 대답했다. 여기를 지나가지 않았다니. 어딘가 담벼락 틈 사이로 들어가기라도 한 것일까.

"그 개가 왜?"

"아는 분이 그 개에 대해 물어봐서요. 주인이 죽어서 그런지 이 주위를 배회하는 모양이던데."

"죽었다고? 개를 기르던 사람의 장례식이 있었나. 이 동네 오늘내일하는 노인들 소식은 대부분 내 귀에 들어오는데."

옛날부터 땅을 소유해왔던 만큼 사노 씨에게 집을 빌린 세입자가 많다. 게다가 쓰쿠모 신사의 씨족신을 모시는 사람들의 대표를 맡고 있기도 하고, 오랫동안 자치회의 요직도 겸하고 있어서 이 지역 관혼상제의 일에 대해서 소상히 알고 있는 듯했다.

사노 씨는 활짝 열어놓은 유리문 안으로 들어갔다. 벽에 걸린 달력을 가만히 보다가 아카리를 손짓해 불렀다.

"그러고 보니 지난주였나? 낙뢰가 있었던 날 같은데 모리무라 씨의 부인과 개가 사라졌다고 했어. 맞아. 하얀 개였어."

"모리무라 씨요? 상가에 계신 분인가요?"

"아니. 강 건너편에 살고 있어. 쓰쿠모 신사의 씨족 집안 사람이라 잘 알고 있지."

"그 사람이라면 나도 알고 있지. 인쇄소를 하는 사람이잖아."

부동산 사무실 안에서 또 한 사람의 목소리가 들렸다. 아카리가 돌아보자 한쪽 구석에 놓여 있는 의자에 사진관 히비노 씨가 앉아 있는 게 보였다. 앞의 테이블에는 장기판이 놓여 있었다.

히비노 씨가 다음 수를 생각하는 동안 사노 씨는 물을 뿌리고 있었던 모양이다.

"옛날에는 자주 상가 전단지를 인쇄했는데, 아무튼 무뚝뚝하고 퉁명스러운 사람이었어. 오래전에 폐업했을 텐데. 아무튼 오랜만에 듣는 이름인데? 그 집 아주머니가 죽었나."

가게 안에서는 선풍기가 돌고 있었다. 묵직한 떡갈나무 책상에는 낡은 마네키네코招き猫(앞발로 사람을 부르는 시늉을 하고 있는 고양이 장식물. 손님이 많이 들어오길 비는 뜻에서 가게 앞에 둔다)가 자리하고 있어서 약간 노랗게 바래기는 했지만 그래서 손님을 끌어들이는 신통력은 더 있어 보였다. 다른 한쪽 구석의 높은 공간에는 신단神壇(신에게 제사 지내는 단)이 있고, 새것인듯 하얀 부적이 붙어 있었다.

"안타까운 일이로군. 그 아주머니는 아직 젊잖아?"

"열두 살이나 어렸지."

"열두 살이나 연하인 마누라를 앞세우고 그 늙은 나이에 홀아비 신세인가. 평소 행실이 돼먹지 못해서 그래."

"당신도 늙은 홀아비잖아."

"난 익숙해. 혼자 된 지 오래됐으니까."

히비노 씨의 대꾸에 사노 씨는 어깨를 으쓱해 보였다.

"아직 그분이 돌아가셨는지는 몰라요."

완전히 둘이서만 대화를 이어갔으므로 아카리는 서둘러 끼어

들었다.

“아아, 그렇지. 병든 게 아니라면 좋겠군. 일 다니면서 매일 빠뜨리지 않고 개를 산책시켰는데, 무슨 일이 생긴 건지 모르겠네. 걱정이구먼.”

“그 남편이 아주머니 개를 내다버린 게 아닐까. 그럴 수도 있어.”

“앗, 그런 분이신가요?”

당황스러워하는 아카리에게 히비노 씨는 크게 고개를 끄덕여 보였다.

“성격이 비뚤어진 고집불통 영감이지. 그 사람이 싫어서 개가 도망친 건지도 몰라.”

“하긴, 분명 고집이 심하기는 했지만 그래도 솔직한 사람이야.”

“사노 씨. 솔직하다는 말은 생각나는 대로 막 말한다는 뜻이 아니야. 그 사람이 아주머니를 당신한테 식모라고 말했었지?”

“그런 옛날 일을 잘도 기억하고 있군.”

“그래서 얼마 동안 상가에서 모두 식모인 줄 알고 분위기가 묘했었잖아.”

“이제 와 생각하면 웃긴 이야기지. 아차, 앉아. 유이 씨. 레모네이드라도 마시고 가.”

사노 씨가 사무실 안에 있던 상당히 구식인 듯한 냉장고 안에서 파란 병을 꺼냈다. 요즘에는 제삿날이 아니면 보기 힘든 유리 구슬이 박힌 레모네이드 병이었다.

"고맙습니다. 이거는 어디에서 파는 거예요?"

여기에서는 무엇이든 시간이 멈춰 있는 것 같다.

"통신판매로 산 거야. 이젠 정말 가게에 직접 가지 않아도 다 살 수 있어. 상가가 쓸쓸해질 만도 해."

차가운 레모네이드로 목을 축이고 사무실 안을 살피던 아카리는 자연스럽게 벽에 걸린 것들을 보다가, 딱 하나 사진이 들어 있는 액자를 발견했다. 오래된 듯한 흑백의 단체 사진이었다.

"저거, 쓰쿠모 신사의 도리이 앞이네요. 언제적 사진이에요?"

신관 차림을 한 사람도 있는가 하면 검은 하오리하카마羽織袴(일본 남자의 전통 정장으로, 하오리는 가문의 문장을 넣은, 겉옷 위에 입는 짧은 겉옷을 말하며, 하카마는 하의를 말한다)를 입은 사람도 있다. 그 십여 명의 배경은 도리이와 손 씻는 데미즈야다.

"글쎄, 언제 사진일까. 내 할아버지가 찍은 거야. 무슨 제삿날에 찍은 건지, 할아버지 말고 다른 사람들은 모두 신사 관계자들일 테지만 누군지는 몰라. 재수가 좋을 거라고 할아버지가 걸어 놓은 모양이야."

"재수가 좋은 사진이라고? 그건 처음 듣는 말인데. 이젠 너무 색이 바래서 보기 흉하니까 내가 찍은 제삿날 사진으로 바꿔줄까 생각했을 정도라고."

히비노 씨가 말했다.

"왜 재수가 좋은 사진인가요?"

"신의 사자使者가 찍혀 있거든."

"네? 정말요? 어디에요?"

아카리는 액자에 얼굴을 가까이 대고 사진을 구석구석 살펴보았다.

"봐. 여기에 파란 백로."

그 말을 듣고 다시 보니 나뭇가지에 새가 앉아 있는 것처럼 보였다. 다만 너무 흐려서 잘 알 수는 없었다.

"아니면 이쪽의 여우인지도 모르고."

사노 씨는 나무들의 뿌리 부분을 가리켰지만 시커먼 그림자로 변한 장소에서 여우의 모습을 찾아내는 것은 어려웠다.

"아무튼 나도 잘 몰라."

그보다 아카리는 파란 백로 앞에 찍혀 있는 단순한 하얀 하카마의 인물에게 시선을 주었다. 다이치와 꼭 닮았던 것이다.

아니, 하지만 사노 씨의 할아버지가 살아 있던 시절에 다이치가 있었을 리 없다. 친척이니까 닮은 것이다. 신사의 관계자라면 당연히 다이치의 친척일 테니까.

"저기, 이 사람은요? 다이치 군과 상당히 닮았는데요."

"다이치라면 사무소에서 사는 청년 말인가? 닮았나."

사노 씨는 고개를 갸웃거렸다.

"별로 안 닮았나? 신사에서 이따금 청소하는 젊은이 맞지? 늘 예의 바르게 인사하더구먼."

히비노 씨는 그렇게 말했지만 예의 바르다는 말에 아카리는 고개를 외로 틀었다. 새전을 넣어주는 참배객에게나 싹싹하게 대하는 거겠지.

"그 아이 이름이 다이치인가. 내가 어렸을 때도 다이치라는 이름의 남자가 신사에 있었는데."

"신관의 가계도에는 옛날부터 다이치라는 이름의 남자가 제법 있었어."

"예전 신목에 번개가 떨어졌을 때 있었다던 사람이 다이치라는 아이 아니었나? 혹시 지금 사무소에서 살고 있는 게 그 아이야?"

대수롭지 않은 듯한 히비노 씨의 말에 아카리는 깜짝 놀랐다.

"앗, 신목에 번개가 쳤는데 거기 있었다고요? 다……, 다치지 않았나요?"

"나무에 올라가 놀고 있다가 그랬을걸. 벌 받은 거지. 하지만 기적적으로 다치진 않았다고 누군가한테 들었던 것 같아. 벌써 6~7년 전 일이야."

다이치가 번개를 싫어하는 건 그런 일이 있어서였던가. 하지만 신목에는 지금도 태연히 올라가는데?

그런 생각을 하면서 아카리는 다시 한 번 가만히 사진을 보았다. 모두가 친척일 텐데 신관인 듯한 다른 사람들은 별로 다이치와 닮지 않은 게 의외였다.

"어라, 모리무라 씨잖아?"

밖을 보던 사노 씨가 그렇게 말했다. 아카리가 서둘러 사진에서 유리문 밖으로 시선을 돌리자, 길가 도랑을 들여다보는 사람이 있었다. 밀짚모자를 쓴 노인이다. 신사의 돌담을 따라 나 있는 도랑은 여름풀들에 덮여 있었지만 뭔가를 찾기라도 하듯 걸어가다가는 멈춰 서서 수풀을 들여다보곤 다시 천천히 걸어가기를 반복했다.

"전 가서 개에 대해 물어볼게요."

"그리 상관하지 않는 게 좋을걸."

수다를 좋아하는 히비노 씨에게는 정말 맞지 않는 사람인지도 모른다. 하지만 이대로는 개가 불쌍하다는 생각에 아카리는 서둘러 부동산 사무실을 나섰다.

골목 모퉁이를 돌았는지 모리무라 씨의 모습은 사라지고 없었다. 아카리는 뒤를 쫓기 위해 서둘러 골목 모퉁이 쪽으로 갔다. 주위를 둘러보자 담벼락 너머로 밀짚모자가 얼핏 보인다. 상가로 가는 모양이었다. 그런 동안에도 그는 고개를 좌우로 움직이며 뭔가를 찾고 있는 듯했다.

간신히 따라붙은 아카리는 그에게 말을 건넸다.

"죄송합니다. 모리무라 씨…… 되시죠? 혹시 개를 찾고 계신가요? 이 근방에 길 잃은 개가 있어요. 새하얀 개인데……."

아카리를 돌아다본 노인은 화난 음성으로 소리쳤다.

"개라니? 개 같은 거 안 찾아!"

과연, 이것이 히비노 씨가 말한 비뚤어진 성격이라는 것인가. 아카리는 다시 마음을 다잡고 생긋 미소 지었다.

"그런가요. 죄송합니다. 그럼 뭔가 떨어뜨리셨나요?"

손님을 대하는 마음으로 웃음을 보낸 아카리였지만 그게 그의 신경을 건드린 듯 굵은 눈썹을 바싹 추켜올렸다.

"당신은 뭐야? 평일 대낮에 일도 하지 않는 건가? 요새 젊은 계집애들은 화려하게 꾸밀 줄만 아는 천박한 것들뿐이지. 부모 바짓가랑이 속에서 놀 생각만 하면서."

이건 너무나 편견에 치우친 말이다. 하트 모양이 인쇄된 티셔츠는 약간 화려했지만 부모님의 바짓가랑이 속에 있지는 않다. 발끈할 뻔한 것을 참으며 아카리는 반박했다.

"오늘은 쉬는 날이에요. 평일에 쉬는 직업도 있으니까 오해하지 말아주세요."

"시끄러워! 그런 걸 내가 어떻게 알아."

모르니까 함부로 말하지 말아줬으면 싶다. 이 상태로는 무슨 말을 해도 욕만 먹을 것 같았다. 그렇게 생각하자 역시 할 말이 없다.

"방해된다. 비켜."

일부러 아카리를 밀치듯 어깨를 부딪쳐온다. 비틀거려야 할 사람은 아카리 쪽이었지만 왠지 모리무라 씨가 비틀거렸다. 전신주에 한 손을 짚고 기대는 그를 살펴보니 아무래도 어딘가 안 좋아 보였다.

"저기, 괜찮으세요?"

쓸데없는 참견 말라고 소리치지 않는 것을 보니 괜찮지 않은 모양이다.

"잠깐만 기다려주세요. 사람을 불러올게요."

"……됐어."

"하지만."

"쉬시는 편이 좋겠네요. 너무 더워서 그래요. 괜찮다면 우리 집으로 가시죠."

아카리의 등 뒤에서 슈지의 목소리가 들려왔다.

"바로 근처예요."

"너는……."

"이다 시계방 사람입니다."

"이다…… 씨의……?"

모리무라 씨는 슈지의 할아버지를 알고 있는 모양이었다. 그 때문인지, 아니면 부드러운 슈지의 분위기가 고집불통마저 희석시켜버린 건지 모리무라 씨는 순순히 슈지에게 어깨를 맡기고 걸어갔다. 아카리는 안도의 한숨을 내쉬며 그들 뒤를 따랐다.

물을 마시고 시원한 방에서 잠시 쉬었을 뿐인데 모리무라 씨는 안정을 되찾은 듯했다. 거실 옆의 다다미 방에 누운 채 오래된 괘종시계를 바라보고 있었다.

"여기는 변하지 않았군."

집 안의 시계 소리를 모두 들으려는 듯 눈을 감는다. 여기에서는 그렇게 귀를 기울이면 시계추들의 소리가 공기 속에 가득 차는 게 느껴진다. 그것은 낡은 서양식 주택이 숨을 쉬기라도 하는 듯 그 안에 있는 사람에게 신비로운 안도감을 가져다준다.

"할아버지 가게를 찾으셨던 적이 있으신가 보군요."

"……옛날 우리 아버님이 동네에서 시계를 받았어. 큰 수해가 났을 때 아이들 교과서를 무상으로 인쇄해주셨던 모양이야. 아버님의 유일한 자랑거리이자 긍지였지. 그 시계를 몇 번인가 이다 씨한테 수리해달라고 부탁을 했었어."

"그 시계는 아직도 작동하나요?"

"아니. 멈췄어."

"고장 난 거라면 고칠 수 있는지 한번 봐드릴까요?"

모리무라 씨와 슈지의 대화를 들으면서 수박을 내온 아카리는 그것을 슬쩍 탁자에 올려놓았다.

"괜찮으시면 이것 좀 드세요."

수박을 노려보듯 바라보던 그가 이마에 깊은 주름을 모은다. 싫다는 뜻일까. 당장이라도 탁자를 뒤집어엎을 것 같아서 숨죽이고 있는 아카리를 흘낏 보며 모리무라 씨는 묵묵히 몸을 일으켰다.

"고장 났든 아니든 상관없어. 작동하지 않는 건 마누라가 사라졌기 때문이니까. 나를 골탕 먹이려는 건지도 모르지."

"골탕 먹이다니요? 아주머니가 시계를 망가뜨리기라도 했단 건가요?"

그렇게 말하는 아카리를 다시 한 번 노려본다.

"내가 어떻게 알아. 직접 물어봐."

아카리와 슈지가 서로의 얼굴을 마주 보았다.

"저기, 사라지셨다는 게 꼭 가출만은 아니잖아요. 사고라든가 사건 같은 것 때문인지도 모르고요."

슈지가 냉정하게 지적했지만

"그럼 경찰한테서 연락이 왔겠지. 아무런 소식도 없다는 건 그 사람이 돌아오고 싶지 않다는 뜻인 거야. 그 여자가 마음을 허락한 건 허구한 날 끌고 다니던 개뿐이었다고."

아주머니가 기르던 개도 사라진 모양이다.

"지금쯤 어딘가에서 드디어 탈출했다고 한숨 돌리고 있을걸."

"설마요. 가족이시잖아요."

달랠 생각으로 그렇게 말했지만 아무래도 아카리는 모리무라 씨가 듣고 싶지 않은 말을 한 듯했다. 그는 노골적으로 얼굴을 찡그렸다.

“가족? 그 여자는 그냥 식모 같은 사람이야. 먹여주는 대신에 일해왔을 뿐이지. 나한테서 도망치고 싶어도 갈 데도 없었어. 애교나 매력도 없는 여자를 나 말고 누가 거둬준대? 그 사람은 그걸 잘 알고 있었던 것뿐이야. 마음속으론 나를 미워했겠지. 서로 가족이라고 생각한 적 없어.”

단숨에 퍼붓는 그에게 아카리는 질려버렸다. 부부인데 저런 식으로 말할 수 있을까. 게다가 갈 곳이 없다는 걸 뻔히 알면서 왜 아주머니를 찾지도 않는 것일까.

화가 나서 감정적이 될 것 같은 아카리가 더 쓸데없는 소리를 하기 전에 슈지가 끼어들었다.

“하지만 아주머니 개를 찾아다니셨잖아요?”

역시 냉정한 말투였다.

“아니야! 개는 죽었어.”

“네? 어, 어떻게요?”

“엊그제 강가에서 죽어 있는 걸 발견했다더군. 목걸이의 등록번호를 보고 보건소에서 연락해줬어. 최근 천둥 벼락과 함께 큰 비가 왔으니 물이 불고 물살도 셌을 거야. 빠져 죽었겠지.”

“그럼 아주머니는…….”

그 개를 산책시키고 있었다면 만일의 경우도 생각해야 한다. 실제로 모리무라 씨의 머릿속에도 그런 생각이 있지 않을까. 험상궂은 표정을 짓고 있는 이유가 아카리에게 화가 나서 그런 것이 아니라면 말이다.

"아무튼 개밖에 발견되지 않았어!"

"그럼 뭘 찾고 계셨던 거죠?"

하지만 슈지는 아주머니 걱정을 하고 있는 게 아닌지, 처음 이야기로 다시 돌아갔다.

"이 불볕더위 속에서 꽤 오랫동안 돌아다니고 계셨죠? 그렇다면 중요한 것인 모양인데."

"마누라한테 소중한 것인 모양이야. 개 목걸이에 같이 붙어 있던 작은 주머니에 제일 소중한 걸 넣어두었다고 아들 녀석에게 말하는 걸 들었어. 보석이라도 넣어두었나 보지."

그럼 몰래 엿들은 거잖아요, 하고 생각했지만 말하지는 않았다.

"아저씨가 사주신 건가요?"

"말도 안 되는 소리. 뭐 사준 적 없어. 나 몰래 돈을 모아서 산 비싼 물건일까 봐 화가 난 것뿐이야."

"말도 안 돼. 부인이 비상금 정도 모아두는 게 어때서요."

결국 아카리는 대거리를 하고 말았다.

"웃기지 마. 내 돈이야!"

좀스럽긴, 하고 투덜대고만 아카리의 말을 서둘러 지워버리듯 슈지가 다시 끼어들었다.

"자자, 진정하세요. 주머니 안에 든 물건이 값비싼 것이라는 증거는 없잖아요."

"아무튼 개가 발견됐을 때는 주머니가 없었어. 그래서 혹시나 싶어 산책 코스를 살펴보자고 생각했던 거야."

"그랬군요."

값비싼 게 아닐까 하는 생각이 들자 찾지 않고는 배길 수 없었던 것이다. 개의 목걸이에 붙어 있던 주머니보다 아주머니 쪽을 더 걱정해야 하는 거 아닌가.

"절대 못 찾았으면 좋겠네."

아카리의 말을 들었는지 그가 노려보았다.

유리잔으로 손을 뻗어 물을 다 비우고 난폭하게 테이블 위로 내려놓았다.

"폐를 끼쳤군. 그만 돌아가겠어."

수박에 손을 댈 생각은 없는 듯했다.

"댁까지 바래다드릴까요?"

슈지는 끝까지 친절했다. 하지만 모리무라 씨도 끝까지 고집불통이었다.

"늙은이 취급하지 마."

부인인 모리무라 치카요 씨는 후처였던 모양이라고, 그가 돌아간 후 슈지는 아카리에게 말했다.

"전 부인이 죽자 어린 자식을 돌보고 집안일 해줄 사람이 필요해서 서둘러 맞선을 봤대."

"그럼 정말 식모였던 거야? 아주머니는 잘도 그런 결혼을 했네."

"아주머니 쪽도 이혼한 지 얼마 안 됐다던가, 거의 쫓겨나다시피 한 데다가 돌아갈 친정도 없었기 때문에 주변 사람들의 권유에 응할 수밖에 없었을 거라고들 했어."

슈지는 이 이야기를 술집 아주머니한테 들은 모양이었다. 상가 전단지를 준비하면서 모리무라 씨가 화제에 올랐기 때문이었다. 모리무라 인쇄소는 폐업했기 때문에 상가 전단지는 이제 다른 곳에서 인쇄하고 있었지만 옛날부터 가게를 하던 점주들은 모리무라 씨와 오래 알고 지냈다. 그래서 그가 화제에 오르면 하나같이, 일은 잘하지만 성격이 좀……, 하고 우물거리는 편이었다.

게다가 동네일이라면 모르는 게 없는 술집 아주머니에 따르면 모리무라 씨는 아내는 거들떠보지도 않고 자녀 교육부터 집안일, 장사까지 돕도록 시켰다고 한다. 그래도 치카요 씨가 기른 자식들은 남자아이들뿐이었지만 잘 품어줘 친 모자지간 같았다고 한다. 오히려 아이들은 편협한 아버지를 싫어해서 독립한 지금은 거의 연락을 안 하는 듯했다.

"심했네. 치카요 씨. 좀 더 빨리 가출했어도 전혀 이상할 게 없었겠어."

"하지만 어쩔 수 없이 결혼한 건 옛날 일이잖아? 몇 십 년이나 같이 살았으니까 서로 마음이 통했을 수도 있고, 부부 사이는 그리 나쁘지 않았을지도 몰라."

그럴까. 치카요 씨가 꾹 참고 지낸 덕분에 지금까지 살 수 있었던 게 아닐까.

"적어도 모리무라 씨는 아주머니가 안 계셔서 적적해하고 있어. 그렇게 보였지?"

"응? 그래?"

아카리에게는 그렇게 보이지 않았다. 사라졌다는 사실에 화만 내고 있는 것 같았다. 치카요 씨의 행방을 알아볼 생각은 하지 않고, 비상금만 걱정하고 있었다.

"적적해하셔. 걱정이 돼서 어쩔 줄을 모른다고. 하지만 이제 와서 소중한 가족입네 떠들고 다닐 수는 없었을 거야."

"그런 것치고는 너무 뒤틀려 있어."

"말이 심한데."

"슈 짱은 너무 착해. 그러면 나쁜 사람한테 속기 쉬워."

"나쁜 사람이라니?"

하고 진지한 표정으로 물어봐서

"나쁜…… 여자라든가."

그냥 머릿속에 떠오른 대로 말했을 뿐인데 왠지 의미심장한 말처럼 들린 것 같아서 초조했다.

"음, 아카리 짱한테는 속을지 모르겠지만 다른 여자가 돈 빌려달라고 하면 안 빌려줄 것 같은데."

"돈을 빌린다고? 그럼 내가 사기꾼?"

"음, 이런 경우에는 보통 결혼 사기 아닌가?"

슈지는 이상하다는 듯 웃었지만 아카리는 서둘러 눈을 외면했다.

아카리한테는 속을지 모르겠다는 말도, 사기라는 단어가 붙은 말도, 그것들이 아무리 농담이었다 해도 결혼이라는 말이 붙으면 허둥대고 만다.

"미안. 화났어?"

"벼, 별로."

"얼굴이 빨개졌는걸."

"수박 때문이야."

지리멸렬이다.

좋아하는 사람이 생기면 장래를 생각하지 않을 수 없다. 하지만 늘 남의 일처럼 느껴졌다. 동창들이 하나둘 결혼하는 그런 나이가 됐는데도 아카리는 굳이 말하자면 결혼하고 싶다는 생각이 별로 없었고 사귄 사람들도 그랬다. 아마 아카리와 있으면 평범한 가정을 상상하는 게 어려웠을 것이다.

하지만 슈지와 이 오랜 집에 있으면 그게 평범한 일처럼 생각된다. 여기가 아카리의 집이 되어 매일 함께 있는 것도 부자연스럽지 않을 것 같다. 하지만 그런 식으로 생각하는 자신이 아직 당황스럽다.

한 조각 남은 수박이 물끄러미 이쪽을 보고 있다. 혼자 있었다면 좀처럼 먹을 생각을 못했을 것이다. 슈지와 있으면 혼자인 자신을 상상할 수 없다. 그래서 약간 무서워진다.

혼자가 된 모리무라 씨도 수박을 보고 그런 기분이 들었을까.

수박은 여럿이 먹는 것. 입으로는 무슨 말이든 해도 평소 가까이에 있던 사람이 없다면 허전할 것이다.

"치카요 씨의 소중한 것이 무엇이었는지 모리무라 씨는 알고 싶었던 건가……."

슈지가 모리무라 씨의 심정을 이해하려 애를 썼기 때문에 아카리도 열심히 생각했다. 그렇게 생각하니 모리무라 씨는 그것을 알아내려고 필사적이었던 것 같다.

"절실하게. 그걸 모르면 아주머니를 찾을 자격이 없다고 생각할 만큼."

자격이라니. 그런 것보다 정말 걱정이 되면 체면 따질 것 없이 찾아야 한다고 생각하는데.

"치카요 씨는 틀림없이 무사할 거야."

개가 죽었다고 하니 무엇보다 아카리도 그게 걱정이었다.

"확인하러 가볼까."

"응?"

놀랐지만 슈지는 태연스레 말한다.

"그게, 아무래도 이야기가 서로 겹쳐. 기시모토 씨 모녀가 낙뢰에 맞았을 때 강에 빠진 건 모리무리 씨의 개였을 것 같지 않아?"

사야 씨는 기억나지 않는다고 말했지만 개를 본 사람 말이 사실이라면 그 개의 모습은 치카요 씨의 개와 일치한다. 낙뢰가 있었을 때 두 사람 곁에 개가 있다가 거기에 휘말려들었는지도 모른다.

"사야 씨한테 이야기 들으러? 치카요 씨의 개가 옆에 있었다면 근처에 치카요 씨도 있었을지 모른다 이건가?"

문제는 사야 씨가 그때의 일을 기억할 수 있는가 하는 점이다.

"근처에 있었을 거야."

그는 그렇게 말하며 일어섰다.

4

사야 씨의 사무실은 역 근처의 복합 빌딩에 있었다. 보석 회사를 그만두고 독립하여 여기를 작업실 삼아 일해온 지 3년째라고 했다. 거의 업체의 주문인 듯 샘플 등이 가지런히 정리된 상담 공간은 그녀가 좋아하는지 파스텔색의 인테리어와 장식물들로 꾸며져 있었다.

갑자기 찾아온 아카리와 슈지를 맞이하며 그녀는 그들이 왜 왔는지 궁금하다는 태도를 보이면서도 커피를 내왔다.

"저기, 저는 아직 이렇다 할 어떤 것도 생각나지 않아요."

"네. 그럴 거라고 생각합니다. 오늘은 저희가 여쭤보고 싶은 게 있어서 왔어요."

슈지가 그렇게 말하자 이상하다는 표정으로 고개를 끄덕였다.

"기시모토 씨. 생각나지는 않겠지만 그 열쇠를 당신은 손에 쥐고 있었나요? 아니면 어딘가에 넣어두셨나요?"

"넣어두었어요. ……어떻게 아셨어요?"

"죄송합니다만 그걸 보여주실 수 있으세요?"

안쪽 사무실로 들어갔다가 이내 돌아온 그녀는 작은 천주머니를 테이블 위에 놓았다. 파란 비단 천으로 만든 수제품이었다.

아카리는 그 천주머니를 들여다보았다. 모리무라 씨의 개는 목걸이에 작은 주머니를 달고 있었다고 했다. 거기에 치카요 씨는 자신에게 제일 소중한 것을 넣어두었다. 혹시 이게 사야 씨의 것이 아니라 치카요 씨의 것이라면.

낙뢰 직전에 그들이 가까이에 있었다면 우연한 이유로 사야 씨가 이 주머니를 가지고 있었을 수도 있다. 하지만 그것을 기억하지 못해서 사야 씨는 자신의 것이라고 생각하는 것인지도 모른다.

"주머니에 대한 건 기억하세요? 어디서 샀다거나 받았다거나."

슈지의 물음에 그녀는 고개를 저었다.

"그 열쇠는 당신 것이 아닐지도 모릅니다."

슈지는 단호하게 말했다.

"하지만 키홀더는 확실히 제가 만든 거예요. 낙뢰 전후의 기억은 애매하지만 그 외에는 잘 기억하고 있어요. 이것을 만들었을 때 문자판의 숫자 때문에 고생했던 것도 기억해요. 틀림없어요."

내용물인 열쇠에 대해서는 자신에게 중요한 물건일 것 같다는 생각이 든다고 말했다. 그래서인지 다른 사람 것이라고 인정하고 싶지 않은 듯했다.

"네. 그게 당신의 작품이라는 건 알고 있습니다. 저도 본 적이 있으니까요. 2년쯤 전에 상가 벼룩시장에 냈었죠."

"아, 네. 그러고 보니 직접 만든 비즈 액세서리나 칠보 브로치를 몇 개 내놨는데 제법 평판이 좋았던 기억이 나네요. 지금은 인터넷으로만 판매하고 있지만요."

그렇게 말하면서 그녀는 안심한 듯했다.

"이걸 산 사람이 잃어버린 걸까요? ……틀림없이 같은 디자인의 것이 몇 개 있었으니까……."

상가 공터에서 부정기적으로 벼룩시장이 열린다는 건 아카리도 알고 있었다. 시장이 열리는 일요일이 일하는 시간과 겹쳐 실제로 가본 적은 없다. 슈지 말로는 시작했을 당시, 가게나 손님뿐 아니라 보기 드문 물건도 많았지만 서서히 동네 모임 같은 성격으로 변질되었으므로 기획을 다시 생각해보아야만 한다고 했다. 아마 사야 씨는 시작 즈음의 벼룩시장 때 물건을 냈을 것이다.

그때 치카요 씨가 손님이었을 가능성이 높다. 개를 산책시키며 상가 뒤쪽을 통과했다면 공터 옆도 지나갔을지 모른다.

"당신의 키홀더를 사서 열쇠에 걸고 주머니에 넣은 그 소유자는 아마 모리무라 치카요 씨일 겁니다."

아, 하고 입을 벌린 그녀는 그대로 경직되었다. 치카요 씨를 알고 있는 게 틀림없었다.

"기시모토 씨, 낙뢰 때 함께 있었던 사람은 사실 어머니가 아니죠?"

슈지가 무슨 말을 하는지 어안이 벙벙했다. 그런 아카리의 눈앞에서 사야 씨는 천천히 고개를 끄덕였다.

낙뢰에 맞아 병원에서 눈을 떴다는 사야 씨는 자신이 왜 이런 곳에 있는지 전혀 알 수 없었다고 한다. 날짜도 요일도 전혀 기억이 안 났던 모양이다.

낙뢰에 대한 이야기를 듣고 자신의 몸에 무슨 일이 벌어졌는지 이해했다. 기억이 혼란스러울 수도 있다는 것을 겨우 납득했다. 그때 간호사가 해준 말에 따르면 함께 있던 어머니도 가벼운 부상을 입었다고 했다.

어머니가 함께 있었구나 하고 순순히 생각했다. 어머니의 병실로 가려고 복도를 걷는 동안 생각났다. 어머니는 정년퇴직한 아버지와 함께 오빠 부부 집에서 살기 시작한 지 얼마 안 되었고 손자를 보살피느라 정신이 없다. 그래서 딸이 사는 곳까지 오는 일은 좀처럼 없었다. 그럼 이 앞의 병실에 있는 건 누구일까.

창가 침대에서 그 사람은 상반신을 일으킨 자세로 창밖을 바라보고 있었다. 침대 이름표에는 이름이 적혀 있지 않았지만 간호사의 이야기에 따르면 사야 씨를 딸이라고 말한 사람이 이 침대에 있는 여자인 모양이었다. 사야 씨와 함께 강가에 있다가 낙뢰에 맞아 가벼운 부상을 입은 사람으로 사야 씨가 딸이라는 사실 외에 자신이 누구인지 기억하는 게 거의 없다고 했다.

사야 씨의 기척을 깨닫고 돌아본 그 사람은 당연히 어머니가 아니었다. 백발이 섞인 머리를 짧게 깎았다. 어머니 나이보다 훨씬 더 많아 보였고, 살집이 있는 것도 어머니와는 닮지 않았다. 하지만 그 사람은 사야 씨를 보고 기쁘게 웃으며 이름을 불렀다.

"사야 짱."

이름을 알고 있는 걸로 봐서 그녀는 사야 씨와 가까운 사이일 것이다. 그래서 병원은 아직 아무 기억도 없는 그 사람을 기시모토 사야라고 이름 부를 수 있는 그녀의 어머니라 믿어 의심치 않았다.

"사야 짱. 와주었구나. 얼굴빛도 좋고 해서 금방 퇴원할 수 있을 것 같네. 검사 결과 이상이 없으면 네 쪽이 먼저 퇴원할 수 있을 것 같다고 하더구나."

그 사람은 팔에 붕대를 감고 있었지만 괜찮아 보였다. 침대에서 몸을 앞으로 내밀며 사야 씨의 손을 꽉 잡았다.

"이상도 하지. 아무것도 생각이 안 나는데 네가 누군지는 알 수 있어. 눈을 뜨기 직전에 꿈을 꿨기 때문이야. 어렸을 적의 네 꿈이었지. 네가 죽어버리는 꿈. 아아, 하지만 꿈이어서 얼마나 다행인지."

그 사람은 딸을 잃은 적이 있었던 것이다. 그렇게 생각해서 사야 씨는 사람을 잘못 봤다고 말할 수 없었고 무심코 딸인 척 대꾸를 하고 말았다. 게다가 아직 자신에 대해서도 기억해내지 못하면서 모친이라고 주장하는 그녀의 말과 자신의 기억 중 어느 쪽을 믿어야 할지 혼란스러웠던 것도 사실이었다.

하지만 '사야'가 아닌 '아야'였다는 걸 사야 씨는 깨달았다. 그 사람은 처음부터 '아야'라는 이름으로 불렀지만 병원 사람이나 사야 씨 모두 '사야'라고 잘못 들었다. 약간 헷갈릴 수도 있는 발음은 사고 직후라서 그럴 것이라고 생각해버렸다.

하지만 아니었다.

사야 씨는 사흘째 퇴원하여 일상생활로 돌아갔다. 사고 직후를 포함해 군데군데 기억이 날아갔지만 자신의 가족이나 친구,

그동안의 환경 등은 원래대로 명료해졌다. 더 이상 모르는 사람을 어머니라고 속일 수는 없었다.

퇴원하기 직전에 의사에게 말했다. 그녀의 신원을 다시 조사해달라는 것이었지만 일주일이 지난 지금도 여전히 입원해 있는 것을 보면 조사하는 데 시간의 걸리는 모양이었다.

"하지만 사야 씨는 모리무라 치카요 씨의 이름을 알고 있었잖아요?"

아카리가 물었다. 아까 슈지가 그 이름을 댔을 때 그녀가 퍼뜩 놀라는 모습이 떠올랐던 것이다.

"그 사람이 말했어요. 제가 병실로 가서 딸이 아니라고 해명할 때 자신도 그런 것 같다고 했거든요."

시간이 지남에 따라 서서히 치카요 씨도 위화감을 느낀 듯했다. 딸이 어떤 식으로 교육받고 성인이 됐는지 아무런 기억이 없었다. 어렸던 딸이 처음 걸었던 일이나 산책했던 길, 함께 불렀던 노래는 기억나는데 좀 더 성장한 모습, 초등학생이나 중학생이 된 딸과의 추억은 아무리 기억을 뒤져보아도 존재하지 않았다.

자기 자신에 대한 다른 부분은 생각나지 않아도 왠지 알 것 같았다. 방금 전까지 꾸었던 꿈의 내용은 기억하지 못하지만 꿈을 꾸었다고 확신할 수 있듯이, 오랜 세월을 지내온 집이나 생활이 있었음은 안다. 하지만 딸은 거기에는 없었다.

사고의 충격으로부터 시간이 지나면 지날수록 조금씩 딸의 존재가 멀어져갔다. 그와 동시에 현재의 자신이 가까워진다. 그렇게 해서 치카요 씨는 문진표의 성명 칸에 거의 무의식적으로 모리무라 치카요라고 썼고, 그것이 자신의 이름임을 떠올렸다고 한다.

다만 그 사실을 아직 병원에는 알리지 않았다. 문진표는 찢어버리고 새로운 것을 받아 대충 작성했다.

진짜 이름을 알리면 사실을 알게 된다. 자신의, 아마도 불행한 인생을. 그런 예감이 들었다고 한다.

"역시, 아야 짱은 죽었던 거예요. 훨씬 전에."

집으로 돌아가고 싶지 않나요, 사야 씨는 물었다.

"안 받아줄지도 몰라요. 가족에 대한 건 전혀 생각이 나지 않거든요. 기억나는 건 아야 짱에 대한 것뿐이에요. 나한테 가족은 그 아이뿐인지도 모르죠. 그걸 아는 게 무서워요."

그녀의 예감은 옳은 것인지도 모른다. 남편인 모리무라 씨의 태도를 떠올리자 그런 생각이 들었다. 슈지가 말했듯 아주머니를 걱정하고 있다 해도 가족이 아닌 식모로서다. 그렇다면 치카요 씨를 진심으로 걱정하고 있다고 말할 수 있을까.

"치카요 씨의 가족은 정말 걱정하고 있을까요? 갑자기 사라졌다면 보통은 필사적으로 찾아다니지 않나요? 가족이 경찰에 신고 접수라도 했다면 치카요 씨의 신원은 금방 알 수 있을 텐데요."

사야 씨의 지적은 지당한 것이었다.

"남편은 아주머니가 자신에게 정나미가 떨어져서 가출한 게 아닌가 생각하고 있어요. 찾아서 데리고 돌아와도 괜찮을지 고민하고 있는 거죠."

슈지는 역시 모리무라 씨를 옹호했다.

"그건 지금까지 치카요 씨를 업신여겨왔기 때문이에요."

"그럴지도 모르지만, 치카요 씨가 남편을 어떻게 생각하고 있는지 그건 우리도 모르는 부분이죠."

의외로 그는 그렇게 반박했다.

"그러니까 기시모토 씨. 그 열쇠를 제게 맡겨주지 않으실래요? 치카요 씨의 남편에게 주고 싶습니다. 그녀가 소중히 간직하던 이 천 주머니의 내용물이 무엇인지 남편은 무엇보다 신경 쓰고 있어요. 아마 치카요 씨의 진심을 알고 싶기 때문일 거예요."

테이블 위의, 실용적이라기보다는 장식적인 열쇠를 사야 씨는 가만히 바라보다가 얼굴을 들었다.

"그녀에게는 좋은 추억의 물건일까요?"

"그럴 겁니다."

소중한 물건임에는 틀림없다. 하지만 그것이 모리무라 씨와의 추억과 관련된 게 아니라면 오히려 역효과가 나지 않을까.

"슈 짱. 이 열쇠가 만약 아야와 관련된 것이라면 모리무라 씨한테는 그리 탐탁치 못한 물건 아닐까? 죽은 딸이라면 모리무라 씨와 재혼하기 전일 거잖아. 모리무라 씨 집에는 전처와의 사이에 아들만 둘 있었지? 다른 아이는 더 없었던 것 같은데."

"응. 아야라는 여자아이는 아마 전 남편과의 사이에서 낳은 아이일 거야. 하지만 이건 딸과는 관계가 없는 물건일 거라고 생각해. 모리무라 씨와 치카요 씨를 연결해주는 물건일 거야."

무슨 열쇠인지 슈지는 안다고 했다. 그러나 무슨 열쇠인지 안다 해도 문을 연 장소에 있을 치카요 씨의 보물이 무엇인지까지는 알 도리가 없다. 그래도 슈지는 단언했다.

5

"마누라를 데리러 가자고?"

슈지와 아카리가 찾아간 모리무라 씨는 화난 얼굴로 치카요 씨가 벼락에 맞아 입원해 있다는 이야기를 들었지만 역시 그녀를 걱정하는 듯한 말은 하지 않았다.

"그 사람이 직접 연락해오면 가주지."

"그게, 벼락에 맞은 충격으로 여러 가지 일이 기억나지 않는 모양이에요."

"흥. 싫은 건 전부 다 까먹고 개운해지고 싶은가 보네."

이런 상황에서 치카요 씨의 소중한 열쇠를 그에게 건네줘도 되는 것일까. 쓸데없는 물건이라며 버리지나 않을까 걱정이 되어 아카리는 안절부절 못했다. 슈지는 아직도 열쇠 이야기는 하지 않았다.

"아무튼 병원에서 연락이 올 거예요. 아주머니가 아무것도 기억하지 못하더라도 가족이니까요."

"그럼 그때 데리러 가면 되겠네."

"그 전에 가야죠. 아저씨가 데리고 와주세요. 안 그러면 이 집 시계는 두 번 다시 작동할 수 없게 돼요."

시계? 아카리는 방을 둘러보았지만 지저분한 방에 시계다운 시계는 없었다. 모리무라 씨는 복잡한 표정으로 침묵하고 있었다. 고개를 숙이고 꼼짝도 하지 않는다. 뭔가를 깊이 생각하는 듯 보였다.

슈지는 그런 모리무라 씨의 모습이 마치 남의 일인양 천천히 툇마루 바깥쪽으로 시선을 돌렸다. 마당에 개집이 있었다. 그의 눈길이 멈춘 것은 개집에 걸려 있는 이름표였다.

"아야……?"

자연스럽게 아카리도 따라보다가 자신도 모르게 이름을 읽었다. 놀란 얼굴로 모리무라 씨는 고개를 들었다.

"개 이름이, 아야인가요?"

"……그게 왜?"

험상궂은 반문에 아카리는 우물거렸다.

"아뇨. 그냥."

"마누라의 죽은 딸 이름이지. 아야코였던가. 그 사람은 말한 적이 없지만 결혼 전에 그 사람의 친척한테 들었네. 내가 알고 있는 줄은 모를 게야."

퉁명스럽게 말한 후 모리무라 씨는 길게 한숨을 내쉬었다.

"전남편이라는 사람은 여자가 생겨서 치카요를 쫓아냈어. 딸이 죽은 지 얼마 안 되어 크게 상심해 있는데 말이야. 원래부터 딸은 몸이 약한 모양이었는데, 건강하게 낳지 못한 치카요 때문에 죽었다고 닦달하며 자신의 배신을 정당화했지. 전남편과 헤어진 후 치카요는 자살을 시도했다고 하더군. 그래서 사람들도 빨리 누군가에게 떠넘겨버리고 싶었을 게야. 사실은 자살을 시도한 게 아니라 그냥 힘없이 걷다가 가벼운 교통사고가 난 것뿐이라고 말하는 친척도 있었지만 말이야. 당시 내겐 치카요를 동정할 여유는 없었어. 그 무렵엔 아버지도 병으로 누워 있었고, 어린 아들 둘에 일도 해야 했어. 혼자서는 도무지 어려웠지. 솔직히 여자라면 누구든 상관없었어. 불평하지 않고 일해줄 수만 있다면."

내뱉듯이 단숨에 말한 모리무라 씨는 천천히 일어섰다. 활짝 열어젖힌 유리문 안쪽은 부엌이었다. 그리로 들어가 냉장고를 열었다. 캔 맥주를 꺼내 단숨에 목구멍 속으로 흘려보냈다.

"……나는 안 갈 거야. 아들한테 부탁해봐."

냉장고 안에 수박이 보였다. 그것도 한두 조각이 아니었다. 냉장고 안이 초록색 줄무늬와 빨간 과육으로 가득했다.

수박을 무척 좋아하는 걸까. 아니다. 저건 틀림없이 치카요 씨를 위한 것이다. 돌아오면 먹이려고 지난 며칠간 모리무라 씨가 매일같이 사왔음에 틀림없다. 어쩌면 수박을 사오는 건 모리무라 씨의 역할이었는지도 모른다. 평소와 다름없이 사왔는데도 먹을 사람이 없어서 계속 쌓였을 것이다. 둘이서 먹어야 하는 것을 혼자 덩그러니 먹고 싶은 생각은 들지 않을 테니까.

"개를 얻어온 건 아저씨죠?"

슈지가 묻는 말을 들으면서 아카리는 모리무라 씨의 본심이 왠지 냉장고에 가득 들어차 있는 것처럼 느껴졌다. 이대로 두면 달콤한 수박이 냉장고 안에서 상하게 된다.

"처음 개를 키운 건 20년쯤 전이었나. 우연히 아는 사람 집에서 분양해갈 사람을 찾고 있었어. 마누라가 개를 키우고 싶다는 소리를 한 적이 있었지."

"그때 아야라는 이름을 붙여준 것도 아저씨죠?"

슈지가 그렇게 생각한 건 의외였다. 아카리는 치카요 씨가 딸을 그리워하여 붙여준 이름일 거라고 생각했다. 하지만 그녀 연배의 여자라면 새롭게 결혼한 집에 전남편과의 사이에서 낳은 죽은 딸의 추억을 끌고 들어오는 것은 썩 내키는 일이 아니었을 것이다.

"그때는 하필 분양해준 집이 이미 강아지한테 '아야'라는 이름을 붙여놓은 상태였어. 굳이 다른 이름을 붙여주지 않아도 된다고 말하자 마누라도 수긍했지. 그 후로 개를 키울 때마다 아야라고 불렀어."

어쩌면 그런 이름의 개였기 때문에 분양받은 건지도 모른다고 생각할 정도로 아카리는 서서히 모리무라 씨에 대한 생각을 바꾸고 있었다.

그녀의 딸 이름을 알고 있던 모리무라 씨가 아야라는 이름의 개를 치카요 씨를 위해 분양받아온 것이다. 집을 위해 한결같이 일만 해온 그녀에 대한 감사와 위로의 마음이 없었으리라고는 생각할 수 없다.

"이젠 좀 솔직해지셔도 될 텐데."

그렇게 투덜거리는 아카리를 역시나 노려보았지만 더 이상 화를 내지는 않았다.

"그 사람과는 처음부터 단추를 잘못 채운 채 살아왔어. 단추를 전부 다 풀고 처음부터 다시 채우는 건 이제 불가능해. 이대로 있을 수밖에 없지."

과거로 돌아갈 수 없으니까 인생의 단추는 다시 채울 수 없다.

하지만 잘못 채운 단추조차 사랑스럽게 생각할 수 있도록 미래를 바꿀 수 있지 않을까. 적어도 아카리는 이 동네로 온 뒤 그렇게 생각하게 되었다.

"시계를 보여주실래요?"

슈지가 말하자 모리무라 씨는 맥주 캔을 내려놓고 따라오라는 시늉을 했다.

복도 막다른 곳에 있는 문을 열자 과거 인쇄소로 사용하던 장소가 나왔다. 셔터가 내려져 있기 때문에 작은 창문으로만 희미한 석양이 들어와 내부를 비추고 있었다. 모리무라 씨가 벽의 스위치를 누르자 불이 들어왔지만 알전구의 빛은 어슴푸레한 분위기만을 더욱 강조할 뿐이다.

인쇄기에는 비닐 시트가 덮여 있고, 작업대에는 종이 상자가 쌓여 있다. 일을 그만둔 지 꽤 오래됐을 텐데 종이에 찍힌 잉크 냄새가 아직도 풍겨온다.

"이건가요. 훌륭한 괘종시계군요."

슈지가 가까이 다가간 곳은 방의 한복판에 있는 기둥이었다. 그 앞에 키 큰 괘종시계가 놓여 있었다. 매끈한 나뭇결에는 새와 꽃이 조각되어 있었고 멀리서 보아도 훌륭했다. 그런 조각에 감싸 안긴 듯 황금색의 시계추가 자리 잡고 있었다. 하얀 문자판이 깨끗한 것으로 보아, 여기 있는 다른 기계들과는 달리 일을 그만두고 나서도 계속 손질해왔음을 알 수 있었지만 바늘도, 시계추도 움직이지 않았다.

"그래. 아버지가 받은 것이긴 하지만 나한테도 이 일에 긍지를 주는 물건이었어."

시계 옆에 '기증'이라는 글자가 보인다. 모리무라 씨의 아버지가 동네 사람들로부터 선물 받았다는 시계가 이것이었던 것이다.

시계로 다가가 나뭇결을 쓰다듬는 모리무라 씨는 더할 나위 없이 다정한 눈빛을 하고 있었다. 아카리가 몰랐을 뿐, '늘 인상을 찌푸리고 있는 고집불통 노인'이 그가 가진 모습 전부는 아니었던 것이다.

당당히, 작업장 어디에서도 볼 수 있도록 놓인 시계는 모리무라 씨 부부를 지켜주었다. 시간을 알리는 괘종 소리는 인쇄기가 시끄럽게 작동하는 중에도 똑똑히 귀에 들렸을 것이다. 일을 접고 나서도 집 안에 있으면 어디서든 시계 종소리가 들렸고, 그런 일상은 줄곧 변하지 않았을 것이다.

"시계가 작동하지 않는 게 아주머니 때문이라고 말씀하셨죠? 다시 말해, 태엽을 감는 건 늘 아주머니였겠군요."

슈지의 말에 모리무라 씨는 고개를 끄덕였다. 오래된 기계식 괘종시계니까 태엽을 감아주지 않으면 움직이지 않는다. 그 역할을 해오던 사람이 없어져서 멈추고 말았다.

"갑자기 시계 종소리가 안 들리자 시간이 멈춰버린 것 같았어. 집 안의 시간도, 나 자신의 시간도 다 멈춰버리고 말았어. 언제

일어나면 좋을지, 언제 식사를 하면 좋을지 알 수 없어진 거야."

그런 모리무라 씨에게 슈지는 묵묵히 작은 비단 주머니를 내밀었다. 그는 그것을 가만히 들여다보았다.

"치카요 씨의 가장 소중한 물건이에요. 내용물을 확인해보세요."

주머니를 받아들었지만 꼼짝도 하지 않는다. 아는 것이 두려운지, 마치 주머니 속의 내용물을 투시라도 하려듯 가만히 바라보고만 있었다. 슈지는 그저 기다릴 뿐이었다.

이윽고 손을 움직여 주머니에서 꺼낸 것은 모리무라 씨로서는 상상도 하지 못했던 물건인 모양이었다. 하지만 그는 한눈에 그게 무슨 열쇠인지 알아봤다.

"왜 이걸……."

하고 중얼거렸다.

"시계 태엽을 감는 열쇠예요."

"그……, 그래. 이 괘종시계의. 하지만 왜. 돈도 안 될뿐더러…… 그냥 그 사람에게 떠맡겨두었던 일인데."

"태엽 감는 열쇠라고?"

처음 듣는 말에 고개를 갸웃거리는 아카리에게 슈지가 귓속말을 했다.

"응. 태엽을 감기 위한 도구야."

시계의 태엽을 감는다고? 놀라서 아카리는 모리무라 씨의 손

안을 들여다보았다. 칠보로 된 키홀더에 연결된 열쇠가 태엽을 감는 물건이라니. 금속의 막대기 끝에 열쇠 같은 돌기 없이 밋밋한 원통 모양이긴 했지만 전체적인 형태는 오래된 열쇠로만 보였다. 무엇보다 아카리는 시계의 태엽을 감는 열쇠 같은 걸 본 적이 없었다.

하지만 시계의 일부였으므로 슈지는 훤히 알고 있었다. 모리무라 씨에게서 부친이 기증받은 시계 이야기를 듣고 사야 씨와 함께 벼락에 맞은 여자가 치카요 씨라면 태엽 열쇠를 사야 씨가 가지고 있는 것도 이상하지 않은 일이라고 생각한 것이다.

괘종시계를 직접 사용해본 적이 없다면 태엽 감는 도구에 대해서는 알 수 없다. 사야 씨도 본 적이 없었으니까 그냥 열쇠라고 믿어버린 것이고.

슈지는 스푼에 키홀더가 달려 있다면? 하고 아카리에게 물었다. 만약 스푼이라는 것을 모른 채 키홀더가 달려 있는 물건을 봤다면 손잡이에 장식이 되어 있는 가느다란 티스푼을 열쇠라고 생각한대도 이상하지 않을지 모른다. 그런 뜻의 질문이었던 것이다.

"이게 마누라가 소중히 생각하던 거라고?"

백발에 손을 파묻은 모리무라 씨는 허둥거리는 것처럼 보이기도 했다. 슈지는 위로하듯 천천히 고개를 끄덕였다.

"아저씨가 맡기셨나요?"

"아버지가 살아 계셨을 때부터 시계의 태엽을 감는 건 그 사람 일이었어. 아버지는 소중한 열쇠를 당신이 직접 보관하다가 감을 때만 그 사람에게 건네줬는데, 돌아가시고 나서는 귀찮아서 다 맡겨버렸지. 그래서 몇 십 년이나 불편한 적이 없었어. 그 사람은 잊지 않고 태엽을 감았으니까. ……생각해보면 납기일에 쫓겨 눈이 빙빙 돌 정도로 바쁜 날에도, 아들 녀석이 열이 나서 의사한테 달려간 날에도, 그 사람이 깊이 잠든 날에도……."

"그런가요. 괘종시계가 이 집의 심장이니까 그 일을 맡은 치카요 씨는 자랑스럽게 생각했을 거예요. 그녀는 집에 생명을 불어넣는 임무를 맡고 있었던 거죠. 그것만 봐도 확실히 이 집안의 일원이었다는 증거가 되지 않을까요?"

슈지의 말을 들으면서 모리무라 씨는 잉크가 밴 주름진 손으로 태엽 감는 열쇠를 꽉 움켜쥐었다.

치카요 씨는 남편이 맡긴 시계의 태엽 열쇠를 남편이 데리고 온 아야라는 개의 목걸이에 달아놓았다. 그녀는 죽은 딸의 존재까지 다 모리무라 씨가 받아주었다고 이해했을 것이다. 한편 모리무라 씨는 그녀에게 확고한 보금자리를 주었다. 그 증거가 태엽 열쇠였던 것이다.

원래부터 애정이 있었던 건 아니더라도, 그냥 가정부 취급만 받았어도, 믿어왔다. 적어도 치카요 씨의 집은 여기이고, 그것은 모리무라 씨도 인정해준 사실이라고 생각했기 때문에 그녀는 열심히 가업을 돕고, 전처의 자식들을 키워왔을 것이다.

"나는…… 아무것도 해준 게 없어. 지금까지 고생했다는 말 한마디조차. 이런 나를 그냥 잊어버리는 편이 그 사람을 위한 게 아닐까?"

모리무라 씨는 두 손으로 얼굴을 덮었다. 손가락 사이로 눈물이 새어나왔다.

그의 부드러운 일면을 치카요 씨는 제일 잘 알고 있었을 것이다. 그래서 돌아오고 싶어 했을 것이다.

하지만 슈지는 더 이상 아무 말도 하지 않았으므로 아카리도 잠자코 있었다.

그대로 둘이서 모리무라 씨의 집을 나왔다.

"아주머니를 데리러 갈 거야. 틀림없이."

슈지는 밖으로 나와 그렇게 말했다.

쓰쿠모 강에 걸린 다리를 건넜다. 해가 기울어 주위는 컴컴해지고 있었다. 다리 중간쯤에서 갑자기 멈춰 선 슈지는 난간으로 다가가 강둑 쪽을 바라보았다. 벼락이 떨어졌던 강둑에 그 흔적은 남아 있지 않았다. 예전에 사야 씨가 주저앉아 있던 장소는 조금 더 북쪽이었지만 그녀는 자신이 어디에서 쓰러졌는지 기억하지 못했을 것이다.

치카요 씨와 아야라는 개도 있었다. 낙뢰가 그녀들의 잊고 싶은 기억을 빼앗아간 것일까. 아니면 그녀들의 과거가 스스로 다시 태어나기 위한 번데기 상태로 변한 것뿐일까. 날개를 펼친 나비 모양의 열쇠에 사야 씨도, 치카야 씨도 소중한 마음을 투영하고 있었다.

아무리 복잡한 감정을 품고 있었다 해도, 잊고 싶다고 생각했어도 자신의 일부이며 현재의 자신으로 연결되는 시간이니까, 어렴풋이나마 뭔가 중요한 물건이라고 느꼈을지 모른다.

"부드러움에도 여러 형태가 있구나. 그런데 슈 짱. 모리무라 씨의 그런 면을 잘도 알고 있었네."

바로 옆에 서 있는 아카리를 보며 그는 미소 지었다. 부드러운 바람이 두 사람을 어루만졌다.

"시계의 마음을 생각했을 뿐이야."

"시계의 마음?"

"매일 태엽을 감아주지 않으면 작동하지 않는 시계는 그렇게 보살펴주는 사람을 좋아하게 되는 게 아닐까, 그 사람을 위해 정확히 시간을 알려주려 하지 않을까, 하는 기분이 들었어. 모리무라 씨는 시계 이상으로 치카요 씨에게 의지해왔겠지. 아들이나 소중한 시계를 맡긴 사람에게 애정이 없을 리 없으니까."

"그런가. 그래서인지 시계나 태엽 감는 열쇠가 오래되긴 했지만 깨끗했어."

만약 치카요 씨가 억지로 그 집에 있었다면, 시계의 태엽을 감는 일을 마지못해 하고 있었다면 열쇠에 예쁜 키홀더를 다는 일도 없었을 테고, 시계 유리나 새와 꽃 조각도 틀림없이 지저분했을 것이다. 그 인쇄소의 괘종시계에는 잉크 자국 하나 없었다.

"여러 형태의 부드러움이라. 좋은 말이네, 그거."

슈지는 웃었다. 아카리의 머리칼을 부드러운 손놀림으로 쓰다듬어준다. 햇살이 멀어져가는 풍경 속 우두커니 다리 위에 선 두 사람의 모습은 이제 천변이나 제방 길에서는 보이지 않을 것이다. 어슴푸레한 하늘조차 아카리에게는 부드럽게 느껴졌다.

해 질 녘의 신사에 두 사람 그림자가 있다. 남자와 여자다. 감색 원피스를 입은 여자는 20대 정도로 보였지만 하얀 레이스가 달린 모자는 상당히 오래된 디자인이고, 뒤로 바싹 묶은 머리도 촌스러운 느낌이다. 긴장했는지 입술을 일자로 꾹 다물고 있으며 낡아빠진 핸드백을 든 손에는 부자연스럽게 힘이 들어가 있다.

남자 쪽은 여자보다 열 살 정도는 더 들어 보인다. 하얀 셔츠에 수수한 넥타이를 하고 있다. 미간에 새겨진 세로 주름은 화가 나 있다기보다 원래부터 그런 것인지도 모른다. 커플일 테지만 두 사람에게서는 왠지 어색한 분위기가 느껴진다.

데미즈야의 샘물로 목을 축인 아카리의 시야를 두 사람이 가로지르며 신사 건물 쪽으로 걸어간다. 저녁 무렵이라고는 하지만 아직 후텁지근하다. 손바닥으로 땀을 닦는 남자에게 못 본 척 여자는 손수건을 내밀었지만 됐어, 하며 손수건을 든 여자의 손을 뿌리친다. 여자는 쓸쓸하게 눈을 내리뜨며 서둘러 손수건을 집어넣는다. 신사의 숲에서 저녁 매미가 울고 있다.

"여기가 조상 신의 신사예요?"

"그래."

퉁명스럽게 남자는 대답한다.

"어떻게 보고하면 좋을지 모르겠는데."

"그냥 가만있으면 돼."

건물 맞은편에서 사람이 나타난다. 그 사람은 참배하러 온 남자를 알고 있는지 인사를 한다.

"안녕하세요. 참배하러 오셨어요? 이분은?"

질문을 받은 남자의 옆에서 하얀 모자의 여자는 고개를 숙인다. 남자는 애매하게 대답한다.

"네. 그게, 우리 집에서 일을 도와주는……"

"아아, 가사 도우미시군요."

여자의 입술이 더욱 세게 닫힌다. 상처받지 말자고, 참고 있는 듯하다.

"아버님도 병이 나신 모양이던데. 큰일이네요. 모리무라 씨."

모리무라 씨? 아카리가 눈에 힘을 주었다. 자세히 보려고 하면 할수록 기묘하게 시야가 흐릿해진다.

눈을 비볐다. 햇살에 비친 땅의 열기인지, 신기루처럼 풍경이 흔들린다. 석양으로 감싸인 신사에 변함없이 두 사람의 그림자가 있다.

하지만 그 그림자는 젊지 않았다. 백발에 옆얼굴에도 굵은 주름이 새겨진 모리무라 씨다. 그 옆에 있는 살짝 등이 굽은 할머니는 아마 치카요 씨일 것이다.

다른 참배객은 보이지 않는다. 뭐였을까. 두 사람이 젊어 보였던 것은 아카리의 착각이었나.

"당신이 처음 집에 온 날이었어. 여기를 둘이서 걸었지. 신사 앞에서 합장을 했다고."

모리무라 씨의 목소리가 아카리의 머리 위에 와 닿았다.

신사를 올려다보며 치카요 씨가 눈을 가늘게 뜬다.

"그때 우리가 무슨 보고를 했었지?"

"그게, 아마 결혼했다고 말했을걸요."

훨씬 전, 지금처럼 함께 여기 왔을 때 그는 그런 식으로 말하는 대신 치카요 씨를 슬프게 만들지 않았을까. 아까의 광경이 떠올라 아카리는 그렇게 생각했다. 하지만 지금은 그때와는 다르다.

치카요 씨는 모리무라 씨의 말에 고개를 끄덕이며 머뭇머뭇 미소 지었다.

"난 당신의 신부가 됐죠."

"그래. 벌써 35년 전의 일이지만. 기억나지 않아도 그건 사실이지."

해는 기울어 주위를 붉게 물들이기 시작하고 있었지만 바람 없는 신사는 대낮의 열기를 머금고 있었다. 아카리가 있는 데미즈야는 햇살이 들이치지 않는 그늘이라 시원했지만 돌바닥 위는 더울 것이다. 가만히 있어도 모리무라 씨의 이마에 땀이 흘러내린다. 치카요 씨가 손수건을 내밀었다.

모리무라 씨는 순간 당황한 듯 손수건을 가만히 바라보았지만 마음을 고쳐먹었는지 낚아채듯 받아들었다. 옛날 같았으면 받지 않았을 손수건이다.

치카요 씨는 안심했는지 입가에 미소가 떠오른다.

"미안했어. 결혼식도 못 올려서."

이 말 역시 생각하고는 있었어도 그때 하지 못했던 말이었을 것이다.

"아버지가 병에 걸리고 자식들도 어려서 당신은 축하연도 못한 채 집에 왔지."

"이렇게 신사에 데리고 와줬잖아요. 결혼한 거 보고하러. 그게 결혼식이었어요."

모리무라 씨는 묵묵히 이를 악물 듯 고개를 끄덕였다.

저녁 매미가 울고 있다. 두 사람의 박수 소리가 경내에 울려 퍼진다.

잠깐 정적이 흐른 후, 치카요 씨가 살짝 움직였다.

"이상하죠. 기억해내지 못하면 가족이 있는 곳으로 돌아가지 못할 것 같았는데 그런 일은 없었네요. 잘 돌아온 것 같아요."

"그래. 잊은 건 다시 기억해내면 돼. 가르쳐줄 테니까. 알고 싶은 거 전부."

"처음 만났을 때부터 다시 기억하면 되겠죠?"

치카요 씨는 슬쩍 핸드백으로 손을 가져갔다. 거기에는 주름진 비단 주머니가 매달려 있었다.

"맞다. 개 키워도 될까요? 원래 개를 키웠잖아요. ……불쌍하게 되고 말았지만 나 대신 그렇게 된 거라면 그 아이를 위해서라도 또 키우고 싶어요."

"그래. 좋도록 해."

"어떤 이름으로 부를지 생각해줄래요?"

"……알았어."

주머니가 흔들리자 시계 키홀더와 태엽 열쇠일 내용물이 찰그락 찰그락 소리를 냈다.

"단추를 잘못 채운 시간을 이런 식으로 잊고 또 다시 고칠 수 있다니."

아카리의 등 뒤에 서 있던 슈지가 그렇게 중얼거렸다. 아카리는 그가 자갈길을 따라 자신에게 다가오는 소리를 듣고 있었으므로 신사 앞의 두 사람을 계속 바라보며 말했다.

"치카요 씨는 잊지 않았을 거야."

아카리가 천천히 돌아보자 슈지는 의외인 듯 고개를 갸웃거렸다.

"사고 직후에는 여러 가지가 기억나지 않았을 테지만 지금은 다시 생각난 것들도 많을걸. 아마 그럴 거야."

"그럼 일부러 잊은 척하는 거라고?"

"새롭게 시작하려는 거잖아. 기억이 백지로 돌아간 건 아니니까 같은 잘못을 반복하지 않겠다, 그래서 모리무라 씨도 옛날 일을 기억하면서도 젊었던 시절과는 다른, 솔직한 마음으로 대하려 하고 있는 것처럼 보이는걸."

이번에야말로 단추를 잘못 채우지 않도록.

"오랜 세월을 함께 살아온 두 사람의 암묵적인 합의인가. 본인들에게 그럴 마음만 있다면 과거는 얼마든지 바꿀 수 있겠지."

아직 신사 앞에 멈춰 서 있는 두 사람으로부터 시선을 거두고 아카리는 슈지와 함께 걸어갔다. 도리이를 지나 돌계단을 내려간다. 저녁 매미의 울음소리가 멀어진다.

오랜 시간을 둘이서 걷는다는 것은 그만큼 소중한 존재가 되어간다는 뜻일까 하고 생각하면서.

손과 손이 닿자 그는 아카리의 손을 잡았다. 모리무라 부부에 비하면 자신들은 이제 막 걸음을 시작한 참이다. 슈지 같은 사람과 오랫동안 시간을 보내는 것은 어떤 느낌일까. 언젠가 알 수 있을까.

사랑을 하면 사소한 일 하나만으로도 불안해진다. 만날 때는 행복하지만 만나지 못할 때는 힘들고, 옆에 없어도 마음이 연결되어 있는지 알 수 없어서 안절부절 못하게 된다. 하지만 슈지와 있으면 아카리는 늘 담담한 달콤함에 감싸여 있을 수 있다. 솜사탕처럼 푹신하지만, 혀에 닿는 순간 사르르 녹아버리는 그런 달콤함. 만나고 있을 때도 아닐 때도 그런 공기에 감싸여 만족스러운 기분이 된다.

상점가의 무지개색 아치가 보였다. 그것도 아카리를 안심시켜주는 것 중 하나다. 여기는 모든 것이 부드럽다.

그런 거리를 천천히 걷고 있는 사람이 눈에 들어왔다. 부푼 긴 머리에 캔버스 재질의 토트백을 어깨에 멘 사람이 샌들 소리를 내며 걷고 있다.

"아, 사야 씨다."

아카리가 손을 드는 것과 동시에 그쪽도 알아보고 손을 흔들었다. 이쪽으로 달려온 사야 씨는 고민거리로 가득하던 지난번과는 달리 개운한 웃음을 지어 보였다.

"안녕하세요. 마침 잘됐네요. 이 근처에 올 일이 있어서 이다 씨 가게도 들러보려고 했거든요."

"뭔가 기억나셨나요?"

"네. 열쇠에 대해서요……. 그게 열쇠가 아니었다니, 전 제 열쇠가 신경이 쓰여서 그걸 열쇠라고 생각하고 있었던 거예요."

"그럼 사야 씨의 열쇠는 어디에?"

아카리의 물음에 슈지가 대답했다.

"내가 가지고 있어."

"응?"

"예전에 이다 씨 가게에서 떨어뜨렸는데 나중에 열쇠를 주웠다는 연락을 받았어요. 이다 씨를 찾아가려고 했던 건 그걸 받으러 가기 위해서였죠."

"아, 그렇구나."

"처음엔 그냥 버려달라고 말했어요. 하지만 다음 날 아무래도 그냥 받으러 가겠다고 말했고요. 그런 것까지 전부 낙뢰 때문에 잊어버렸죠."

버려달라고 했다니 왠지 심상치 않다.

"그래서 그 열쇠는 어떻게 할까요? 돌려드릴까요?"

"역시 버려주시는 게 좋겠어요."

하도 단호하게 말해서 시원스러워 보이기까지 했다. 알겠습니다, 하고 슈지는 대답했다.

"그와 헤어진 지 얼마 안 된 상태였어요. 그래서 그에게서 받은 열쇠는 버려야 한다고 생각했지만 망설여져서."

"이젠 다시 시작할 수 없나요?"

공연한 참견인 줄 알면서도 아카리는 묻고 말았다.

"결혼한 사람이었어요. 이쪽으로 발령이 나서 혼자 와 있었는데, 저는 그것도 모르고……. 그 사람은 미안하다고 말하면서 제가 헤어지고 싶어 한다면 헤어지겠다고 하더군요. 열쇠도 마음대로 하라고."

그건 너무 교활한 것 아닐까.

"두 번 다시 만나지 않겠다고 결심했어요. 그런데도 열쇠가 없어지면 만날 구실이 사라진다는 생각이 들어서……. 이상하죠."

알면서도 실수한 게 있어서 과거를 복구하고 싶어 하는 것이다.

"열쇠에 대한 것도, 그에 대한 것도 기억이 났지만 지금은 냉정한 상태예요. 낙뢰로 잠시 잊었기 때문인지 한참 옛날에 한 사랑처럼 그런 일도 있었구나 싶은 기분이에요."

상처 받지 않았을 리는 없겠지만 사야 씨는 밝았다.

"아, 맞다. 이다 씨네 가게를 찾아가려고 했던 건 다른 일 때문이에요. 이것도 막 생각이 나서."

그렇게 말하며 사야 씨는 토트백에서 클리어 파일을 하나 꺼냈다.

"아카리 씨를 만나고 상상력이 마구 솟구쳐서…… 마음에 드셨으면 좋겠네요."

"어? 저요?"

"응? 못 들으셨어요?"

두 사람 다 슈지 쪽을 보자 그는 부끄러운 듯 눈을 돌렸다.

파일에는 사야 씨가 디자인한 팔찌 그림이 얼핏 보였다. 아니, 팔찌가 아니라 시계 벨트였다.

"그게, 아카리 짱한테 시계를 만들어주겠다고 약속했잖아? 여성용 시계의 경우 벨트 디자인은 아무래도 내가 하기에는 한계가 있어서 역시 전문가에게 의뢰해야겠다고 생각했어."

그래서 사야 씨는 몇 번씩 이다 시계방에 온 것이다. 아카리를 위해 슈지는 드레스 워치를 만들어주려 하고 있었다.

그것을 이해하는 데 시간이 걸린 아카리는 천천히 눈을 깜박였다. 그런 그녀를 보며 슈지는 그녀가 당혹스러워하고 있다고 생각했는지 서둘러 덧붙였다.

"하지만 시계는 아직 설계 중이야. 혹시 마음에 안 든다면 말해줘……."

"으응, 기뻐. 엄청 기대돼."

그렇게 말했을 때 안심했는지 그의 어깨에 들어갔던 힘이 빠졌다.

"그런가……. 다행이다. 다 만든 후라면 자신 있게 보여줬겠지만 이미지만으로는 잘 전달할 수 없다고나 할까. 드레스 워치를 좋아하지 않을지도 모르는데. 하지만 왠지 꼭 그런 걸 만들고 싶었어."

쿡쿡, 하고 사야 씨가 웃었다.

"이다 씨는 무엇이든 다 알아서 절대 허둥대지 않을 줄 알았는데."

"설마요. 모르는 것투성이에요."

"그래요? 아무튼 전 이만 가볼게요."

슈지를 한바탕 흔들어놓고 사야 씨는 뭐가 그리 재미있는지 심술꾸러기처럼 웃으며 돌아갔다.

아카리는 슈지와 다시 나란히 걸었다. 상점가의 거리를. 이다 시계방과 헤어살롱 유이 쪽으로.

"첫 손님을 놀라게 만들고 만족시켜주고 싶어서 긴장했구나."

그리고 불쑥 중얼거렸다.

"깜짝 놀라고 싶으니까 디자인 시안은 안 보는 게 좋겠어."

"봤으면서."

"살짝."

"좋아. 그렇게 하자."

"난 슈 짱의 열정과 기술이 모두 담긴 시계를 갖고 싶어. 실컷 원하는 대로 만들어도 돼."

"응. 그렇게 생각해서 이게 좋을 거라고 의기양양했는데, 널 알면 알수록 다시 생각하게 돼. 그러고 보니 별로 액세서리 안 하는데 이런 걸 좋아할까 싶기도 하고."

"별로 하지는 않지만 하고 싶은 마음은 있어. 드레스 워치가 나한테 어울릴까."

"어울리도록 만들게."

다시 잡은 손에는 아까보다 더 힘이 실려 있었다. 고마워, 하고 아카리는 중얼거렸다. 기뻐서 몸이 둥둥 떠 있는 것 같았다.

"나는 눈치가 없는 것 같아. 기분이 안 좋은지, 불만이 있는지 그런 걸 잘 몰라서 겉돌기도 하고."

누군가를 상처 입히거나 상처받았던 일을 떠올리며 그는 그렇게 말했을 것이다.

"나도 많이 서툴러. 내 생각을 잘 전달하지 못하는 편이고, 그래서 엇갈리면 포기하기도 했어."

지금도 서툰 부분은 쉽게 고칠 수 없지만.

"포기하는 건 그만해. 이제."

이제부터는 과거와 다를 것이다. 이렇게 말해주는 사람이 옆에 있으니까.

"그래."

어떤 과거든, 설령 잊을 수 있다 해도 겨우 찾은 길을 다시 지워버리는 건 불가능하므로 깊이 박힌 날카로운 가시를 뽑고 엷은 희망으로 둘둘 말아 자신의 것으로 만든 후 앞으로 나아갈 수밖에 없다. 그러면 언젠가 그것은 이물질이 반짝거리는 진주가 되듯 변하게 될까.

모리무라 씨 부부가 그랬듯이.

이다 시계방이 보이자 현관 앞 돌계단에서 다이치가 손을 흔들었다.

"슈. 어디 갔었어. 수박 있다고 해서 왔는데."

"아아, 잠깐 우체국에."

"그런 것치고는 너무 늦었잖아."

"여러 사람들을 만났거든."

동의를 구하는 그에게 아카리는 고개를 끄덕여주었다.

"받아온 수박은 아직 남아 있지?"

"먹고 갈래?"

"응, 목말라."

셋이 시계방으로 들어가자 다이치는 바로 부엌을 향한다. 슈지는 먼저 가게 카운터 안으로 들어가 선반의 서랍을 열었다. 스테인리스 열쇠를 꺼낸다. 그것은 그 아름다운 태엽 열쇠와는 전혀 비슷하지 않은 흔한 형태였지만 나비 장식물이 달려 있었다. 사야 씨의 흐릿한 기억 속에서 태엽 열쇠의 형태가 이 장식과 중복됐을지 모른다.

"그게 사야 씨 거야?"

"응. 버리려고."

"버린다고? 그럼 나 줘."

랩으로 싸둔 수박을 한 손에 들고 다이치가 귀도 밝게 이쪽을 돌아본다.

"다른 사람 집 열쇠야. 어쩌려고?"

"그냥 수집품일 뿐이야."

괜찮을까, 하고 아카리는 생각했지만 슈지는 순순히 다이치에게 건네주었다. 그는 장식을 빼서 아무 망설임 없이 쓰레기통에 던져 넣고 열쇠만을 소중한 듯 사무에 품에 넣었다.

"자, 수박 먹자."

그가 움직이면 철그렁거리는 금속음이 난다. 목걸이라고 하기에는 기묘한, 사슬과 다양한 잡동사니가 부딪히는 소리다. 귀의 피어스도 작은 나사나 자물쇠들이다.

어쩌면 저것들은 모두 누군가의 추억과 관련된 물건이 아닐까. 그런 생각이 든다. 모으는 다이치 자신에게는 어떤 추억이 있을까.

"저기, 다이치 군. 예전에 신사에서 낙뢰에 맞은 적 있어?"

히비노 씨 말을 떠올리며 아카리가 물었다. 다이치는 식탁 앞에 앉아 슈지가 다시 수박을 잘라오기만을 기다리고 있었다. 왜 물어보냐는 표정으로 아카리를 본다.

"아, 그거 나 아니야. 신주의 손자 사촌 사위의 숙모 아들."

"응? 응?"

"하지만 벼락은 나라고 착각했을지도 모르지. 내 수집품에 흥미가 있는 것 같거든."

금속이라 당연하다고 말하고 싶어진다.

그럼 사노 씨의 할아버지 알아? 하고 물어볼까 하다가 말도 안 된다 싶어 그만두었다.

마침내 눈앞에 수박이 나오자 그는 기다렸다는 듯 덥석 베어 물었다.

"그러고 보니 다이치 군, 개는 어떻게 됐어?"

"개?"

슈지가 묻는다. 비밀이었다는 걸 까맣게 잊고 있었다.

"개?"

다이치까지 고개를 갸웃거린다.

"지난번 개와 이야기했잖아. 뭔가 찾고 있다고. 주인이 죽었다며?"

"아아, 그거? 죽은 건 주인이 아니라 개였어."

"뭐?"

"그 녀석, 미련이 남아 방황하고 있었던 거야."

또 시작됐네, 하고 생각하기에는 치카요 씨가 데리고 있던 개가 떠올라 아카리는 오싹 소름이 끼쳤다. 늘 목걸이에 치카요 씨의 태엽 시계를 달고 다니던 개였다. 그것을 잃어버려 찾아다녔다는 말일까.

치카요 씨를 위해.

"다이치. 아카리 짱 놀리지 마."

슈지가 나무란 것은 아카리가 입을 벌린 채 굳어버렸기 때문이다.

"그게 말이지, 슈한테 말하지 말라고 했는데 아카리 씨가 떠들어대서."

"아, 미안. 깜박하고 그만."

"어쨌든 이제는 사라졌으니까 됐지만."

대체 다이치의 말은 어디까지가 사실인지 알 수가 없다. 하지만 물어봤자 적당히 둘러대기만 하는 것도 늘 있는 일이다.

"맞다. 아카리 씨나 슈. 혹시 강아지 받아서 키워줄 만한 사람 없어?"

"유령 개 다음은 강아지야? 왜 다이치가 그런 사람을 찾고 있는데?"

"신사에 버려진 놈이 있어서. 작고 귀여운데. 목 부근에 나비 같은 얼룩이 있고."

혹시 사라졌다는 그 개가 아닐까. 아카리는 또 다시 알 수 없어진다. 하지만 그때 보았던 개의 갈색 얼룩은 나뭇잎 그림자 같은 것이었는지도 모른다.

"유기견인가. 그렇겠지."

다이치의 놀림에 넘어가지 말자고 다짐하며 아카리는 작게 고개를 저었다.

"저기, 슈 짱. 모리무라 씨 어때. 아까 치카요 씨가 다시 개를 키우고 싶다고 했잖아."

"그래. 그럼 한번 물어볼까."

"부탁해. 거기서 키워준다면 안심인데."

다이치는 그렇게 말하고 두 조각 남은 수박으로 손을 뻗었다.

톱니바퀴는 하나로는 의미가 없다. 둘, 셋이 서로 맞물려 복잡한 구조를 움직여야 한다. 그 강아지가 모리무라 씨 집의 새로운 톱니바퀴가 될 수 있을까.

아카리는 누군가와 누군가가 손을 맞잡듯이 몇 개의 톱니바퀴가 서로 맞물려 일상을 움직여가는 것을 상상했다.

그런 가운데 하나, 기적이라는 톱니바퀴가 있을지 모른다.

여러 사람이 복잡하게 서로 연결되고, 여러 생각들이 포개져, 문득 변덕스럽게 움직이는 신비한 톱니바퀴. 아카리는 거기에 다이치를 포개놓았다. 그의 잡동사니인지, 누군가의 추억인지 그런 것을 모아놓은 목걸이 때문인지도 모른다.

신비한 톱니바퀴에 닿아 이 마을은 모두를 부드럽게 해준다. 그래서 이다 시계방의 기묘한 간판에도 의미가 담긴다.

'추억의 시時 수리합니다'

지나간 시간조차도 복구해간다.

"역시 푼돈 사기가 좋으려나."

수박을 먹으면서 갑자기 생각났다는 듯 슈지는 말했다.

"결혼 사기는 결국 결혼 못해."

"사기? 무슨 이야기야, 그거."

"내가 속은 이야기."

슈지는 쿡쿡, 하고 웃었지만 아카리는 또 수박에 취해 얼굴이 빨개졌다.

해가 저문 상가에 가로등이 켜질 무렵 이다 시계방의 괘종시계가 일제히 울렸다. 치카요 씨가 태엽을 감은 모리무라 씨의 괘종시계도 다시 시간을 알려주고 있을 것이다.

• 옮긴이의 말 •

촘촘한 시계의 톱니바퀴 같은 복선들, 그리고 돌고 도는 시간들

『추억의 시간을 수리합니다』의 이야기는 한 권으로 끝내기엔 분명 아쉬운 점이 있다. 주인공 아카리는 평범한 일반인이고, 그녀 주위에서 벌어지는 일들은 아주 일상적인 것이지만, 시계 수리사인 슈지와 승복 비슷한 사무에 차림의 대학생 다이치는 평범한 인물이 아니기 때문이다. 과장하자면 슈지는 신의 아들, 다이치는 인간의 모습을 한 신, 이쯤 되지 않을까 싶은데, 이 정도쯤 되면 이야깃거리는 무궁무진할 수밖에 없는 것이다. 신의 아들을 사랑한 속세의 여자, 그리고 그들을 돕거나 지켜보는 부모로서의 신, 아마도 수많은 신들이 일상생활 속에서 인간과 함께 하는 일본 사회이기에 이 조합은 자연스러울지도 모른다.

문제는 이 조합을 어떻게 엮어갈 것인가 하는 점인데, 작가는 여기에서 절묘한 아이템을 찾아낸다. 그것이 바로 시계다. 시계는 분명 인간의 발명품일 테지만, 시간이라는 추상적인 개념을 대입하면 제법 복잡해진다. 시계는 기계인 이상 인간의 손으로 어떻게든 요리할 수 있는 것이지만 시간은 거스를 수도, 되돌릴 수도 없는 가히 신의 영역에 속해 있는 개념이다. 다시 과장해 보자. 시계는 인간과 신이, 한계와 권능이 한 공간에 집약된 역설의 산물이다. 그리고 그것은 얼핏 단순해 보이지만 결코 단순하지 않다. 태엽만 감아주면 한없이 시간을 새겨갈 것 같지만 그렇지 않다. 태엽 역시 톱니바퀴만 있으면 모두 해결될 것 같지만 아주 작은 톱니 하나라도 없으면 태엽은 감기지 않는다. 우리가 유기체를 톱니바퀴에 비유하듯 모든 부품 하나하나가 긴밀히 제 역할을 수행한다. 어느 것 하나라도 빠지면 생명체로 기능하지 못한다.

『추억의 시간을 수리합니다』의 후속권에 담긴 이야기들은 좀 더 진화된, 그리고 좀 더 정밀한 톱니바퀴들로 이루어져 있다. 어느 소설이, 어느 이야기가 그렇지 않을까마는 뜬금없이 여주인공 아카리의 배다른 여동생이 튀어나와 아카리와 슈지의 이야기를 더욱 풍요롭게 해준다(「너를 위해 종은 울린다」). 다모쓰와 요코, 그리고 코이치의 삼각관계를 다룬 이야기에서는 술집 아주머니의 제보가 중요한 역할을 하고 있으며(「딸기맛 아이스크림의 약속」), 우연히 지나가는 중학생조차 함부로 보아 넘길 수 없다(「돌이 되어버린 손목시계」). 사람뿐만이 아니다. 「멈춰버린 괘종시계의 비밀」에서는 다이치의 사자인 듯한 개도 등장한다.

"톱니바퀴는 하나만으로는 움직이지 않아."

슈지는 불쑥 그렇게 중얼거리고 깨진 수박을 테이블에 올려놓았다.

"여러 가지가 서로 맞물려 앞으로 나아가는 것이 사람이라면 저 간판도 톱니바퀴 중 하나라고 생각해." (266쪽)

슈지의 말이 곧 작가의 생각이다. 작가의 철학이다. 인간 세상은 모든 것이 유기적으로 관계를 맺고 있고, 그것은 소설 속에도 그대로 반영된다. 소설 속에 등장하는 모든 오브제는 복선이 되고, 그것이 얽히고설켜 스토리가 되며, 돌고 도는 윤회가 된다. 시간이 된다. 분명 전작보다 훨씬 더 치밀한 소설의 얼개를 느낄 수 있을 것이다. 그리고 심오한 뭔가를 더 발견할 수 있을지 모른다. 그것은 네 편의 이야기 속에 등장하는 각기 다른 시계의 형태를 통해서도 짐작해 볼 수 있다. 이 또한 속편의 새로운 재미이다.

국립중앙도서관 출판시도서목록(CIP)

추억의 시간을 수리합니다2 : 내일을 움직이는 톱니바퀴/
지은이: 다니 미즈에 ; 옮긴이: 김해용. -- 고양 : 위즈덤
하우스 , 2015
p. ; cm

원표제: 思い出のとき修理します
원저자명: 谷瑞恵
일본어 원작을 한국어로 번역
ISBN 978-89-5913-870-8 04830 : ₩12000
ISBN 978-89-5913-883-8 (세트) 04830

일본 현대 소설[日本現代小說]

833.6-KDC6
895.636-DDC23 CIP2015002078

추억의 시간을 수리합니다2
: 내일을 움직이는 톱니바퀴

초판 1쇄 발행 2015년 1월 30일 초판 4쇄 발행 2017년 11월 20일

지은이 다니 미즈에 옮긴이 김해용
펴낸이 연준혁

출판 1본부 이사 김은주
출판 7분사 분사장 최유연
디자인 윤정아

펴낸곳 (주)위즈덤하우스 미디어그룹 출판등록 2000년 5월 23일 제13-1071호
주소 경기도 고양시 일산동구 정발산로 43-20 센트럴프라자 6층
전화 031)936-4000 팩스 031)903-3893 홈페이지 www.wisdomhouse.co.kr

값 12,000원
ISBN 978-89-5913-870-8 04830
978-89-5913-883-8 (세트)